间谍

The Secret Agent

（英）约瑟夫·康拉德 ◆ 著

何卫宁 ◆ 译

新华出版社

图书在版编目（CIP）数据

间谍/（英）康拉德著；何卫宁译
北京：新华出版社，2015.6
书名原文：The Secret Agent
ISBN 978－7－5166－1789－2

Ⅰ.①间…　Ⅱ.①康…②何…　Ⅲ.①长篇小说—英国—现代
Ⅳ.①I561.45

中国版本图书馆 CIP 数据核字（2015）第 142006 号

间谍

作　　者：（英）约瑟夫·康拉德		翻　　译：何卫宁	
出 版 人：张百新		封面设计：李尘工作室	
责任编辑：曾　曦		责任印制：廖成华	

出版发行：新华出版社
地　　址：北京石景山区京原路 8 号　　邮　　编：100040
网　　址：http://www.xinhuapub.com
　　　　　http://press.xinhuanet.com
经　　销：新华书店
购书热线：010－63077122
中国新闻书店购书热线：010－63072012
照　　排：新华出版社照排中心
印　　刷：北京文林印务有限公司
成品尺寸：145mm×210mm　　1/32
印　　张：8.5　　　　　　　　字　　数：200 千字
版　　次：2015 年 10 月第一版
印　　次：2015 年 10 月第一次印刷
书　　号：ISBN 978－7－5166－1789－2
定　　价：28.00 元
　　　　图书如有印装问题，请与出版社联系调换：010－63077101

第一章

早晨，维罗克先生要出门，他让妻弟替自己临时照管一下店铺。这样的安排是可行的，因为店铺平时业务就少，傍晚前几乎没有。维罗克先生不大关心店铺的正常买卖。此外，他相信妻子能管束妻弟。

他的店铺不大，店房也不大，是一栋看上去很脏的砖房。伦敦进行扩建前，有很多这样的砖房。店铺看上去像个方盒子，门脸上镶着许多小玻璃窗格。白天，店铺的大门是关着的；到了晚上，那扇门却裂开一条缝，但缝很窄，似乎不能算是开着。

橱窗里，摆着几幅几乎是裸体的舞女照片；还有几个没有标签的纸盒子，里面好像是秘方药；还有一些封着口的信封，信封是用很薄的黄色纸制成的，上面用浓黑的字迹写着 2 先令 6 便士；还有几本过期的法语幽默杂志挂在一条绳子上，就好像是在晾干；

还有一个肮脏的瓷碗、一个乌木首饰盒、几瓶墨水、几枚图章；几本标题极为不妥当的书籍；还有几份小报，印刷低劣，报纸的名称具有煽动性，譬如是"火炬报"、"铜锣报"等等。橱窗里点着两盏煤气灯，灯火点得很暗，可能是为了省煤气，也可能是为了适应顾客的喜好。

年轻的顾客往往是先在橱窗前闲逛一会儿，然后迅速地溜进店里。顾客中也有成年人，他们的举止要老练一点。不过，这些顾客看上去都不是有钱人。一些成年顾客将大衣的领子竖起来，把大半个脸掩盖起来，裤脚上沾着泥巴，裤子既旧又破，一看就不是什么好裤子。估计裤子里的大腿也不值得一提。他们把两只手深深地插入大衣的侧边兜里，侧着身子钻进大门，就好像是害怕把门铃碰响了似的。

门铃依靠着一条弯铁片挂在门上，很难躲开。虽然门铃上明显有裂缝，但在傍晚只需稍有触动，就会在顾客的背后放肆地叫喊开了，声音中带着一种恶意。

门铃响了，维罗克先生听到这个信号，会匆忙地从会客室那扇肮脏的玻璃门后面跑到涂着各种颜色的柜台前。他总是一副睡眼惺忪的样子，就好像是穿着衣服在棉被窝里折腾了一整天似的。换了别人，肯定会觉得不好意思。商家做生意时，待人要和气。但维罗克先生有自己的生意经，即使有人挑剔他的外表，他也不会在意。他总是用放肆的眼光紧盯着顾客，似乎还真能在一定程度上压制住顾客的恶意，从而卖出了一些明显是在冤枉顾客钱财的破烂货：比如一个空纸盒，或封得严严实实的黄信封，或一本有诱人书名的破烂书。偶尔遇到不识货的家伙，还能把那些印着舞女的旧照片卖给他们，就好像照片的年轻舞女又活过来一样。

有时嘶哑的门铃响后，迎出来的是维罗克夫人，这位年轻女人，紧身胸衣里包裹一对大奶子，屁股相当宽大，头发梳理得很整齐。她像丈夫一样，有一对目光呆滞的眼睛，站在城墙一样的柜台后面，面色中透露出一股深不可测的冷漠。年轻顾客与女人做交易会变得惊慌失措，慌乱中会买下一瓶墨水；别看是一瓶在百货店卖 6 便士的墨水，在维罗克店铺要卖到 1 先令 6 便士。顾客很可能刚出店门便偷偷地把这瓶墨水丢到水沟里。

那些傍晚来店铺的访客——这些男人总是把衣领竖起来，帽檐压得低低的——会向维罗克太太亲密地点头示意，然后走到柜台的尽头，边低声问候，边掀起柜台的翻门，这样他们就能进入柜台后面的会客室，从这里他们在走过一个通道后，便到了一段很陡的楼梯前面。原来，店铺的大门仅是个进入维罗克先生房子的入口，在这栋房子里，他不仅卖一些不正经的商品，还在践行保护社会的职责，并培育自己的家庭美德。最后这一点很重要。他是个彻头彻尾的宅男。他根本不愿到外面去，因为他不仅没有这样的精神需要，也没有这样的理智的需要，甚至连这样的生理需要都没有。在家里，他感到身心安逸舒适，因为家里不仅有妻子的温柔照料，还有丈母娘的恭敬关怀。

温妮的母亲是个矮胖子，喘着粗气，有一张棕色的大脸。她戴着黑色的假发，假发上罩着一顶白帽子。她有腿部浮肿的毛病，行动不便。她说自己有法国血统，也许是真的。她曾经有过几年的婚姻生活，丈夫是一名小旅馆主，这间小旅馆能经营酒业。尽管如此，她丈夫的社会地位比她还低。丈夫死后，她成了寡妇，依靠向体面的男人出租配有家具的公寓房为生，她出租的公寓距离沃克苏尔桥附近的一个广场很近。那地方曾经很繁华，如今仍然属于供富人居住的贝尔格莱维亚区。虽说她出租的公寓房在地理上有优势，但这位富裕的寡妇的顾客却并非真正的上流社会人士。顾客住下后，她的女儿温妮要出面照顾他们。温妮身上确实能看出一些这位寡妇吹嘘的法国血统的痕迹。温妮有一头漂亮的黑头发，总是梳理得极为整齐，富有美感。温妮还有其他迷人的地方：她很年轻；体态圆润；皮肤光洁无瑕；她那深不可测的矜持，虽说使人不快，但房客们都愿意跟她谈话，他们热情地说话，而她则报以温和的亲热。维罗克先生肯定是喜欢上了温妮的这些特点。维罗克先生经常来温妮这里投宿，而且是说来就来，说走就走，没什么理由。他一般是从欧洲大陆来伦敦（像流感一样），不过新闻并不报道；他一来，一切都要变得极为严肃。他在床上吃早餐，在中午前一直赖在床上——有时甚至更晚。然而，只要他一出门，似乎就很难再回到这个坐落于贝尔格莱维亚区的临时落脚点。他是晚出早归——早晨3点或4点回来；到了早晨10点钟的时候，他让温妮给他送去早餐盘子，他的态度总是那么的诙谐，极有礼貌，但声音很嘶哑，就好像是连续讲了几个小时的话而失声了似的。他那双突出、挂着肿眼泡的双眼总是好色地、懒洋洋地围着温妮转。他总是用床单盖住自己的下巴。他那双覆盖着整齐黑胡子的厚嘴唇很会说甜蜜的笑话。

温妮的母亲认为维罗克先生是位正派的绅士。她有毕生做出租公寓的经验，如今已经到了该退休的年纪，她根据在自己私家酒吧里的观察，形成了对什么是理想绅士的看法。维罗克先生已经接近他的理想绅士标准了；实际上，他已经达到了那个标准。

"妈妈，我们要搬走你的家具。"温妮简短地说。

出租公寓的业务只能放弃了，似乎没有理由继续做下去，那样会给维罗克先生带来很多麻烦。维罗克先生有其他业务要做，会感到很不方便的。他的业务是什么，他没有说；不过，在与温妮订婚后，他竟然能在中午之前不辞劳苦地起床了。起床后，他顺着楼梯走到楼下，向坐在早餐室里的温妮的母亲问好。温妮的母亲由于腿脚不好，整天待在那里。闲得没事，他就与小猫逗着玩，要么拨弄炉火，直到吃完午饭。他很不情愿离开这种显而易见的安逸生活，但他仍然晚上外出，直到深夜才回。他从来没有带温妮去过戏院，像他这样的好绅士应该带妻子去看戏。他晚上太忙了。他的工作是政治性的，有一次他这样对温妮说。他要求温妮非常友善地对待他的政治友人。她说她肯定会的，眼睛里透露出深不可测的目光。

维罗克先生在有关职业这个问题上说了多少实话，温妮的母亲根本无法知道。新婚后，维罗克夫妇把她和家具同时接走了。看到店铺如此简陋，她大吃一惊。从贝尔格莱维亚区搬到狭窄的索荷区使她的腿部疾病恶化。她的腿肿得很大，不过，她完全不必担忧经济问题了。她女婿性情敦厚，这让她感到一种绝对的安全。女儿的前途完全有保障了，甚至她不必为儿子史蒂夫感到焦虑了。可怜的史蒂夫，他简直就是个累赘，这点她一点也不想掩饰。考虑到温妮非常喜欢这个柔弱的弟弟，又考虑到维罗克先生的慷慨大方，她觉得那个可怜的孩子在这个野蛮的世界里是安全的。在内心深处，她似乎并未因维罗克夫妇没有孩子而感到难过。维罗克先生似乎对有没有孩子不感兴趣。对温妮来说，她可以把母爱放在弟弟身上，也许对可怜的史蒂夫来说同样算是一件好事。

史蒂夫这孩子很难对付，体质弱，确切说是脆弱，但长得很漂亮，只是下嘴唇有点耷拉。英国的义务教育制度不错，帮助他克服了下嘴唇的毛病，学会了读和写，但做跑腿儿的差事没能获得什么大成功。要他去送信件，他经常能把信件忘带了。去送信时，他能轻易地跟着流浪猫狗走入死胡同。遇到街上有热闹，他会张着嘴看得发呆，忘记还有信要送。看马戏时，如果戏中有马匹摔倒，马匹的哀嚎和挣扎会引发他在大庭广众之下发出尖叫声，而其他观众这时正在安静地欣赏这种英国标志性的演出，非常讨厌在这个时候被他打扰。面对冷酷的警察的质问，他竟然会忘记自家地址——至少是暂时忘记。遇到别人提出唐突的问题，他会口吃得窒息。遇到困惑的事，他会恐慌得犯严重的斜眼病，但他从来没有犯过癫痫（让人松一口气）。他小的时候，父亲不耐烦地发脾气，他总是躲到姐姐温妮的短裙后面。另一方面，人们觉得他在骨子里是个很顽皮的孩子。他14岁那年，父亲已经过世，父亲有个朋友在做一家外国保鲜奶制品公司的代理商，这个人给了他一份办公室勤务员的工作。在一个大雾天的下午，办公室主任没来上班，他竟然在楼梯间放起烟火来。他引爆几个凶猛的喷火烟花、尖叫着的轮转烟火、爆炸声洪亮的爆竹——当时情况非常严重。整栋大楼陷入大恐慌中。楼道里全是烟，员工惊恐万分，憋着气夺路而逃；有人看见一些戴着大礼帽的老商人从楼梯上滚下去。史蒂夫似乎对自己所做的并不感到满意。他为什么要做出如此怪异的事，别人很难知道原因。后来，他向温妮解释了自己的动机，但他的解释仍然令人迷惑不解。大概是大楼里另外两个勤务员讲了他俩待遇不公、受压迫的故事，他俩越讲，史蒂夫就越同情，最后达到了疯狂的地步。但他父亲的朋友因怕他会破坏生意，立即把他解雇了。史蒂夫在完成了这次无私的冒险之后，只能回家干洗盘子的活了，有时还要为住在贝尔格莱维亚区的公寓里的房客擦皮鞋。干这类工作没有任何前途。住公寓的绅士们有时会给他1个先令作小费。维罗克先生是最慷慨的房客。但小费不是收入，也不是前途。当温妮宣布与维罗克先生订婚的时候，史蒂夫的母亲禁不住向洗涤室看了一眼，叹了一口气，心里揣摩不透可怜的史蒂夫的未来。

维罗克先生终于表明了态度，他打算带上史蒂夫、温妮、温妮的母亲以及所有家具。温妮家唯一可见的财产就是家具。维罗克先生有着宽厚善良的胸怀，拿走了一些可拿的东西。他把家具以最恰当的方式布置在各个房间里，但维罗克太太的母亲只能住在一楼背阴的两间房子里，不幸的史蒂夫住其中的一间。也就是在这个时候，史蒂夫那有棱有角的小下巴上长出来一层像是金色雾霭一样薄薄的绒毛。他帮助姐姐做家务，内心充满了对姐姐的盲从爱意。不做家务时，他就趴在餐桌上，勤奋地拿着圆规和铅笔在纸上画圆圈玩。店铺后门通向会客室的门是敞开的，做姐姐的温妮每次走这扇门时，都要看史蒂夫一眼，就好像是一位母亲在仔细照看自己的孩子一样。

第二章

维罗克先生上午 10 点半离开的就是这栋房子、这个家庭、这间店铺，他向西而去。他很少起这么早，不过，他看上去精神焕发，就像早晨的露水一样新鲜。他穿着一件蓝色的外套大衣，敞着怀，靴子闪着光泽，刚刮过胡子的面颊有一种特殊的光泽。甚至那双肿眼泡眼睛，在一夜的安稳睡眠之后，也四射出相当机警的目光。他透过公园的栅栏，看到了一幅和谐的景象：在罗登马道上，有许多正在骑马的男男女女；一对对夫妇在和谐地慢跑，另一些人在安详地散步；闲逛的人四五成群；孤独的骑手看上去不愿与他人交往；在孤独女人的背后，远远地跟着马夫，马夫的帽子上有徽章，紧身的外套束着皮带。不断有马车稳稳当当地从他身边驶过，马车流中偶然会出现一辆维多利亚式四轮折篷马车，车内铺着野兽皮，在折篷放下的车厢里露出女性的脸庞和高耸的女帽。伦敦的太阳非常特别，红得如同鲜血，在其照耀下，一切都变得辉煌无比。此时，这轮太阳正好悬挂在海德公园角的上空，不高也不低，不仅准时，还不断地把仁慈洒向人间。在阳光的普照下，维罗克先生脚下的人行道被染成了古金色，地面上，既看不见墙的阴影，也看不到树、马、行人的阴影。维罗克先生向伦敦的西部走去，他的脚下看不到阴影，只有古金色的金粉。屋顶上闪着红铜色的微光，这微光，墙角有，马车顶篷上有，马匹身上有；这微光，维罗克先生宽大后背的大衣上也有，但透露出一种阴暗的锈色。但维罗克先生并不知道自己后背上有锈色。他透过公园的栏杆，用欣赏的目光看着伦敦的富裕和奢华。这些人要受到保护，富裕和奢华的首要条件就是要有保护。不仅这些人需要保护，他们的马匹、马车、房产、仆人也都需要保护；无论是在这座城市里，还是在这个国家里，他们财富的源泉也需要受到保护。整个社会秩序对他们健康安逸的生活是有利的，但不健康的工人会出于浅薄的嫉妒心理去破坏社会秩序，所以这就需要对社会秩序也加以保护。这是必须要做到的事——如果维罗克先生不是那种天生就不喜欢行动的人，他肯定会摩拳擦掌蠢蠢欲动了。他的懒惰是不健康的，却很适合他。可以说他沉迷于懒惰，或者是拥有一份对懒惰的热情。他的父母都是靠辛苦劳作而生活的人，但他却渴望懒惰，这种渴望的动机具有深刻的含义，但又很难解释，就如同一个男人专横地在数千个女人中仅能挑选出一个意中人一样。他太懒了，不仅做不了政治煽动家，也做不了工人演说家或工人领袖。这些工作实在是太麻烦了。他需要更加优雅的闲逸，或许他是自己那个不劳哲学信仰的牺牲品。人能懒惰到了这种程度，肯定需要有一定的智慧。维罗克先生并非没有智慧——当他想到可恨的社会秩序时，他甚至连眼睛都不会眨，因为用眨眼表达反抗也是需要费力气的。此外，他那对肿眼泡也不适于眨眼，肿眼泡只有在睡眠时那种严肃的关闭状态，才能产生庄严的效果。

维罗克先生向前走去，就像一头大肥猪那样含蓄和沉重，既没有摩拳擦掌，也没有用眨眼表达怀疑的想法。他那双有光泽的靴子，沉重地踏着人行道的地面，从装饰看，他就像一名独自做生意的手艺人。在别人眼里，他很像一个相框制作工或锁匠，也许还雇用了几个帮手。但维罗克先生有一种难以描述的精神状态是任何技工无法拥有的，无论技工有多么不老实，绝对修炼不出来：这种精神状态只能从歹徒、坏蛋等人类的败类身上找到。维罗克先生对道德的虚无信念，只有在赌场老板或妓院老板身上发现；在私人侦探或私人调查人员身上也很常见；我还要说，在酒保、电动理疗带销售员、秘方药品发明者身上也很常见。但我不敢过于肯定最后这一组人是否真的像维罗克先生，因为我的研究还不够充分。就我知道的而言，最后这一组人说话都狠毒。这点我不感到吃惊。我想指出的是，维罗克先生说话一点都不狠毒。

维罗克先生走在一条繁忙的大街上，街上的马车流很喧嚣，在默默地疾驶着的二轮马车流中，不仅有摇摇晃晃的公共马车，还有小跑着的大篷货车。不过，他在走到骑士桥前，就向左拐了。在他微微上扬的帽子的下面，露出了精心梳理的光滑头发，因为他要去一家大使馆办事。此时的维罗克先生，看上去就像磐石一般坚定——当然是那种柔软的磐石——他走入了一条相当幽僻的街道。这条街道非常宽阔、空旷、深远，体现出自然永恒不灭的伟大。唯一能提醒人间有生死的证据，是一辆遗弃在路边的医务车。放眼看过去，门上的门环被打磨得锃亮，窗户干净得闪着暗淡的光泽。一切都很安静，但这安静被远处一辆送奶车给打破了。那送奶车有一对红色的轮子，高高坐在马车上的是一个年轻的小商贩，他驾车时展示出一种奥林匹克运动会的鲁莽，傲慢地驱赶着马车冲了过来。一只惊恐的猫从石头下面蹦出来，在维罗克先生面前跑了一小会儿，接着又钻入了另一处地下室；一名胖巡官正在全力监视陌生人，就好像融入了周围永恒的环境中似的，他站在灯柱上，几乎没有注意到维罗克先生。维罗克先生向左拐，走入一条很窄的街道，街边有一堵黄色的墙，不知道为什么，这堵墙上用黑色的字母写着"切舍姆广场一号"。切舍姆广场至少还有 60 码远，维罗克先生是个见过世面的人，不会被伦敦的神秘地名所迷惑，继续向前走去，丝毫没有诧异或气愤的迹象。最后，依靠做生意的耐性，他走到了广场，沿着广场的对角线直奔第十号。第十号的大车门很威严，但门牌却被伦敦的高效管理机构挂在地下室窗户的上方，这可能是为了人们找门牌的方便。有一堵既高大又干净的围墙把第十号与相邻两栋房子连接在一起。其中有一栋是第九号，这个门牌号相当合理。另一个是第三十七号，但实际上是波特希尔街上的门牌号，这条街在周边很有名气。为什么议会不利用手中的权力（一个很短的法案就行）迫使这类建筑回到原地，这是城市管理的秘密。维罗克先生对此一点都不愿费心，他的使命是保护社会制度，不是使之尽善尽美或进行批评。

维罗克先生来得太早了，使馆的守门人匆忙地跑出门房，制服的左袖子还没有来得及穿上。守门人穿着红色的马甲和长到膝盖的短裤，样子显得惊慌失措。维罗克先生意识到自己的唐突，于是拿出一封印有大使馆徽章的信件，交给了守门人，守门人这才镇定下来，放他过去了。维罗克先生又把这个护身符给男仆看，男仆打开了大门，并后退了一步，让维罗克先生进入大厅。

大厅里，高大的壁炉燃着火焰，一位老者背靠着壁炉站着，他穿着晚礼服，脖子上挂着一副项链，双手拿着报纸在看。他抬起头来瞥了一眼来访者，面色凝重。老者没有移动，又有一名男仆出现了，他穿着棕色的裤子和镶着金丝边的燕尾服，走近维罗克先生。维罗克先生低声通报了姓名，那名男仆什么话也没有说，转身走了，连头也不回一下。维罗克先生跟着这名男仆走过第一层楼的走廊，他俩走过一段铺着精美地毯的楼梯之后向左转。那男仆突然打手势，让维罗克先生走进一间比较狭小的房间，房间里有一张巨大的写字台和几把椅子。男仆把门关上了，房间里只留下了维罗克先生。他没有坐下来，但开始四下张望，用一只手拿着帽子和手杖，用另一只胖手梳理起脱去帽子后裸露出的光滑头发。

另一扇门静静地被打开了，维罗克先生赶紧向那扇门的方向看，先看见了黑色的衣服。接着出现的是秃头，再是下垂的暗灰色胡须，然后是两只布满皱纹的手。进来的这个人，把一叠文件捧在眼前，踏着小碎步，边走边翻阅着手中的文件。这位使馆参事枢密顾问乌尔姆的近视眼看来很严重。这位对政府极有价值的官员把那叠文件放在桌子上，露出了真实的面容。他的脸色异常苍白，那张忧郁的丑脸被长长的暗灰色头发包围着，眉毛又黑又粗。他把黑框夹鼻眼镜架在塌鼻梁上，眼镜里维罗克先生似乎吓了他一大跳。在浓厚的眉毛下，他那双视力极差的眼睛透过眼镜可怜地眨着。

他没有要问候的意思，维罗克先生觉得自己是客人，所以也没有问候。但维罗克先生稍微调整了一下肩部和背部的姿态，脊椎微微前倾，这应该是表示客气的顺从。

"我这儿有几份你写的报告，"这位大使馆的幕僚以出乎意料的柔和和谨慎的声音说道，边说边使劲地用食指尖指着桌上的那一叠纸。他停顿了一下，维罗克先生认出了自己的字迹，屏住呼吸等着下文，"我们对这里警察的态度很不满意。"使馆幕僚又继续说话了，听上去已经精疲力竭了。

维罗克先生的肩膀虽说没有真动，但仍让人感到他在耸肩。他开口说话了，这是他自早晨离开家后的第一句话。

"每个国家都有警察，"维罗克先生说话富有哲学内涵。但那位大使馆幕僚不断眨眼，维罗克先生感到有些紧张，于是补充说，"我的意思是说我对这里的警察也毫无办法。"

"我们真正想要的，"这位手指着桌上那叠文件的人说，"是做一件能刺激他们神经的事。这是你能办到的——难道不是吗？"

维罗克先生没有回答，仅是叹了一口气，这口气是他在无意识地叹的，因为他脸色马上就堆出了笑脸。那位幕僚怀疑地眨着眼，就好像是屋里暗淡的光线刺激了他的眼睛似的。这位幕僚又开口了，他的话暧昧难懂：

"在这个国家里，警察的警惕性很高，地方官员很严厉，法律很宽宏，没有镇压手段。这些是欧洲的耻辱。如今，我们最期待的就是骚乱——毫无疑问，骚乱正在酝酿之中——"

"毫无疑问，毫无疑问，"维罗克先生用一种低沉的、献媚的、只有演说家才有的语气打断了对方的谈话，他此番话的语气与从前截然不同，这让对方惊骇不已。"骚乱的可能性已经达到非常危险的程度。我过去 12 个月提交的报告对此做了充分的说明。"

"你过去 12 个月的报告，"枢密顾问乌尔姆又开始说话了，态度文雅、冷静，"我都看过了。我不理解你为什么要写这些报告。"

双方陷入了一阵令人沮丧的沉默。维罗克先生哑口无言，而对方则盯着桌上的报告看。看了一会儿后，他轻轻地推了文件堆一下。

“你在报告里所说的情况就是我们雇用你的原因。我们现在不需要文字报告，而是要创造具有独特重大意义的事件——我的意思是说具有震惊效果的事件。”

“无须多言，那是我全部努力的方向。”维罗克先生嘶哑的谈话声音里带着自信的腔调。但那种正在被桌子对面闪闪发光令人目眩的眼镜片后的目光监视的感觉让维罗克先生感到惊慌失措，于是他用一个表示坚决忠诚的手势结束了说话。这位辛勤工作但地位卑微的大使馆成员，此时好像是被一个新想法触动的。

“你很胖。”他说道。

这句评语，确实具有心理学冲击力。此外，由于说话的人是个谦虚谨慎的文职官员，平时只知道舞文弄墨，根本不了解外部世界，这句话从这样的人嘴里说出来力量就更强了。维罗克先生好像是被这句话蜇了一下，倒退了一步。

“什么？你想说什么？”他惊呼道，沙哑的声音里带着怨恨。

这位枢密顾问本来是奉命来进行这次谈话，谈话进行到这时，感到自己无法胜任这项任务。

他说道：“我认为你最好去见一下弗拉基米尔先生。对，你必须去见一下弗拉基米尔先生。你在这里等着。”他说完便小步跑出了房间。

维罗克先生再次梳理起自己的头发，额头也冒出细小的汗珠。他噘着嘴吐出一口气，就好像是在吹汤勺里的热汤一样。当那个穿棕色裤子的男仆悄悄地来到门口的时候，维罗克先生仍然待在他刚才进行谈话的位置上，一步都没有敢动。他一直都维持着一种姿势，仿佛他感觉周围全是危险。

　　他走过一段楼道，楼道里孤零零地只有一盏煤气灯亮着，接着他上了一层旋转楼梯，走到了第二层让人心情舒畅的光滑走廊里。那男仆打开了门，闪在一旁。维罗克先生感到踩在了厚实的地毯上了。房间很大，有三个窗户。一个刚刮过胡子、脸盘特别大的年轻人坐在一把宽大的扶手椅上，面前是一个巨大的桃花木书桌。这时，那位使馆参事拿着文件正要离开，这位年轻人用法语说：

　　"亲爱的，你说得很对。他是头很胖的……动物。"

　　弗拉基米尔先生是大使馆一等秘书，在社交界很有随和、有趣的名声。他是社交圈里的宠儿。他很聪明，能从相互矛盾的思想中找到怪异的共同点。当他讲到关键点的时候，他会把身体向前倾，举起左手，仿佛那个关键点就被抓在他的拇指和食指之间，而在他那张刮得干干净净的圆脸上，则流露出一种混杂着欢乐和困惑的表情。

　　此时此刻，他正看维罗克先生，但脸庞上既没有欢乐，也没有困惑。他背靠着椅子，双肘自然伸展开，跷着二郎腿，面色异常鲜嫩，鲜嫩得就如婴孩，一副不许任何人瞎说的样子。

　　"我猜你应该懂法语？"他问道。

　　维罗克先生用嘶哑的声音回答说他懂。他的庞大身躯向前倾斜着。此刻，他正好站在房间的中央，一只手紧抓着帽子和手杖，另一只手僵硬地下垂着。他低声谦卑地从喉咙里咕哝说自己曾经在法国炮兵中服役。听到这里，弗拉基米尔先生脸上马上露出鄙视的面容，他改变了语言，开始用地道的英语说话，丝毫听不出有任何外国口音。

　　"哈！对。当然。你拿到他们新型野战炮的炮尾栓设计图纸，你为此拿走了多少钱?”

“我在一座堡垒里被严密地拘禁了5年。”维罗克先生出乎意料地回答道，丝毫没有任何表情。

“这算短的，”弗拉基米尔先生评论道，“你被他们抓住了，这是自然的结果。你为什么要做这样的事呢?”

维罗克先生用嘶哑的声音谈起了过去，从青年谈起，谈到了他怎样迷上了一个不值得爱的女人……

“啊哈！是女人的缘故啊。”弗拉基米尔先生放下架子插嘴了，虽说气氛不拘束了，但仍然不算和蔼；相反，他的语气中仍然带着一种冷漠。“你被我们大使馆雇用了多长时间了?”他问道。

“从已故的斯托特－瓦腾海姆男爵当大使时就开始了。”维罗克先生压低了声音说，他说这番话的时候，为了表达对那位已故外交官的悲哀，还把嘴唇噘起来。大使馆一等秘书仔细地观察这戏剧化的一幕。

“啊！从那个时候……很好！你有什么话要为自己做辩解吗?”他尖锐地问。

这个问题让维罗克先生感到吃惊，他回答说没有什么特别的做辩解的。他是在收到一封要求他来大使馆的信之后才来大使馆的——他慌忙把手伸到大衣口袋里摸索，但这时他看到了弗拉基米尔先生嘲讽和怀疑的目光，只好作罢。

“呸!”弗拉基米尔先生说道，“你说你想摆脱目前的状况，你这是什么意思?你目前甚至还没有在体格上满足这个职业的要求。你说你是个无产阶级——你绝对不是！你是个顽固的社会主义分子或无政府主义分子——你说你是哪一种?”

“无政府主义分子。”维罗克先生低声地说。

"胡说!"弗拉基米尔先生继续说,但没有提高声调,"你把老乌尔姆吓坏了。你连白痴都骗不了。你们都是一样的货色,而你就更加不可理喻。这么说你从偷法国人的大炮设计开始与我们合作的。那次经历肯定让我们的政府感到难堪。你做事似乎不太灵巧。"

维罗克先生用嘶哑的声音为自己开脱。

"我曾经说过,我迷恋上了一个不值得爱的女人……"

弗拉基米尔先生举起了他的那只白胖的大手。

"哈,对。年轻时代不幸的插曲。她拿走了你的钱,然后到警察局告发了你——对不对?"

维罗克先生的面色大变,整个人就像瘫痪了一样,这表明实际情况确实如此。弗拉基米尔先生的手紧抓着架在膝盖上的那条腿的踝关节。他脚上穿着一双深蓝色的丝绸袜。

"你看,这说明你不太聪明。或许你太容易受人影响。"

维罗克先生用嘶哑的、含混的声音辩解说现在他已经不是个毛头小伙了。

"哎哟!年纪大了也治不好这种毛病。"弗拉基米尔先生评判道,他说这话时的口气虽说像个老熟人,但用意阴险。"不!你太胖了,不符合我们的要求了。你犯过这么多过错,你无法再做这份工作。让我告诉你,我认为什么是你的致命弱点:你懒惰。你拿我们大使馆的钱有多长时间了?"

"11年,"维罗克先生阴郁地迟疑了一会儿后做了回答,"在斯托特-瓦腾海姆男爵阁下还做法国大使期间,我几次去伦敦完成他交给我的任务。后来,按照他的指示,我在伦敦安顿下来。我是个英国人。"

"你是英国人?真的?"

"天生的大不列颠臣民，"维罗克先生麻木地说，"但我父亲是法国人……"

"不用解释了。"对方打断了维罗克先生的话，"我敢说你可以合法地成为法国元帅或英格兰议员——如果确实是这样，那你就对我们大使馆有用了。"

这个奇思妙想使维罗克先生脸上露出了微笑，但弗拉基米尔先生却仍然一脸的严肃。

"像我曾经说过的那样，你是个懒人，你没有充分利用机会。在斯托特－瓦腾海姆男爵做大使期间，我们大使馆里有许多蠢笨的人。他们让你们这类人对特工经费产生了错误的理解。我的任务就是纠正你们的错误观念，我要告诉你们真正的特工应该干什么。我们不是慈善机构。我来这儿的目的就是告诉你这些。"

弗拉基米尔先生看到自己那番话使维罗克先生陷入了困惑，便大笑起来。

"我知道你能很好地理解我。我敢说你的聪明劲儿足够干好这份工作了。我们要你采取行动——听好了，是行动。"

弗拉基米尔先生在说最后一个词的时候，把自己的又白又长的食指戳在书桌的边缘。维罗克先生的声音顿时失去了活力，他露在天鹅绒领子外的脖子变成了深红色。他的嘴唇颤着，嘴张得大大的。

"你只需查查我的档案，"维罗克先生用他那低沉的、清晰的好嗓音辩驳道，"你会发现我3个月前就通报罗穆亚尔德大公将访问巴黎，这个情报是从这里发给法国警察局的……"

"啧，啧！"弗拉基米尔先生皱着眉打断了维罗克先生的说话，"这份情报对法国警察局没用。不要吼叫。你想干吗？"

维罗克先对自己刚才的失态表示歉意，但他的语气不仅包含了歉意的成分，还包含了某种骄傲的成分。他介绍说，自己曾经多年在露天大会和工会大厅里做讲演，他的声音为他赢得了值得信赖的好同志的名声。所以，他的声音是有价值的。他的声音能鼓励人们去信任他提出的主张。"领导人总是在关键时刻让我上台讲话。"维罗克先生自夸道。他补充说，他的声音能压过任何多的喧闹声。突然间，他进行了一次现场表演。

"看我的。"维罗克先生说。他低着头，踏着沉重的步伐，直奔房间另一边的落地窗前。他好像难以抑制自己的冲动，把窗户打开了一条缝。弗拉基米尔先生吃了一惊，猛地从扶手椅子里站起来，转身观看；顺着视线，在大使馆的楼下，越过大使馆的院子，在大使馆大门的外面，有一名虎背熊腰的巡官正背朝着他们，这名巡官正懒洋洋地看着一辆载着富家孩子的华丽婴儿车正被推进广场。

"巡官！"维罗克先生说道，他用的力气并不大，就好像是在与熟人私下里说话。这时，弗拉基米尔先生大笑起来，因为他看到那名警察突然转身，就好像被什么东西猛地戳了一下似的。维罗克先生轻轻地关上窗户，回到了屋子中间。

"因为我有这样的声音，所以能被别人信任，而且我还知道该说什么。"维罗克先生又恢复了原来嘶哑的谈话声调。

弗拉基米尔先生整理了一下自己的领结，从壁炉上方的大镜子里仔细观察他起来。

"我猜你已经能熟记革命口号了，但按照拉丁语的说法，你仅是会说话的夜莺而已。你没有学会拉丁语吧。你学过吗？"弗拉基米尔先生用轻蔑的口吻说道。

"没有，"维罗克先生低吼道，"你知道我不懂拉丁语。我属于普通老百姓。老百姓谁懂拉丁语？世上只有几百个不能自食其力的白痴才懂拉丁语。"

在差不多 30 秒的时间里，弗拉基米尔先生从镜子里仔细观察着自己身后站着的那个大胖子。同时，他也在镜子里看到了自己的面目：刮得光溜溜的圆脸，满面红光，能让他变成上流社会骄子的那两片善于说俏皮话的薄嘴唇。他转过身，猛地走到屋子的中央，由于动作过于猛烈，他的那个古雅别致的老式蝴蝶结都耸了起来，似乎在表达着无言的恶意。他的动作既快又猛，维罗克先生只敢斜眼看着他，害怕得不敢言语。

"啊哈！大胆放肆。"弗拉基米尔先生开始用异常古怪的腔调说话了，那腔调根本不是英语的，也绝对不是任何欧洲语言的，就连像维罗克先生这种去过世界各地偏僻角落的人都感到惊骇。"你好大的胆子！好吧，让我跟你用英语讲话。你的声音没有用。你的声音对我们没有用。我们不要声音。我们要事件——惊人的事件——你这该死的家伙。"他冲着维罗克先生的脸说道，他说话的神气充满凶猛的决断力。

"别用北方人的方式对待我。"维罗克先生看着地毯，并用沙哑的声音做抗议。听到这句话，那张伫立在蝴蝶结上方的脸堆起了嘲弄人的微笑，弗拉基米尔先生又改用法语说话了。

"你视自己为内奸。内奸的作用是煽动暴乱。我根据你的档案判断，你在最近 3 年里只拿钱但没做事。"

"我不是没做事！"维罗克先生惊呼道。他说这话的时候，身体不敢动一动，甚至都没敢抬一抬眼，但他的语调中充满了真诚。"我有几次预防了……"

"这个国家有句格言，预防比治疗好。"弗拉基米尔先生打断了对方的说话，再次倒在扶手椅子里。"这是句很愚蠢的格言。预防是没有穷尽的。但这句格言反映了这个国家的特点。这个国家不喜欢结局。你不能太英国化。就目前的情况看，你不要再做傻事。如今这个国家已经病了，我们不要预防，我们要治病。"

他停顿了一下，转向书桌，翻开摆在书桌上的几页纸，接着改用从容镇定的腔调谈话，看都不看维罗克先生一眼。

"你知道在米兰召开的国际会议吗？"

维罗克先生用嘶哑的声音严肃地说，他有每天读报的习惯。他还进一步澄清说，他能理解自己所读的。听到这里，弗拉基米尔先生微笑了，他此时仍然在一页接着一页地浏览文件，并低声说道："我看，只要不是拉丁文的，你都懂。"

"中文，我也不懂。"维罗克先生固执地反驳说。

"哼！你的那些革命朋友写的东西简直就跟中文一样难懂……"弗拉基米尔先生轻蔑地把一张灰色的印刷品丢在地上，"这些传单上印着'F. P.'这几个字母，还画着有锤子、钢笔、十字火炬，这些代表什么？'F. P.'代表什么？"维罗克先生走近那张巨大的书桌。

"它代表无产阶级的未来。这是个社会组织，"他笨拙地站在扶手椅子的侧面解释道，"它在本质上不是个无政府主义者组织，但欢迎各种派别的革命者参加。"

"你是成员吗？"

"副主席之一。"维罗克先生喘着粗气说。这时，那位大使馆一等秘书抬起了头看着他。

"你该感到羞愧才对，"弗拉基米尔先生发狠地说，"你们的组织不就是会在脏纸上印刷胡言乱语吗？你为什么不做点实事？喂，我知道你在干什么，我已经告诉过你，你必须去挣钱。斯托特－瓦腾海姆时代的舒服日子结束了。不干实事，拿不到钱。"

维罗克先生奇怪地感到自己粗壮的大腿一阵虚弱。他退后了一步，大声地擤鼻涕。

他确实感到了震惊和恐惧。伦敦的太阳已经变成铁锈的颜色，正努力地驱赶着伦敦的大雾，这轮太阳给大使馆一等秘书的私人办公室带来温暖的明亮：屋里很寂静，维罗克先生听到一只苍蝇撞击窗户玻璃发出的微弱的嗡嗡声——这是他今年第一次听到——比燕子还要早地预言春天就要来了。这个微小生物充满活力的捣乱使得面前这个身躯庞大的人感到不舒服，因为他的懒散生活受到了威胁。

利用谈话的间歇，弗拉基米尔先生想出了好几种侮辱维罗克先生的容貌和体形的说法。这家伙异常粗俗，身体太胖，既厚颜无耻又愚蠢。他的样子就像来送账单的管道工。这位大使馆一等秘书还知道一点美国式的幽默，他对技工形成一种特殊印象，觉得他们不仅欺诈懒惰成性，还极度无能。

可是眼前的这个人是个著名的、受信任的间谍，其秘密级别之高在已故的斯托特－瓦腾海姆男爵的官方、半官方的秘密通信中只能用符号"Δ"指代。他提出的警告，可以改变皇族、皇帝、大公级别人物的行程，有时还能迫使他们彻底地取消行程！就是这家伙！弗拉基米尔先生心里觉得一阵阵的好笑，他嘲笑自己太幼稚，才轻信了他，但他把大部分嘲笑都送给了普遍受人尊重的斯托特－瓦腾海姆男爵。男爵大人在世时，很受皇帝的喜欢，虽然有好几任外交大臣都反对，但他仍然被任命为大使。他一生都享有阴郁、悲观、轻信的名声。男爵大人坚信社会革命。他幻想外交将会在一次民主变革中灭亡，而整个世界也几乎在这次变革中灭亡，而他自己就是被选派来目击外交灭亡的那位外交家。他曾经几次写公文，对未来做出阴暗的预言，这几份公文多年来成为外交部的笑谈。据说，他在临终前（对前来探视的皇家友人和皇帝）说道："不幸的欧洲啊！你的后代将会陷入道德错乱中，而你也会因此而灭亡。"只要有个骗子流氓来找他，他肯定会受骗。想到这里，弗拉基米尔先生对着维罗克先生露出一丝奇怪的笑容。

"你应该很想念斯托特－瓦腾海姆男爵。"弗拉基米尔先生突然大声说道。

维罗克先生把头低下了，阴沉和疲惫的面部表情中透露出一股恼怒。

"请允许我说说心里话，"维罗克先生说，"我受命来到此地。在过去11年里，我只来过两次，而且从来不是早晨11点。这样找我来很不明智，有可能会被别人看见。对我来说，这可不是开玩笑。"

弗拉基米尔先生耸了耸肩。

"我会变得没有用途。"维罗克先生情绪激动地继续说道。

"那是你的事，"弗拉基米尔先生咕哝道，他的音调虽柔和却隐藏着残忍。"如果你没有用途了，我们就不雇用你了。对，切断。你就……"弗拉基米尔先生皱着眉，想不出用什么惯用法比较合适，不一会儿，他乐了，咧嘴露出了一口漂亮的牙齿。"你就会被我们抛弃。"他残忍地说出这一句话。

维罗克先生再次感到两条腿自上而下有一股虚气往下流，曾经有人恰当地描述这种现象为"我的心顺着大腿流进我的皮靴里"。无奈他只能用尽全部意志力加以抵抗，并勇敢地抬起了头。

弗拉基米尔先生看上去在安静地沉思着什么。

"我们要给米兰的国际会议增加点滋补品，"弗拉基米尔先生轻松地说，"这次大会要讨论如何镇压政治犯的问题，这样的讨论不会有结果的。英格兰还没有决定是否参加。在对待个人自由方面，英格兰总是感情用事，实在荒谬。我无法容忍你的朋友都去捣乱……"

"如果你担心，我能去关注一下他们的行动。"维罗克先生突然打断了对方的说话。

"要是能把他们都关起来就更加有意义了。英格兰必须与其他国家步调一致。这个国家的资产阶级都是笨蛋，他们竟然做想把他们都丢进阴沟饿死的人的帮凶。如果他们不知道如何保护自己，他们就会失去手中的权力。我觉得你会同意那种认为中产阶级愚蠢的观点。我说得对吗？"

维罗克先生用嘶哑的声音表示同意。

"他们是愚蠢的。"

"他们缺乏想象力。愚蠢的虚荣使他们盲目。他们现在最需要的就是一次大恐慌。现在是你的朋友们起来行动的大好时机。把你叫来，就是为了让你详细地听一听我的想法。"

接着，弗拉基米尔先生开始讲解他的想法。他说的话高高在上，充满了蔑视，就好像别人必须要领情似的。然而，他实际上不真正了解社会革命的目标、理念、方法，这使得维罗克先生不但不敢插话，而且内心里还充满了恐惧。他错把因果关系颠倒，这简直是个不可饶恕的错误，他把杰出的宣传家与冲动的爆破手混为一谈，他所说的组织在现实中根本不存在。他一会儿说革命党是一支纪律严明的军队，其首领的话就是最高指示，过了一会儿，他却改口说革命党像是最松散的群体，因为是由亡命之徒占据山坳而成。当维罗克先生一想提出反对意见时，一只大白手就会举起来加以阻止。维罗克先生很快便吓得不敢再提反对意见，于是只能安静地听着，而内心却充满了恐惧，样子就像是在耐心听取意见似的一动不动。

弗拉基米尔先生继续平静地说："要在这个国家进行一系列暴力活动，就要在伦敦进行，因为这不会引起他们的注意。你的朋友们可以把半个欧洲大陆搞乱，而又不影响公众支持普遍的镇压法。他们是不会关注别人家的后院的。"

维罗克先生清了清喉咙，但马上又失去了勇气，没有说任何话。

"这些暴力活动不一定搞得特别残暴，"弗拉基米尔先生继续说，就好像在宣讲科学论文似的，"但必须足够地吓人——要有吓人的效果。例如，可以针对建筑物策划暴力行动。如今资产阶级的偶像是什么？维罗克先生？"

维罗克先生伸出手，微微地耸了耸肩。

"你懒惰得都不愿思考，"弗拉基米尔先生对维罗克先生的态度加以了评论，"注意我说的。如今的偶像既不是皇室，也不是宗教。所以，这就排除了宫殿和教堂。维罗克先生，你懂我的意思吗？"

沮丧和蔑视导致维罗克先生产生了一个发泄不满的轻浮念头。

"太好了。针对大使馆如何？对几个大使馆发动一系列攻击。"他开始说自己的建议，但他无法忍耐大使馆一等秘书那冰冷的凝视。

"原来你也会开玩笑，"弗拉基米尔先生漫不经心地评论道，"开玩笑好。可以使你们的社会主义分子大会开得有趣，但不许在我这间屋里开玩笑。对你来说，仔细听我说要安全一些。我叫你来，是想让你提供情报，没有让你来说笑话。我不辞辛苦给你解释，你要按照我说的去做，这才能有结果。科学是现今的神圣偶像。为什么不让你的朋友去攻击那个大官僚机构？难道科学机构不就是你们这些未来无产者要清除的机构之一吗？"

维罗克先生什么都没有说，因为他不敢，他怕一张嘴，自己的呻吟声就会一涌而出。

"这应该是你们要去做的。刺杀国王或总统足够耸人听闻，但其轰动效果大不如从前了。如今大家已经都知道国家领导人有被刺杀的可能性。这几乎变成了惯例——因为已经有许多总统被刺杀了。假如我们对教堂采取暴力行动，毫无疑问，最初可能是很可怕的事件，但普通人也许不觉得有多么可怕。无论暴力行动的缘起是多么的革命、多么的反政府，到后来总是有很多笨蛋认为暴力行动是宗教示威活动。这就会削弱我们希望产生的震撼效果。同样，在餐馆或戏院进行谋杀，会让人感到没有政治激情，更像是饿鬼因恼怒而进行的社会报复。所有这些手段都被使用过了，要想革政府的命，这些手段不再具有教育意义。每家报纸都想好敷衍这类事件的报道方式。我要讲一讲我对投掷炸弹的哲学观点，同时也要讲一讲你在过去11年里一直坚持的观点。我不想让你犯糊涂。人们对你所攻击的目标很快就会变得不敏感了。财产对他们来说是可有可无的东西。你不能期待他们会因为财产而长时间处于遗憾或恐惧中。如果希望投掷炸弹对公众有任何影响，必须超越以复仇为目的和以恐怖为目的，必须单纯是为了毁灭。必须如此，只有如此，不能让人产生任何微弱的其他联想。你们这些反政府分子，应该明确表示要下决心清除整个社会。但你们如何把这个异常荒谬的理念准确无误地植入中产阶级的头脑中去呢？这是个问题。答案是去打击普通人文成就之外的目标，可以是艺术。炸掉国家博物馆能引发骚乱，但其严重程度还不够大。艺术不是他们的偶像，这就如同打碎几块男厕所后窗户上的玻璃。如果你真想哪个家伙提着裤子站起来，你至少要掀翻那厕所的屋顶才行。炸艺术目标，谁会哭喊呢？艺术家会，艺术评论家也会，可是这些人都不重要。没有人会理睬他们说什么。然而，科学就不一样了。任何领工资的笨蛋都相信科学。这些人不知道科学为什么重要，仅是相信而已。科学是神圣的偶像。该死的大学教授在内心里都是激进分子。让他们知道他们的伟大领袖要走了，因为未来的无产阶级要来了。如果能让这些白痴一样的知识分子号叫，肯定会对米兰会议的努力方向有所帮助。他们会在报纸上写文章。人们不会怀疑他们的愤慨，因为人们知道这里没有公开的物质利益，这应该能引起资产阶级的注意，因为他们的自私自利的本性将会被震动。他们相信科学是他们物质繁荣的秘密源泉，他们确实是这样想的。由于这样的示威活动具有荒谬的残暴性，将会对资产阶级产生相当大的影响，其影响程度要大于杀光整条街或整个戏院里的资产阶级。对资产阶级来说，他们总是可以说：'哎哟！这仅是阶级仇恨。'然而，如果毁灭暴行是如此的荒谬、难以理解、难以解释、不可想象，结果将会如何？如果实际上就是一场疯狂，结果又将如何？疯狂本身就是一种真正的恐怖，因为疯狂不能安抚、不受胁迫、不听劝阻、不接受贿赂。此外，我是个文明人。我不希望指挥你去组织一次大屠杀，虽说我期待最好的结果。但我不希望我期待的结果来自大屠杀。谋杀永远是我们的手段，它几乎就是我们的习惯。我们的示威必须针对科学，但不是任何科学都行。攻击必须是对科学毫无理由的亵渎，这样才能把他们震撼得失去知觉。由于炸弹是你的行动手段，如果你能把一枚炸弹丢到抽象的数学里面去，那肯定会是极有效果的，但这是不可能的。我试着培养你，我已经向你解释了实现你价值的最高哲学，并向你提出了一些可行的方案。实际应用我的学说更能引起你的兴趣。从我开始与你谈话开始，我就在考虑如何实现的问题。你认为对天文学发动进攻如何？"

维罗克先生在扶手椅旁边已经站了好一会儿了，整个人像是陷入了昏迷状态——在这种状态下，人已经没有了知觉，但伴随着微微的痉挛，夜晚家狗在壁炉前的地毯上睡觉时常见这种状态。就像狗处于不舒服状态要吠一样，他也像狗一样咆哮着重复说出一个词："天文学。"

他一直在努力听懂弗拉基米尔先生的快速的、深刻的讲话，但他不仅没有听懂，反而陷入了困惑之中，此时还没有完全恢复过来。他已经无法消化所听到的，他为所听到的感到气愤。他无法轻信所听到的，这使得问题变得复杂起来。他突然觉得这一切是在故意取笑他。他想起了弗拉基米尔先生微笑时露出的白牙、那张圆脸上的酒窝、点头时凸出的蝴蝶结。聪明的社交女人喜欢他在客厅里的举止和精巧的俏皮话。此时，他身体向前倾斜着，高举起他的白手，他的拇指和食指之间似乎正在抓着他那绝妙的建议。

"再好不过了。这样的暴力行为把对人类最可能的尊重与极度愚蠢最惊人地展示结合在一起了。我敢打赌，记者们根本没有办法说服公众相信无产阶级会与天文学结下冤仇。饥饿问题很难被牵扯进来，你说是不是？有点还不止于此。整个文明社会都听说过格林尼治天文台。查令十字车站地下室里的擦鞋童也都听说过。是不是？"

在弗拉基米尔先生的人格特质中，他的幽默和文雅一直为上流社会所熟知。但他此时正在眉开眼笑，因为他对自己的愤世嫉俗感到很满意。他此时的这副模样，即使是很欣赏他的才智的聪明女人，也会感到大吃一惊。面带轻蔑的微笑，他继续说："是的，把本初子午线炸飞了，肯定能引发憎恶的号叫。"

"这件事太困难了。"维罗克先生低声地说，他觉得这是此时唯一安全可说的话。

"怎么啦？你不是有很多帮手吗？他们不是你挑选的吗？云特那个老恐怖分子就在伦敦。我看见他几乎每天都拿着把绿色的海夫洛克军帽在皮卡迪利大街闲逛。还有那个叫米凯利斯的假释犯道士——你不会说你不知道他在哪里吧？如果你不知道，我就告诉你。"弗拉基米尔先生恶狠狠地说着，"如果你觉得你是唯一领特务经费的人，那你就错了。"

听了这种毫无根据的建议，维罗克先生轻轻地挪动一下脚步。

"洛桑那一帮人怎样？听到米兰会议的风声，他们会不会全来？这是个荒谬的国家。"

"这要花费很多钱的。"维罗克先生凭直觉说道。

"这样说不对。"弗拉基米尔先生反驳道，他用英语发音好得令人吃惊。"你每个月都有工资，除非做出点事，否则不会增加了。如果不能很快做出成绩，工资也将取消。你公开的职业是什么？你靠什么生活？"

"我有个店铺。"维罗克先生回答。

"店铺？卖什么的店铺？"

"文具和报纸。我的妻子……"

"你的什么？"弗拉基米尔先生用他那刺耳的中亚口音打断了对方的话。

"我的妻子。"维罗克先生提高了他沙哑的嗓门儿，"我结婚了。"

"这太奇怪了，"对方惊呼道，"结婚！可你是个公认的无政府主义者呀！这有什么意义？我认为这仅是说说而已。无政府主义者不结婚，这是众所周知的。他们不能结婚，结婚等于背叛。"

"我妻子不是无政府主义者，"维罗克先生低声地说，样子很不高兴，"此外，这跟你无关。"

"噢，当然跟你无关，"弗拉基米尔先生厉声说道，"我开始意识到你根本不配做这份工作。你结了婚，你就不会被你的人信任。难道不结婚就不行吗？你是不是很忠于爱情？你可以有爱情，但你就对我们没用了。"

维罗克先生鼓着腮，猛地吐出一口气，但没能说出话来。他强忍着没有说话。双方的话已经说得太多了。大使馆一等秘书突然变得寡言寡语起来，最后分手的时候到了。

"你可以走了，"他说道，"必须展开一次爆炸行动。我给你一个月的时间。米兰会议现在正在休会。会议再次开始前，你必须有所行动，否则我们将终止与你的联系。"

说到这里，他毫无原则性地再次改变了语气。

"维罗克先生，想一想我的哲学，"他带着嘲弄人的口气说，而且手还指着大门，"去把本初子午线炸掉。你不如我了解中产阶级，他们对一切都变得不敏感。本初子午线，我认为，这是个最好的目标，并且最容易实现。"

说这句话的时候，他已经站了起来，他那薄薄的嘴唇滑稽地颤搐着，而他的眼睛却盯着壁炉上的镜子，他看着维罗克先生拿着帽子和手杖，深沉地走出房间。房门随后关上了。

突然间，穿着棕色裤子的男仆就出现在了走廊里，他领着维罗克先生沿着另一条路离开，这条路需要穿过院子角落里的一个小门。在大使馆的大门口，看门人完全没有理睬有人要离开。维罗克先生沿着早晨朝圣的道路折返了，他仿佛是在做梦——这是个令人气愤的梦。此时，维罗克先生的灵魂已经出了窍，他的肉身仍然沿着街道在不紧不慢地走着，可他的灵魂却一步就赶到了家门口，因为这个时候正好有一股大风从西吹到东。他径直走过店铺的柜台，坐在一把木椅上。没有人来打扰他的孤独。史蒂夫穿着绿围裙，正在扫楼梯，扫得很认真、很尽责，就好像是在玩耍。维罗克夫人在厨房里听到了门铃声，已经来到营业室的玻璃门前，稍微掀起了门帘，向店铺里窥视。她隐约看到丈夫坐在那里，丈夫头上的帽子后倾到了后脑勺。一看是丈夫，她马上又回到火炉边去了。又过了一个多小时，她取下弟弟史蒂夫身上的围裙，用强制性的口吻要求他去洗手洗脸，她这样发命令已经有15年了——有时甚至要亲自为史蒂夫洗手洗脸。在饭菜装盘上餐桌前，史蒂夫会来厨房请姐姐检查手和脸是否干净，他表面上看似乎很自信，但内心里却隐藏着永恒存在的焦虑。从前，他父亲在这类场合发脾气是最有效的约束力。如今，维罗克先生在家庭生活里非常安静，根本不会发脾气——在可怜的史蒂夫面前也不会。这有一种解释，维罗克先生不发脾气，是因为他即使吃饭时发现食物不干净，他也不会把自己的痛苦和震惊说出来。温妮的父亲死后，她不再为可怜的史蒂夫发抖，这对她来说是个极大的慰藉。她不愿看到弟弟受伤害，弟弟受伤害会使她发狂。当她还是个小姑娘的时候，她就经常为保护弟弟而面对父亲的那双充满怒气的眼睛。如今，谁也不会从维罗克夫人的样子上看出她会发脾气。

她把饭菜装好了盘子。餐桌摆在会客室。她一边向楼梯走，一边大叫道："妈妈!"接着她打开通往店铺的大门，"阿道夫!"维罗克先生还没有改变姿态，他显然在这一个半小时里丝毫未动。他沉重地站了起来，一言不发，没有脱大衣和帽子就要吃饭。他在家里的沉默寡言并不令人吃惊，这个家坐落在肮脏的街道上，很少有阳光普照，在破旧的店铺后面到处是破烂垃圾。然而，维罗克先生在这一天的沉默寡言显然是若有所思，家里的两个女人都注意到了。她们沉默地坐着，不时地看可怜的史蒂夫一眼，害怕他多嘴生事。史蒂夫隔着餐桌面对着维罗克先生，表现得很好、很安静，茫然地盯着维罗克先生。为了防止史蒂夫惹一家之主生气，这让两个女人每天都处于绝非微不足道的焦虑之中。史蒂夫，自出生之日起就是她俩焦虑的根源。她俩总是温柔地用"这孩子"暗指史蒂夫。史蒂夫已故的父亲为有这样古怪的儿子而感到羞辱，所以总是拳脚相加。因为他是个非常敏感的人，作为一个男人和父亲，他的痛苦是非常真实的。后来，她俩要防备史蒂夫去惹绅士房客，这些房客自己也都是非常怪异的，很容易生气。此外，史蒂夫的未来如何永远是个令人焦虑的问题。那个生活在贝尔格莱维亚区一间破旧地下室早餐厅里的老妇人，一想到自己的孩子可能去劳教救济院生活，就感到心力交瘁。她常对女人说："如果你没有找到这么一个好丈夫，我不知道那个可怜的孩子的未来是什么样子。"

维罗克先生对史蒂夫给予了关照，就好像一个不太喜欢动物的男人或许会喜欢妻子的宠物猫似的。他关照，虽说很善良，但总是敷衍了事，与妻子对宠物猫的关照在本质上是一回事。这两位女人承认，要求对史蒂夫更多的关照恐怕也不合理。维罗克先生对史蒂夫的关照已经足够赢得这位老妇人的尊敬。她早年过着无依无靠的苦日子，形成了多疑的习惯，他多次焦虑地问女儿一个问题："亲爱的，你难道不觉得维罗克先生已经厌倦看到史蒂夫了吗？"对这个问题，温妮总是习惯性地微微摇摇头。不过，她有一次进行了反驳，态度相当无礼："他会先厌倦我的。"一阵长时间的沉默。温妮的母亲把脚靠在木凳上，似乎要彻底地理解女儿的回答，因为女儿具有女性远见的回答让她大吃一惊。她根本不理解为什么温妮要和维罗克先生结婚。温妮这样做是很明智的，事实证明对温妮最合适，但女孩子也许希望找一个与自己年龄相仿的人。有好几个年轻人追求温妮，只有临街那个屠夫的儿子，虽然是屠夫父亲的帮手，但温妮和他非常情趣相投。他确实生活有赖于父亲，但他父亲的生意很好，前途相当好。他带着温妮晚上去过几次剧院。就在温妮的母亲开始害怕听到他们订婚消息的时候（如果温妮走了，她只好依靠史蒂夫做帮手了），温妮的罗曼史突然结束了，温妮的样子很难看。就在这个时候，维罗克先生出现了，神奇般地住进了第二层楼的卧室，那个有关年轻屠夫的问题消失了。这显然是老天有眼，给予温妮一次新机会。

第三章

"……理想中的世界是单调乏味的。美化世界就等于是掩盖了世界的复杂本质——这实际上是要毁灭世界。孩子们，让道德学者继续这个话题吧。历史是人创造的，但不是在他们的头脑里。思想在意识中产生，但思想对历史进程的作用并不大。历史是由生产工具和生产过程决定的——或者说是由经济基础的力量决定的。资本主义创造了社会主义，资本家为保护财产而制定的法律为无政府主义的产生提供了条件。没有人知道未来的社会制度是什么样子。那么为什么要空想呢？空想最多只能告诉我们预言家在想什么，没有任何客观价值。孩子们，这个话题留给道德学者去消遣吧。"

传道士米凯利斯是个假释犯人，此时正在用平稳的腔调说话，他说话的时候气喘吁吁，就好像胸脯的肥肉压得他不得不那样似的。

他是从一所卫生条件很好的监狱出来的，腰圆得就如同一个木桶，腆着大肚子，腮帮子又胖又白，看上去是半透明状态的，他的这副样子仿佛让人觉得在过去 15 年里，一个极度不公平社会的公职人员用各种增肥食物给他喂食，并把他关在一个潮湿、阴暗的地窖里，而他此后竟然没有能成功地减过一盎司的肥。

据说有一位富有的老妇人把他送到玛丽亚温泉进行治疗，在三个季度的治疗期间，他赢得了极高的公众好奇心，竟然与一位国王不相上下。后来，警方命令他必须在 12 个月内离开，离开前不许泡温泉。如今他再也不愿去泡温泉了。

他的胳膊粗得看不见胳膊肘，更像是放在椅子背上弯曲的假肢。他用短粗的大腿支撑着前倾的身体，把一口痰吐进壁炉里。

"是的！我有时间稍微清理一下思路，"他平淡地继续说着，"社会给我大量的时间进行冥思苦想。"

在壁炉的另一边，放着一把专供维罗克夫人的母亲使用的马鬃椅子，此时卡尔·云特正坐在上面冷笑着，虽说嘴里没一颗牙，但仍然做着略带邪恶的鬼脸。这个自称是个恐怖分子的老头，是个秃子，下巴挂着一绺雪白的山羊胡子。

在他那目光暗淡的双眼里，存留着一股异乎寻常的凶险恶意。他痛苦地站了起来，向前伸出他那只因风湿病肿块而变得奇形怪状的瘦手，这让人感觉到他好像是个垂死的刺客，正在用最后一点力气做最后一击。他的另一只手挂着一根粗手杖，手杖在他身体的重压下战栗着。

"我一直有个梦想，"他恶狠狠地说，"我要组织起一帮人，他们有绝对的意志，敢于抛弃一切妨碍他们选择手段的桎梏，强大得可以坦然自称为毁灭者，浑身上下没有沾染上那种导致世界腐败的宿命的悲观主义。他们对这个世界上任何事物都残酷无情，包括他们自己和死亡，因为死亡就是在为正义和人类服务——这就是我想看到的。"

他的小秃脑袋颤抖着，也带动了那绺白色山羊胡子滑稽地抖动起来。陌生人根本听不懂他的理论。他所表现出来的激情，实际上早就是强弩之末了，他就好像一个老色鬼，表面很疯狂，但实际上已经无力勃起。他那枯萎的喉咙也很不给力，而他那无牙的牙床似乎总是在伺机捕捉他的舌尖。维罗克先生坐在屋子另一边的沙发角上，发出两声表示衷心同意的咕哝声。

这位老恐怖分子把他那颗架在精瘦脖子上的脑袋缓慢地左右摇摆着。

"可是我至今还没能找到 3 个这样的人。你那腐朽的悲观主义也不过如此。"他对着米凯利斯咆哮道。听到这话，米凯利斯把他那两条粗得像坐垫一样的大腿从交叉状态放开，接着又猛地塞到椅子底下，借以表示恼怒。

悲观主义者？荒谬绝伦！米凯利斯惊呼这种指责简直是无耻。他根本不是个悲观主义者，因为他看到了私有财产的末日，他认为这是符合逻辑的、不可避免的、由丑恶的私有财产内在发展规律决定的。财主们不仅要面对觉醒的无产阶级，在财主之间还有内部斗争。是的！斗争和战争是财产私有的必要条件。这是致命的。啊！他不需要激昂的热情来坚持信仰，不需要雄辩，不需要气愤，不需要摇晃红旗，不需要一轮象征性的红太阳从地平线升起去报复命中注定要灭亡的社会。他不需要这样做。冷静的理智才是他提倡的乐观主义的基础。是的，要的就是乐观主义……

这段话累得他气喘吁吁的，他停了下来，在喘了几口气后，他又继续说：

"如果我不是个乐观主义者，恐怕在过去 15 年里早就找到多次割喉的机会了。你想是不是这个道理？至少我可以撞死在监牢的墙上。"

他感到气短，声音失去了活力。他的大白腮帮子看上去就像挂着的白布口袋，一动不动，连颤抖都没有。但那双蓝色的眼睛眯成一条缝，仿佛在偷看，眼睛里仍然放射出过去那样的自信和精明，但他那固定不变的视线让人感到有点疯狂，这些特质肯定是这位不屈的乐观主义分子夜晚坐在监牢里养成的。卡尔·云特站在他的前面，他戴着一顶褪了色的军帽，军帽的一条遮颈布威武地盖在他的肩上。奥西彭同志坐在壁炉前，他是个医科大学肄业生，是"无产阶级的未来"这个组织的主要传单写手。他摊开两条粗壮的大腿，把靴子后跟伸进壁炉烤火。他面色通红，一脸雀斑，一头黄色卷曲短发，塌鼻梁，嘴向外突出，简直就是个黑人模样。高颧骨的脸上有一双杏仁状的眼睛，懒洋洋地斜视着。他穿着一件灰色的法兰绒衬衣，戴着一条黑色丝绸领带，外套是一件哔叽大衣，纽扣全都系上了，但领带的下端却悬挂在哔叽大衣的外面。他的头靠在椅子背上，喉结清晰可见。他抽着插着烟卷的木质烟斗，直接把烟吐向天花板。

米凯利斯继续谈自己的想法——他在隐居时产生的想法——这些想法是他当年在监牢里产生的，他的想法越积越多，就像幻想中的信念一样。他在自言自语，丝毫不顾听众的好恶，实际上是不关心有没有听众。他的这个满怀希望大声自言自语的习惯，是他在监狱里只能孤独地面对四堵白墙养成的。那监狱坐落在一条大河的旁边，看上去既恶毒又丑陋，就好像是供停放那些被社会勒死的人停尸用的巨大太平间，那太平间是由大量顽固的砖头堆砌起来，里面充满了坟墓般的寂静。

他很不善辩，不是因为他的信念被别人给辩倒了，而是因为听别人说话会痛苦地惊扰他，让他的思维处于混乱中——他的思维多年来一直处于孤独状态，比一片干燥的沙漠更加荒凉，从来没有活人来跟他争论、给予他评论，甚至连一句同意的声音都听不见。

没有人打断他的讲话，他继续坦然述说自己的信念，用不可抗拒的力量征服了听众，就像上帝赐予人间仁慈一样：人类的物质生活透露出了人类的秘密命运；决定人类的历史和未来的是经济基础；指引人类思想发展和各种激情的思想根源……

奥西彭同志一声刺耳的大笑打断了这段长篇大论，使得传道士张口结舌，眼睛中原先的得意劲全没有了，变成了迷惑和混乱。他把眼睛闭上了一小会儿，仿佛是要集中精力。屋子里一阵沉默，屋里的两盏煤气灯和越来越旺的炉火使屋里的温度变得非常热。维罗克先生从沙里站起来，不情愿地踏着沉重的步伐去打开通往厨房的门，这样能放进新鲜空气，可是这一来从屋里就能看到局外人史蒂夫。史蒂夫这时趴在柜台上画圆圈玩，他画了无数个圆圈，有同心圆，有椭圆。他画出来的圆有才气，让人感到目眩，因为画面上有错综复杂的曲线、整齐划一的格式、令人感到迷惑的交叉线，他的画让人想起宇宙混沌，这位艺术家一直在埋头作画。他把全部精力都投入其中，背部微微颤抖着，瘦弱的脖子深深地陷入脑壳下方的空谷中，似乎随时有折断的可能。

维罗克先生虽然不喜欢史蒂夫的画，但依然感到惊奇，低声咕哝了一句什么，又坐在沙发上。亚历山大·奥西彭穿着破旧的蓝色哔叽大衣，他站了起来，想放松一下长时间不动形成的身体僵硬，在低矮的天花板下显得他的个头很高。他闲逛到厨房（下两级台阶），站在史蒂夫背后看画。看了一会儿，他转身回来，嘴里神秘地念叨着："非常好，非常有特点，很典型。"

"什么东西那么好？"再次回到沙发角上坐着的维罗克先生低声询问道。被问的人漫不经心地解释了自己的意思，态度很谦逊，还用头指了一下厨房。

"典型的精神变态——我是说那些画。"

奥西彭同志的绰号是"医生"，医学院的肄业生。离开学校后，浪迹于工人组织之间，讲解社会主义卫生学。写了一本貌似医学著作的书（以廉价小册子的方式分发，立即就被警察缴获了），书名叫《中产阶级的腐朽毛病》；还担任一个相当神秘的名叫"红色委员会"的特别代表，跟卡尔·云特、米凯利斯一起负责文字宣传工作。他们一起至少打通了与两家大使馆的关系，他们进出大使馆的频率高得让人难以忍耐，达到了科学允许普通人能做到的极限。"你是在说那孩子是精神变态者吧，是不是？"维罗克先生咕哝道。

"他是科学的产物。非常典型，典型的精神变态者。你只需看看他的耳垂。如果你读过龙勃罗梭的著作的话……"

维罗克先生几乎是横躺在沙发上了，面色忧郁，紧盯着自己马甲上的那排纽扣，但他面颊微微泛起红晕。最近只要稍微提到"科学"这个词（中性词且无固定含义），他的脑海里就浮现出弗拉基米尔先生那令人讨厌的形象，不仅栩栩如生，而且几乎神奇般的清晰。这种现象确实应该属于科学奇迹之一，这使得维罗克先生处于恐惧和气愤的精神状态下，处在这种精神状态下的人喜欢发毒誓，但他什么都没有说。反倒是缓过一口气的卡尔·云特说话了。

"龙勃罗梭是头笨驴。"

听了这句亵渎的话，奥西彭同志感到震惊，他用可怕的、无情的眼光盯着说话人。在卡尔·云特那瘦骨嶙峋的大脑门的阴影下，他的双眼变得暗淡无光，嘴里咕哝着什么，每说完一个词，舌头就会被咬到一次，就好像是他在生气故意要咀嚼自己的舌头一样：

"你见过这样的蠢货吗？对他来说，是罪犯就要被关起来。事情就这么简单吗？那些关他的人——就是那些迫使他在监狱里的人算什么？对，这些人强制他坐牢。然而，罪名是什么？他难道不知道他正在通过观察大量穷鬼、倒霉鬼的耳朵和牙齿让无耻之徒在这个人吃人的世界里大行其道吗？难道凭牙齿和耳朵能分辨出罪犯？他们是罪犯吗？法律能更好地判断他是否是罪犯——法律就是给罪犯打上烙印的工具，这是吃饱撑得慌的人为了对付营养不良才发明的把戏。这样的法律有什么用处？把烧红的烙铁盖在罪犯的身上难道你闻不到皮肉焦煳的气味、听不到皮肤烧焦的嗞嗞声吗？龙勃罗梭写的那本愚蠢的书，就是这样制造罪犯的。"

他情绪非常激动，手中的手杖和他的双腿一起颤抖起来，军帽遮阳布掩盖下的身躯却仍然保持着他传统性的挑战姿态。他似乎嗅出了社会中的暴力气息，于是他竖起耳朵听社会中各种残暴的声音。他的姿态预示着极大的力量。这位垂死的老兵当年在战场上是爆破专家——他曾经在讲演台上、秘密集会中、私人会面时都有表现。这位著名的恐怖主义分子一生中还没有亲自动过大建筑物一根手指。他既不是个活动家，也不是个口若悬河的讲演家，因为他不能煽动大量人群发动情绪激荡的运动。他怀揣着更加狡猾的目的，以鲁莽的、恶毒的阴谋家的身份参加活动，他的恶毒冲动不仅来自盲目的嫉妒、因无知而生的恼怒虚荣心、因贫困而生的痛苦，还源自一种高尚的幻觉，他坚信自己拥有气愤、怜悯、造反的正当权利。他拥有的恶毒能力此时已经相当稀少了，就如同一个过去装致命毒药的瓶子里的毒气味，这个毒药瓶已经用空了，没有多大用处了，可以被丢弃到堆放他们那个时代废物的垃圾堆里了。

假释犯传道士米凯利斯抿着嘴暧昧地笑了。为了表达自己郁闷的认同，他把那张像涂了白粉的圆脸低垂下来了。他曾经坐过监牢。他皮肤上还留着在嗞嗞声中打下的烙印，他轻声地咕哝道。不过，绰号"医生"的奥西彭同志已经从震惊中恢复过来。

"你不懂，"他轻蔑地开口说，但马上又止住了，因为他看到了威胁。两只像巨大黑洞的眼睛缓慢地转向他，并死死地盯着他，仿佛又冲着他的声音而来。他停止了争论，微微地耸了耸肩。

史蒂夫习惯于在无人理睬的情况下走来走去，他此时已经从餐桌前站起来，带着画回床上了。当他走到会客室门口的时候，他被卡尔·云特的雄辩比喻吓唬住了。画纸从他手里脱落，他死盯着那个老恐怖分子，仿佛突然看到了恐怖的伤疤、感受到了肉体的疼痛。史蒂夫知道热烙铁伤人很厉害。他恐惧的眼神中充满了愤慨：那会很疼的。他咧着大嘴。

米凯利斯盯着炉火，眼睛一眨都不眨，又恢复到那种冥思苦想的孤独状态。他的乐观情绪开始从嘴唇上倾泻而出。他看出，资本主义在摇篮里就会灭亡，因为出生时身体里就带着竞争这种原则性的毒药。资本家，有大有小，大的吞并小的，不仅权力向少数人集中，生产工具也会大规模集中，生产工艺日趋完善，这是一种疯狂的自我膨胀过程，但这个过程是为无产阶级以后合法掌握权力做组织准备和物质准备。米凯利斯说出了"忍耐"这个伟大的词——他吐出这个词的时候，用清澈的蓝色眼睛仰望着维罗克先生营业室的低矮天花板，让人感觉他像天使一样值得信赖。走廊里的史蒂夫变得很平静，似乎陷入了倦怠的状态。

奥西彭同志听了这话，脸都气歪了。

"那就是说做什么事都没有用了。"

"我没有这么说。"米凯利斯轻轻地抗议道。他对真理有强烈的期待，任何奇谈怪论都无法打败他。他继续低头看着炉子里火红的炭。为将来做准备是必要的，他乐于承认剧烈的革命也许会带来大变化。不过，他认为革命宣传是一项细致的工作，需要高尚的道德心。宣传造就世界的主人。必须像对待国王的教育那样仔细地对待宣传工作。做宣传工作的人，必须谨慎地推广其理念，甚至要达到小心翼翼的程度，因为我们不知道经济基础的改变对幸福、道德、理性、人类历史的影响。由于历史是生产工具决定的，不是理念，于是经济基础改变世上所有事物——譬如说，艺术、哲学、爱情，甚至于真理也在变化之中。

壁炉里的煤炭发生了一次小崩塌。米凯利斯，就是那位在监狱的荒漠中展望未来的隐士，见到这种情况，猛地站了起来。他胖得就像个吹起来的气球，此时伸出了短粗的胳膊，就好像是要拥抱自己的新世界，但留给他的只能是可怜的绝望。他拼命地喘着粗气。

"未来就像历史一样确定——奴隶制、封建制、公民社会、集体主义社会。这是规律，不是空泛的预言。"

奥西彭同志噘起了轻蔑的嘴唇，这使得他的脸形更像一个黑鬼了。"瞎扯，"他说道，语气相当平静，"世上没有规律，也没有确定性。让教导式的宣传见鬼去吧。人们知道什么并不重要，他们知道的也不准确。对我们来说，唯一重要的是他们的情绪状态。没有情绪，就没有行动。"

他停了停，又以相当坚决的口吻说：

"我在讲科学——科学，知道吗？维罗克，你刚才说什么来着？"

"没说什么。"坐在沙发上的维罗克先生咆哮道。刚才壁炉里发出的噪音刺激了他，他轻声地骂了一句"可恶"。

那个没牙的老恐怖分子又在唾沫星四溅地发表恶毒的言论了。

"你知道我是怎样称谓如今的经济体系吗？我称之为弱肉强食。这就是当前的经济体系所干的。他们贪婪地吞噬人们的鲜肉和鲜肉——这就是他们正在干的。"

这句话，史蒂夫全听到了，咕隆一声咽下一口吐沫，就好像大口吞食了速效毒药似的，瘫倒在厨房门口的楼梯上。

米凯利斯假装什么都没有听见。他双唇紧闭，就好像用胶粘住一般，沉重的双颊也不再颤抖了。他睁大困惑的双眼四周寻找礼帽，然后戴在圆脑袋上。他弯下滚圆的腰身，从卡尔·云特削瘦的胳膊肘下和两把椅子之间溜走了。那个老恐怖分子扬起颤颤巍巍的瘦得跟鸡爪子一样的手，把他那顶黑色墨西哥宽边帽猛地拉低，遮掩起那张沟壑遍布的老脸。

他的步态缓慢，每走一步都要用手杖敲打一次地面。让他离开是一件很困难的事，因为他不时地停下脚步进行思考，最后在米凯利斯的推搡下才离开。文雅的传教士像兄弟一样扶着他的胳膊，走在他们身后的是体格粗壮的奥西彭，他双手插兜，无精打采地打着哈欠。他戴着一顶蓝色的漆皮帽，露出他的那一绺黄头发，让人感觉他就像个刚寻欢作乐完便马上厌世的挪威水手。维罗克先生不戴帽子送客到屋外，他的大衣敞开着，眼睛看着地面。

客人走了，他小心翼翼地关上了门，锁上门，插上门闩。他对朋友们很不满。按照弗拉基米尔先生的投掷炸弹哲学，这些人似乎都变得毫无用处。维罗克先生参加革命活动从来不采取主动，宁愿做旁观者，无论在家里，还是在比较大型的集会上，他都是如此。他必须谨慎，已经40多岁了，虽说心中有愤恨，但又感到自己最珍贵的安逸和安全受到了威胁。他带着轻蔑的口气问自己，看看卡尔·云特、米凯利斯、奥西彭这帮人，他们除了空谈又能做什么呢？

维罗克先生想去关掉店铺中间的煤气灯，灯还没有关，自己却先陷入了道德反思的混乱中。借助他对这帮人脾气秉性的了解，他做出了自己的道德判断。这帮人都是懒货——就拿卡尔·云特来说吧，如今他由一位两眼昏花的老妇人照顾着，这位老妇人是他几年前从朋友那里骗来的，但他后来又多次想把她抛弃到贫民窟里去。不过，云特很幸运，虽然她多次被甩，但每次被甩后都坚持要回来。如果她不回来，就没有人帮助他在格林公园站下公共汽车了。他有个习惯，每当天气好的时候，都要在早晨去那个公园漫步。一旦这位顽强的、喜欢咆哮的老巫婆死掉，那个狂妄自大的老鬼也就此消失——暴躁的卡尔·云特的生命也就会因此而终结。在道德上，信奉乐观主义的米凯利斯也惹维罗克先生生气。米凯利斯被一位富裕的老妇人供养着，但这位老妇人最近把他送到乡下别墅住了。这位前科犯可以几天在林荫道上闲逛，借机满足自己对美味食品和懒散的需要。对奥西彭这个穷鬼来说，他什么都不要，只要世上还有几个银行里有存款的傻女孩就行。虽然维罗克先生与这几个人在气质上有共同的地方，但与他们之间也存在着微弱量上的差异。这让他感到某种满足，因为他内心有很强的尊重他人的传统天性，他的问题是不喜欢干别人正在干的活——这种性格缺陷是大部分有社会地位的改革家所共有的。原因是显然的，人是不会反对已有的利益和机会的，但会反对为维持这些好处所必须付出的道德代价、自我约束、烦恼。大部分革命家都是纪律的敌人，他们最讨厌干重活。人性的弱点也牵扯进来，他们觉得维持社会地位的代价太大、令人讨厌、压迫人、令人烦恼、羞辱人、有勒索的嫌疑、不可容忍。这些人都是革命的盲目追求者。剩下的革命家是为了虚荣而投入社会革命，虚荣是高贵和丑陋幻觉的根源。诗人、改革家、骗子、预言家、煽动家都以虚荣为伴。

在混乱的冥思苦想中挣扎了整整一分钟之后，维罗克先生仍然没有能理解这些抽象概念的深刻含义。也许他根本就理解不了。无论如何，他已经没有时间了。他的思路突然被中断了，因为他想起了他的另一位合伙人弗拉基米尔先生，由于他俩在道德上有微妙的类似性，所以他能做出正确的道德判断。他认为弗拉基米尔先生是个危险的人。一片嫉妒的阴影爬入他的思绪。那几个同伴可以闲荡，因为他们不仅是不接触弗拉基米尔先生，而且有女人可以依靠，他却不同，他有一个女人要养……

这时，维罗克先生猛然想起今晚总该要去睡觉，不是现在，也会是今晚其他什么时候。那么，为什么不现在去睡觉呢？他叹了一口气。正常情况下，他这个年龄和性格的人，睡觉是个令人愉快的事，但对他来说并不是这样。他害怕失眠，失眠的征兆已经出现了。他举起了手，关上了头顶的煤气灯。

一道亮光从会客室的门缝中照亮了一部分柜台。这道光使维罗克先生看清了钱柜里银币的数量。只有很少的几枚，这是他自开店以来第一次看看店铺的商业价值。店铺的商业情况很不妙，这说明他没有什么商业理由继续做这份买卖了。他是凭着直觉才选这份特别的买卖的，因为他听说不正当的交易才容易赚钱。此外，他仍然在自己熟悉的领域内——即有警察监督的领域。这样他不仅因为干这一行而获得了合法的地位，还与一些不谨慎的警察保持着私下的联系，这给予他一种特殊的好处。但这份生意无法让他维持生计。

他从抽屉里把现金箱拿出来，想转身离开店铺，这时他发现史蒂夫还在楼下。

他在这里干什么？维罗克先生暗自问道。这样古怪的行为有何意义？他疑惑地看着妻弟，但没有继续追问。维罗克先生与史蒂夫的交流非常有限，仅限于早餐后的几句随便咕哝，比如，"我的靴子"这句话不是命令或请求，而就是随意说出了一句话。跟史蒂夫没有话说，这使维罗克先生也感到有些奇怪。他站在会客室的中间，默默地看着厨房。他不知道自己如果说话会有什么样的反应。当他突然意识到自己也需要养活这家伙的时候，同样也感到很奇怪。他从前从来没有想到过史蒂夫需要自己养活的事实。

他确实不知道如何与这个少年进行谈话。他看到史蒂夫在厨房里一边做手势一边还自言自语。史蒂夫围着桌子转，就像笼子里的动物一样。维罗克先生试着说了一句："你是不是最好该去睡觉了？"但这句话毫无效果。于是他放弃再去对妻弟的行为进行困难的猜测，拿着现金箱，小心地走过会客室。他爬楼梯，感到一阵疲乏，但原因竟然是纯粹精神上的，这个特点他无法解释，于是自己变得很惊诧起来。他希望自己不是真病了，于是走到漆黑的楼梯平台，以便检查自己的身体状况。但黑暗中不断有鼾声传来，惊扰了他的感觉，这鼾声来自岳母的房间。另一个要供养的人，他想到了这点——想着想着，他走进了卧室。

床边桌上的油灯点到了最亮，油灯下维罗克先生夫人睡着了(楼上没有煤气灯)。灯罩下的灯光非常明亮，灯光下能看见她的头深深陷入白色枕头之中，她双眼紧闭着，头上梳着几条为晚上睡觉编成的辫子。她醒来了，因为有人在耳边叫她的名字。她看见丈夫正俯视着她。

"温妮！温妮！"

最初，她没有动，非常安静地躺着，看着维罗克先生手中的现金箱。不过，当她听说她的弟弟正在"楼下乱蹦乱跳"的时候，她猛地转身坐在了床边。她穿着一件朴素的白布睡衣，领子和袖子都是紧扣着，两只光脚丫就像从睡衣里钻出来似的。她一边弯腰在地毯上摸拖鞋，一边仰着头看着丈夫的脸。

"我不知道如何管他，"维罗克先生粗暴地解释道，"不要让他一个人开着灯在楼下。"

她什么话都没有说，小跑着穿过房间，白睡衣在门口消失了，接着房门也关上了。

维罗克先生把现金箱放在床头桌上，开始脱衣服，他把脱下来的大衣丢到远处的椅子上，接着是正装和马甲。他穿着袜子在房间里徘徊起来，他双手紧张地放在咽喉处，粗壮的身体来回反映在妻子衣柜的长条镜上。又过了一会儿，他把副裤子背带从肩上松下来，使劲拉起百叶窗。他把额头靠着冰冷的窗户——薄薄的一片玻璃把他和冰冷、漆黑、潮湿、泥泞、荒凉的黑夜分隔开来，那黑夜中躲藏着诸如砖头、石板、石头等对人充满敌意的东西。

维罗克先生感到门外所有的东西都不友好，带着一股令人身体感到痛苦的力量。没有什么职业比当警察暗探更令人彻底失望的了。这就好像是你的坐骑在一片干枯的荒野上倒地而亡一样。维罗克先生能想到这个比喻，是因为他曾经在军队里骑过好几匹马。如今，他感觉自己就要垮掉了。前途就像他面前的这扇玻璃窗一样黑暗。突然，弗拉基米尔先生那张光润的、诙谐的、面色粉嫩的脸出现在面前这片可怕的黑暗中。

这幅神采奕奕的残破幻象，看上去不仅非常真实，还非常恐怖，吓得维罗克先生想立即远离窗户，他咔嚓一声猛地拉下了百叶窗。就在幻觉给他造成的惊慌失措还未散去的时候，他看到妻子回到了屋里，平静地上床睡觉了，妻子这种镇静的态度让他感到自己在这个世界上异常孤独。看到他仍然没有睡，维罗克夫人感到很惊讶。"我感觉不舒服。"他低声说道，并把手放在潮湿的额头。

"头晕吗？"

"是的。感觉很不好。"

维罗克夫人像一位很有经验的家庭主妇似的分析了病因，并提出常用药方。但她的丈夫站在屋子中间，沮丧地摇着低垂的头。

"你站在那里会受凉的。"她看着他说。

维罗克先生做了一番努力，脱完了衣服，躺在了床上。楼下很寂静，狭窄的街道上出现一串有规则的脚步声，向他们的房子走来。过了一会儿，脚步声又逐渐消失了，那脚步声既从容不迫，又很坚定，就好像那人是在漆黑的夜里从一盏煤气灯走到另一盏煤气灯，准备没完没了地走下去。楼梯平台上那台破旧时钟发出了催眠一样的嘀嗒声，远在卧室里都能听得见。

维罗克夫人平躺在床上，看着天花板说道：

"今天收入很少。"

维罗克先生，同样平躺着，清了清喉咙，就好像是要做重要发言似的，但最后仅是问道：

"你关楼下的煤气灯了吗？"

"关了。"维罗克夫人简短地回答道。沉默了 3 次钟表的嘀嗒声后，她接着咕哝道，"那可怜的孩子今晚很兴奋。"

维罗克先生不关心史蒂夫是否兴奋，但他难以入睡，他预感待油灯熄灭后即将到来的是可怕的黑暗和寂静。这种恐惧心理迫使他想说点什么，于是他说史蒂夫不听他提出的上床睡觉的劝告。维罗克夫人不知是计，开始漫长的辩解，想向丈夫证明这不是一种"轻率"的行为，而仅是"兴奋"。她声称，伦敦像史蒂夫这样听话的孩子根本没有。只要大人不打扰可怜的史蒂夫，他会变得更加可爱，甚至更加有用。维罗克夫人转身面对着睡不着的丈夫，用胳膊肘支撑身体俯视着他，面带焦虑地央求他相信史蒂夫是个有用的家庭成员。那种她在孩童时期为保护另一个孩子形成的病态热情，此时让她那憔悴的面颊泛起微微的红晕，她那对大眼睛在黑眼皮下闪着微光。这时的维罗克夫人显得更加年轻了，又回到了过去温妮那副样子了，但比贝尔格莱维亚大厦时期绅士房客面前的温妮更加具有活力。维罗克先生由于心里很焦虑，所有没有注意听妻子都说了些什么。妻子的话好像是在厚厚的墙那边说的。当他看到身旁的妻子时，他才恢复了理智。

他欣赏身边的这个女人，这种欣赏的情感，在受到一种类似于激情的刺激后，使他的精神变得更加痛苦。等她不说话了，他艰难地说：

"最近几天我感觉很不好。"

他这样说很可能是想开个头，然后完成他俩间的私生活。但维罗克夫人又躺回枕头上了，眼睛看着上方，继续说道：

"那孩子听到很多你们的谈话。如果我知道他们今晚来，我就会让他上床睡觉去。他听到吃人肉喝人血后就控制不住自己了。谈论这些东西有何好处？"

她的语气中有一丝蔑视。维罗克先生这时才真正开始应答。

"问卡尔·云特去。"他野蛮地咆哮道。

维罗克夫人下了很大的决心才说出："卡尔·云特是个令人恶心的老鬼。"她明确说自己喜欢米凯利斯。对健壮的奥西彭，她没有说什么，因为只要他一出现，她总是感到很不自然，只能表现出一副冷若冰霜的态度。接着，她继续谈弟弟的事，弟弟多年以来一直是她担心和害怕的根源：

"他不适合听你们说的。他认为你们说的是真的。他不太懂事。他太用感情了。"

维罗克先生没有说话。

"我到了楼下的时候，他死盯着我，仿佛不认识我。他的心跳得像打鼓。他无法抑制自己的兴奋。我叫醒了妈妈，请妈妈陪他睡觉。这不是他的错。不惹他，他不会这样。"

维罗克先生没有说话。

"我希望他永远不要去上学，"维罗克夫人突然又开口说话了，"他总是拿走橱窗里的报纸看。他看报太认真，看得面红耳赤。我们每个月卖不出去十几份报纸。旧报纸只会占橱窗里的空间。奥西彭每周都拿来一叠'无产阶级的未来'宣传小册子，每本只能卖半便士。花半便士给我一叠，我都不要。内容太无聊——真是太无聊了，没有人买。有一天，史蒂夫拿了一本，里面有个故事说有一个德国军官把一名新兵的半个耳朵扯下来，还没有受惩罚。太野蛮了！那天下午，我都没有办法对付史蒂夫。

那故事让人热血沸腾。但印刷这类东西有什么意义？我们又不是德国的奴隶。这跟我们无关——对不对？"

维罗克先生没有回答。

"我必须从那孩子手里把雕刻刀拿走，"维罗克夫人继续说，这时她也有些困意了。"他叫喊着，又跺脚，又哭泣。他受不了残酷。他如果遇见那个德国军官，他会像杀猪一样杀死那名德国军官的。这是真的。有些人不值得怜悯。"维罗克夫人的声音停止了。双方在很长一段时间里不再说话，她的眼神变得僵硬，越来越像是陷入沉思。"亲爱的，舒服点了吗？"她用微弱的声音问道，那声音好像来自非常遥远的地方。"我能关灯了吗？"

维罗克先生知道自己再也睡不着了，所以他没有做出回答。他内心对黑暗有一种绝望般的恐惧。他极力想说点什么。

"熄灯吧。"他最后用沉闷的声音说道。

第四章

　　地下大厅里，有 30 多张小桌子，大部分桌子上铺着红底白花的桌布，整齐靠墙排放着。微微拱形的天花板下挂着好几盏青铜制的树枝形装饰灯具，灯具上有许多球形装饰。没有窗户的墙上画着很多平淡的壁画，壁画中穿着中世纪服装的人物在进行狩猎或野外狂欢。穿着绿色皮马甲的侍者挥舞着猎刀，把冒着泡沫的大杯啤酒举得高高的。

　　"除非我彻底地错了，你了解这件令人困惑之事的内幕。"体格健壮的奥西彭说道，他说话的时候身体伏在桌子上，胳膊肘伸到桌子中间很远的地方支着，两条腿完全都钻到椅子底下去了。他极为渴望地盯着对方。

　　地下大厅的门口附近摆放着一台立式钢琴，钢琴两旁摆放着两盆棕榈树。突然，那架钢琴自动演奏起来，奏的是一首圆舞曲，演奏风格非常奔放。钢琴产生的音响震耳欲聋。突然，钢琴声戛然而止，突然得就如同开始时一样。坐在奥西彭对面的人，个子不高，戴着眼镜，衣着褴褛，他手中拿一大杯啤酒，他镇定提出一项具有普遍意义的主张。

"原则上，别人不应该打探你我对某件事的了解程度。"

"肯定不应该，"奥西彭同志低声表示同意，"原则上绝不应该。"

他双手托着自己那张红润的大脸，死死地盯着对方，对面那个衣着褴褛的小男人看上去异常镇定，喝了一口啤酒后，把大啤酒杯又放回桌子上。他的两扇大耳朵，被他的脑壳远远地分隔开，而他的脑壳看上去很脆弱，仿佛奥西彭仅用拇指和食指就能捏碎。他的前额似乎像是坐在眼镜框上的圆形屋顶，他面颊扁平，面色油腻且不健康，稀疏的黑胡须给人脏乱的感觉。从体形上看，此人卑劣得让人感到不愉快，但他本人的举止却异常自信，这种强烈对比让人又觉得他很滑稽。他的说话很简略，给人一种想保持沉默的特别印象。

奥西彭仍然双手托腮咕哝着。

"你今天早就出来了吗？"

"没有！我一早晨都在床上躺着。"对方回答说，"你为什么问这个？"

"没什么。"奥西彭热切地盯着对方，他由于渴望查明真相而心肝都在颤抖，但看到那个小个子一副漫不经心的样子，又泄气了。奥西彭很少与这位同志交谈，不过，只要交谈起来，身材魁伟的奥西彭就会感到无论在精神上还是体力上都居下风。尽管如此，他冒险继续问了一个问题，"你是走到这里的吗？"

"不，公共马车。"小男人相当乐意地做了回答。他住在遥远的伊斯灵顿，他的房子坐落在一条破旧的街道上，街上到处是废弃的干草和脏纸。等到学校放学的时候，各班级的学生排成队伍，争吵着跑进街道，他们的争吵声非常喧闹，包含了尖叫声、气愤声、地痞无赖的喧哗。他住在一间没有窗户的密室中，有一个极大的碗柜，这个碗柜是他从两名老处女那里租借来的，她俩是制作女装的裁缝，绝大部分客户是女用人。除了私自在碗柜上加装了一把大锁之外，他算是个模范房客，不惹是生非，基本上不用别人来伺候。不过，他也有怪癖的地方，他要求打扫房间时他必须在场。出门时，他总会把房间的门锁上，并把钥匙带走。

奥西彭曾经看到过公共马车顶上坐着的戴黑边眼镜的人，他们的眼镜在阳光下发出自信的闪光，随着公共马车沿着马路行进，闪光的光斑有的散落在街边房屋的墙上，还有的散落在人行道上人流的头上，那些路人丝毫不知道自己头上有光斑在晃动。想到那些戴眼镜人眼中的墙壁和疲于奔命的路人，一丝病态的微笑改变了奥西彭的厚嘴唇的形状。他们要是知道自己头顶的光斑，肯定会恐慌起来！他低声地问了一句："在这儿坐了很长时间了吗？"

"一个多小时吧。"对方漫不经心地回答，接着又喝了一口黑啤酒。他的每一个动作——抓大啤酒杯的动作、喝啤酒的动作、把沉重的眼镜放在桌子上的动作、双臂交叉放在胸前的动作——都表现出一股坚定劲、一种熟练的行动准确性。这与健壮的奥西彭产生了鲜明的对比。此刻奥西彭身体向前倾着，眼睛死盯着对方，嘴唇向外突出着，表现出渴望的不准确性。

"才一个小时，"奥西彭说道，"那么你也许没有听说我在街上听说的新闻。你有听到吗？"

那小男人用最小的摇头幅度表示没有听说。由于小男人没有表现出好奇心，奥西彭便大胆地说他是在外面听说的。当时有一个报童从他前面跑过，大声叫喊着一条出乎意料的新闻，这条新闻使他感到非常震惊和忧虑。由于口渴，他便来到这里。"我没想到在此遇见你。"他用几乎不变的腔调咕哝道，两只胳膊仍然架在桌子上。

"我有时来这里。"那个小男人说道，仍然保持着他那令人恼火的冷静举止。

"你们这些人没有听到任何风声很奇怪。"高大的奥西彭继续说道。他的眼睑紧张地眨着，但包不住他那双亮晶晶的眼珠子。"你们这些人，"他迟疑地又把这个词组重复了一遍。这种明显谦卑的举动印证了这个大个子男人在那个平静的小男人面前表现出了令人难以置信和不可解释的怯懦。这个小男人举起大啤酒杯，喝了一口，然后用既粗鲁又熟练的手法把杯子放下。此后，小男人不动也不说了。

奥西彭一直在等着听到什么，一句话或一个信号，但他要等的没有出现，于是只好假装镇定。

"你把货给了来取货的人吗?"他进一步压低声音说道。

"我的最高原则是从来不拒绝任何人——只要我还有一点东西可给。"那个小男人态度坚决地回答。

"这是个原则。"奥西彭评论道。

"你觉得合理?"

奥西彭对面的那张病黄的脸，由于戴着一副大眼镜，那张脸竟然拥有了一种自信的神气，就好像变成了一个永不知眠、永不眨眼的魔法球，闪耀着寒光。

"我的原则非常完美，永远完美，适合所有情况。有什么能让我不这样做呢? 我为什么不应该这样做呢? 我为什么要犹豫呢?"

听了这话，奥西彭吃力地喘着气，但仍然小心翼翼。

"你是说你会把那东西交给一个向你要那东西的侦探？"

对方报以一丝微笑。

"让侦探来试试，你就知道了。"小男人说道，"他们认识我，但他们中每一个我都认识。他们不会靠近我——他们不敢。"

说完话，他那铁青的薄嘴唇就紧闭上了。奥西彭开始争辩。

"但他们可以派人来，用绳子把你捆住。你知道吗？夺走你手里的货，然后逮捕你，因为他们手里有证据。"

"什么证据？也许只能说我无照经营。"这是一句讽刺的笑话，但说话的那个小男人仍然维持着刚才的表情，他说话的方式是极为漫不经心的。"我知道他们没有人急着想逮捕我。我认为他们拿不到搜查令。因为他们中最厉害的那个人不允许。没人敢。"

"为什么？"奥西彭问道。

"因为他们知道我是货不离身。"他轻轻地抚摸了一下胸前的大衣，"在一个厚玻璃瓶里。"他补充说。

"我听说过，"奥西彭带着一份好奇心说，"我不知道能不能……"

"他们知道，"小男人用清脆的声音插话说道，他说话的时候身体靠在椅子背上，那椅子背比他的小脑袋高出了许多。"我是不会被逮捕的。与我较量，警察得不到任何好处。跟我作对，你需要纯粹的、丝毫不掩饰的、厚颜无耻的勇气。"

他再一次吧嗒把嘴闭上了。奥西彭急躁地蠕动了一下身体。

"没准儿他们会因为鲁莽或无知逮捕你，"奥西彭反驳道，"他们只需找到一个不知道你带着足够能炸碎你自己和60码内所有东西的炸药的人，让他来逮捕你就行。"

"我从来没有说我是不能被消灭的，"小男人说，"但那不是逮捕。此外，想消灭我没有那么容易。"

"呸！"奥西彭表示反对，"别太肯定。如果有五六个人从背后跳出来，你如何防备？你的手会被扭到背后，那时你能做什么？"

"我有办法。我很少天黑出门，"小男人毫无表情地说，"从来不晚回。我走路时总把右手放进裤兜，裤兜里面总放着个橡皮球。我一按这个橡皮球，就能引爆玻璃瓶里的炸药。其引爆原理就是照相机的快门。这根管子通向……"

他快速地向奥西彭展示了一下那根管子，它就像一条棕色的细长蚯蚓，从马甲的袖孔钻出来，然后伸入上衣胸前的口袋中。他穿着一身棕色的破烂衣服，到处是污点，衣服缝隙处落着尘土，衣服扣眼破破烂烂。"雷管是半机械、半化学装置。"他故作谦虚地解释道。

"是立即爆炸吗？"奥西彭咕哝道，牙齿微微有些打战。

"远远不是，"小男人面带难色地承认，他那张脸难堪得有点变形。"从我按橡皮球到爆炸要 20 秒钟的时间。"

"哟！"奥西彭吹了一声口哨，感到异常惊骇。"20 秒！恐怖啊！你说你要等那么长的时间？我肯定会疯了……"

"你发疯也没用。当然，这个系统有点问题，所以只能自用。不过，爆炸方式问题最大。我正试着发明一种能适应各种条件的雷管，甚至是未知条件。一种可调整的、极为准确的装置。一种真正聪明的雷管。"

"20 秒钟，"奥西彭再次咕哝道，"噢！那么……"

那小男人的头稍微转动了一下，眼镜的闪光似乎把赛利诺斯饭店这间地下啤酒屋的大小勘察了一番。

"这间屋里的人都没有逃脱的希望，"这是勘察的最终结果，"这对正在爬楼梯要走的夫妻也跑不掉。"

楼梯口的那架钢琴演奏起了玛祖卡舞曲，演奏风格既无耻又暴虐，就好像一个粗俗的魔鬼正在表演。音乐的基调神秘地起伏不定。不一会儿，音乐停止了，一切寂静下来。这时，奥西彭眼前出现一幅幻象，他仿佛看到这个明亮得刺眼的地方变成了一个可怕的黑洞，黑洞里浓烟翻滚，到处是残垣断壁和支离破碎的尸体。这幅毁灭的幻觉让他战栗不已。那小男人注意到了，用充满镇定的语调说道：

"最终决定人安危的是他的性格。世界上几乎没有人有可以与我媲美的性格。"

"我怀疑你真能做到。"奥西彭咆哮道。

"人格是力量。"对方不动声色地说。从这个明显可怜兮兮的生物体嘴里，竟然能说出如此坚决的话，这让大块头的奥西彭咬住了下嘴唇。"人格是力量。"那个小男人再次重复说了一遍，炫耀着自己的镇定。"我有杀伤力，但杀伤力本身不能提供保护，这点你是知道的。真正能起保护作用的是那些人相信我要使用杀伤手段了。可这纯粹是一种感觉，而感觉是绝对的。所以，我是致命的。"

"他们中也有强人。"奥西彭居心叵测地咕哝道。

"有可能，但要看双方的力量对比。我并不看好他们，他们处于劣势，他们不能超越我。他们的人格力量建立在传统道德之上，很依赖社会秩序。我的人格超越人间的万物。他们受限于各种传统约束。他们要生活，而生活充满了各种约束和限制，所以他们容易受到各种打击。相反，我的力量来自死亡，无人能限制死亡，无人可以攻击死亡。我有明显优势。"

"这种说法太玄奥了。"奥西彭看着小男人那闪光的眼镜片说道，"不久前，我听卡尔·云特也说过类似的话。"

"卡尔·云特，"小男人轻蔑地咕哝道，"这位国际红色委员会的代表，他这一辈子只能做个传声筒而已。一共有三个代表，对不对？我不提其他两人，因为你是其中之一。但你说的尽是些没用的话。你们对革命宣传是有价值的，但问题是你们跟令人尊敬的杂货铺老板或记者一样不能进行独立思考，你们没有无人格的力量。"

奥西彭怒不可遏。

"那你希望我们做什么？"他疾呼道，"你究竟想干什么呢？"

"一种完美的雷管，"那个小男人坚决地说，"你为什么要做鬼脸呢？你看，不能跟你提任何具有决定性的东西。"

"我没有做鬼脸。"奥西彭生气了，发出了笨拙的咆哮。

那小男人以轻松、自信的态度继续说道："你们这些革命家是反对社会传统的，所以社会传统害怕你们。但你们却在做社会传统的奴隶，就如同那些站在那里维护社会传统的警察一样。很明显，他们想革社会传统的命。社会传统主宰了你们的思想，当然也包括你们的行动，所以你们的思想和行动永远不会是决定性的。"他镇定地停顿了一下，态度亲密且平静，然后继续说道："你们比不上反对你们的力量——譬如说警察。"那天，我突然在托腾汉法庭路转弯处遇见了总巡官希特。他用眼睛盯着我，但我没有看他。我为什么要多看他一眼？他有许多事要担忧——他的上级、他的名誉、他的法庭、他的工资、新闻报道——足有上百种。但我只想着一件事，就是我的完美雷管。他对我没有用，他是微不足道——我想不起来有什么东西比他更微不足道——也许卡尔·云特是个例外。物以类聚。这名恐怖分子与这位名警察是同类。革命和执法是一场比赛中的对峙双方，这种比赛本来就是无所事事的表现。警察玩比赛游戏——你们宣传家也在玩，但我不玩。我每天工作 14 个小时，而且有时还要饿肚子。我的实验很耗费钱财，我有时一两天吃不上饭。你看着的啤酒，对，我已经喝了两杯了，而且还要喝一杯。今儿算是个节日，我在独自欢庆。为什么不呢？我一直孤单地工作，非常孤单，可以说是绝对孤独。我孤单地工作已经有几年的时间了。

奥西彭的脸变得暗红。

"制作完美雷管?"他低声嘲笑道。

"是的，"小男人回答道，"这是个好定义。有你们的委员和代表在场，你能给出的活动定义的准确度不及我的一半。我才是真正的宣传家。"

"我们不讨论这个，"奥西彭说道，表现出不计较个人得失的态度。"我不想把你的假日给搅和了，但今天早晨格林尼治公园有一个人炸成了碎片。"

"你是怎样知道的?"

"自下午两点钟，路人在街上就开始大声谈论这条新闻了。我买了一份报纸，刚到这里，就看见你坐在桌子前。报纸就在我衣袋中。"

他掏出报纸，迅速地看了起来。这是一份用玫瑰红色的纸印刷的大报，就好像这份报纸被自己乐观的热情感染了一样。他快速浏览起报纸。

"哈！在这里。格林尼治公园爆炸。详细情况不清，时间是 11 点 30 分。早晨雾蒙蒙的，爆炸威力在罗姆尼路和公园广场一带都能感受得到。一棵树下炸出了一个大地洞，洞中有被炸碎的树根和树枝。周围散布着死者被炸碎的残部。关键内容就这些。

其余都是报纸瞎扯。报纸认为，显然有人想炸毁天文台。哼！这个说法难以令人置信。"

奥西彭静静地看了一会儿报纸，然后把报纸转交给了对面的小男人。小男人心不在焉地浏览了一下报纸，然后把报纸放在桌上，没有做任何评论。

最后，奥西彭先说话了，语气中仍然充满了怨恨。

"你注意到了，只有一个人被炸成碎片。所以，他是把自己给炸了。这个消息把你一天的心情都搞坏了，是不是？你知道会发生这样的事吗？我一点都不知道——我丝毫想不到这里会发生这样的事——在我们英国。以目前的情况看，这只能被看作犯罪。"

小男人扬起他稀薄的黑眉毛，露出一丝冷淡的嘲笑。

"犯罪？那是什么？什么是犯罪？说这件事是犯罪有什么意思？"

"我能怎么说？我只能用时下流行的词语，"奥西彭不耐烦地说，"这件事有可能给我们在这个国家的地位产生负面影响。对你来说这难道不是犯罪？我相信你最近向他人供过货。"

奥西彭盯视着。那小男人毫不退缩，缓慢地点了一点头。

"你供货了！"这位"无产阶级的未来"传单的编辑恶狠狠地低声说道，"不能这样。你真的把大量炸药交给了一个向你伸手要的傻瓜？"

"就是这样！无论你怎样看，这个可恨的社会制度不是用纸和墨建立起来的，所以我从来不幻想着用纸和墨去摧毁它。是的，无论男女，只要伸手要，我就双手给。我知道你在想什么，但我不接受红色委员会的指示。我希望你们都被抓住，被逮捕，或许最终还能被砍头，我会面不改色地看着你们被砍头。我们个人的遭遇一点都不重要。"

小男人无所顾忌地说着，既没有激动也没有感情。奥西彭的内心被深深地触动了，但表面却模仿着对方的超然态度。

"如果警察真有本事，他们可以用左轮枪把你打成马蜂窝，或在大白天从后面把你装入大麻袋中。"

小男人似乎已经预见到了会有此种言论，所以态度冷静、自信。

"对，"他不假思索地表示赞同，"但他们必须先克服自己的规章制度。你知道吗？那需要不同寻常的勇气，或者说是一种特殊的勇气。"

奥西彭听了后直眨眼。

"我很想知道，如果你把实验室搬到美国去会有怎样的遭遇。美国警察可是我行我素的。"

"我很可能不会去美国。你说得不错。"小男人承认道，"美国警察有个性，实际上他们本人就是扰乱分子。对我们来说，美国是片肥沃的土地，一片极好的土地。伟大的共和国的本质就是搞破坏。美国人全都有无法无天的特质。妙极了。他们也许会杀我们，但……"

"我觉得你太玄奥了。"奥西彭咆哮道，样子既郁闷又不安。

"我说的是符合逻辑的。"小男人抗议道，"有几种逻辑，有一种是启发式的。美国很好。我们居住的国家是有危险的，因为这个国家对合法性的概念是空想出来的。在这个国家里，民众对社会的理解充满了故步自封的偏见，这对我们的工作是致命的。你说英格兰是我们的唯一避难所！这实在是太糟糕了。太糟糕了！我们要避难所干吗？在这个国家里，你们做宣传、发行报纸、策划阴谋，但没有行动。我敢说，这对卡尔·云特非常合适。"

他轻微地耸了耸肩，以同样从容不迫的口气补充说道："打破对合法性的迷信和崇拜，应该是我们的目标。如果能看到总巡官希特带着他的人在光天化日之下射杀我们，并且公众还赞许他们，再也没有能比这种情况更让我快活的了。我们已经成功了一半：旧的道德体系也将分崩离析。那将是你们的目标。但你们这些革命分子根本不理解这点。你们有未来计划，但你们迷失在对现有经济体系的幻想之中，我们真正需要的是横扫一切的勇气和开始崭新的生活。那样的未来肯定能实现，只要你们为之提供条件就行。所以，我如果有足够的炸药，我就要让所有街头下面都埋着，然而，我们目前没有，所以，我尽全力制造出可靠的炸药。"

奥西彭的心灵仿佛落入了深水之中，只能拼命地挣扎着浮上水面。当他听到"炸药"这个词的时候，似乎抓到了一块救命的木板。

"对，就是你的炸药。我不应该怀疑一点，早晨在公园的那个人就是被你的炸药给炸没了。"

一丝恼怒使奥西彭对面的那张既蜡黄又自负的脸变得阴郁起来。

"我的困难是要试验各种炸药。所有类型的炸药都必须引爆。此外……"

奥西彭打断了他的话。

"那个人是谁？我敢说我们的伦敦人不知晓这件事——你能描述一下接受你炸药的那个人吗？"

小男人把明亮得像两盏探照灯一样的眼镜光芒投射到奥西彭身上。

"描述一下，"小男人缓慢地重复了一遍，"我现在心里没有一丝一毫的反对意见。我只需用一个词就能描述清楚——维罗克。"

奥西彭在好奇心驱使下，身体已经离开座位几英寸高，听到小男人的描述，他就像脸被打了一下似的，身体又摔回了原处。

"维罗克！不可能。"

自信的小男人再次点头称是。

"对，就是他。在这个例子中，你不能说我随便给人炸药。我知道他可是你们中间的大人物。"

"对，他是大人物，"奥西彭说道，"但这个说法不准确。他是我们的情报中心，经常接待来此地的同志们。与其说重要，不如说有用。他不是个有思想的人。我记得，他几年前经常在法国召开的会议上讲话，但讲得不是太好。像拉托雷、莫泽等老派人物信任他。他显示出的唯一才华就是有躲避警察注意的特殊能力。比如，他在这里似乎没有受到密切跟踪。他过一段时间就结一次婚，这你懂的。他认为他是用女人的钱开了那间店铺，似乎生意也很不错。"

突然，奥西彭停止了说话，他在低声自言自语道："那个女人怎么办？"之后，立即陷入了沉思之中。

小男人若无其事地等待着。他的出身很隐晦，一般人只知道他的绰号是"教授"。他之所以有这个绰号，是因为他曾经在一所化工学院做实验室助理实验员。他因待遇不公问题与校方吵翻了。后来，他在一家染料厂的实验室里找到一份工作。在这个岗位上，他又受到不公正待遇而反抗。他虽然忍饥挨饿，但仍然拼命工作，力求提升自己的社会地位。但现实迫使他相信世界很难公正地对待他——实际上，公正的概念非常依赖于个人的忍耐力。教授是有才华的，但他缺少顺从这种伟大的社会道德。

"真正的蠢货，"奥西彭大声断言，他是突然间放弃了再去想维罗克夫人和她的店铺的事。"他就是个普通人。教授，你缺少与同志们的联系是错误的，"他用责备的语调补充说道，"他对你说了什么吗？比如说行动的企图是什么？我有几个月没有见到他了。他似乎不可能就这样死掉。"

"他说要对一栋大楼发动示威行动，"教授说道，"我必须知道更多的细节，才能为行动做准备。我指出，我手中的炸药不够造成一次大破坏，但他要求我尽量提供更多的炸药。由于他想要一个能在白天提着走的炸弹，于是我建议用油漆桶，当时我身边碰巧正好有一只容积大约 1 加仑的旧油漆罐，他对这项建议感到满意。制造过程中，我遇到了麻烦，因为我必须先把油漆罐的底部锯下来，然后才焊上去。制作完成后，这只罐里装着 16 盎司的绿色的 X2 炸药，炸药放在一只厚玻璃瓶里，玻璃瓶周围用黏土固定住，玻璃瓶用木塞子封口。雷管鱼罐螺丝旋转盖子连在一起。这枚炸弹的设计很精巧——点火花引爆的定时炸弹。我向他解释了用法。有一根很细的锡管子，里面包含着……"

奥西彭的注意力已经分散了，"你认为发生了什么？"他打断了小男人的话。

"不清楚当时的情况。他把盖子拧紧，启动了定时器，却忘记了爆炸时间。爆炸时间设定为 20 分钟。定时器启动后，一次猛烈的震动能立即引发爆炸。他可能是跑开的时间太迟了，或让炸弹摔到了地上。定时器肯定启动了——这点我是非常清楚的。定时器工作得很完美。不过，你或许觉得，匆忙中任何傻子都有可能忘记开定时器。我最担心的就是这类错误。世上傻子是很多的，你不能要求炸药在傻子面前绝对不爆炸。"

小男人招呼侍者过来。奥西彭僵硬地坐着，两眼发直，像是在痛苦地思考着什么。侍者收完钱走开了，奥西彭这时从沉思中惊醒过来，神色异常沮丧。

"这件事让我很难过，"他小声地说道，"卡尔患气管炎躺在床上有一个星期了。他有一半的可能从此再也起不来床了。米凯利斯在乡下纵情享受。一家时尚书籍出版商花费 500 镑请他写一本书。这本书肯定会是一场大失败。也许你也知道，他在监狱的时候就失去了思维的连贯性。"

教授站了起来，扣上大衣的纽扣，满不在乎地四下观望。

"你干什么去？"奥西彭疲倦地问说。此时他很担心红色委员会中央要批评他。这个委员会没有固定地址，他甚至不知道这个委员会有多少成员。红色委员会为出版"无产阶级的未来"小册子，向他提供一笔经费，虽然数额不大，但他仍然害怕这件事导致委员会停止发放这笔经费。如果经费真没了，他会非常懊恼维罗克不可理喻的愚蠢。

"支持极端行动是一回事，愚蠢的鲁莽是另一回事，"奥西彭说道，情绪中夹杂着一种残忍。"我不知道维罗克为什么这样做。恐怕有些特殊的原因。但他如今死了。无论你的感受是什么，在目前的情况下，武装革命派只能采取一种政策，那就否认与这个可怕的疯子有任何联系。如何才能做出令人信服的否认，是我正在冥思苦想的事。"

站着的小男人，此时已经扣完了纽扣，他的身高还不如坐着的奥西彭高。他用眼镜瞄准了面前的奥西彭，说道："你可以请警察为你做不在场证明。他们知道你们每个人昨天晚上的下落。如果你真想，他们也许会同意颁发一份正式声明。"

"毫无疑问，他们知道我们与此无关，"奥西彭面带苦涩，低声咕哝道，"但他们会怎么说是另一回事。"他若有所思，没有理会站在身边这个长得像猫头鹰一样的、衣服褴褛的矮小男子。"我必须立即找到米凯利斯，让他在我们的集会上打开心扉说话。这家伙有人缘，他是个知名人物。我与几家大报社的记者有联系。虽然他就会胡扯，但他能让这件事平息下来。"

"就像蜜一样甜。"教授突然插了一句话，声音很低，态度很冷漠。

奥西彭显得很困惑，隐约能听见他在自言自语，就好像一个极度孤独的人在思考问题。

"该死的笨蛋！把这么一堆破烂事留给我。我怎么可能知道……"

他咬着嘴唇坐在那里。他想到可以直接去店铺打探消息，但这个主意显得不够好。他感觉，警察也许已经把店铺设置为了陷阱，肯定会在那里逮捕一些人，借以表达一种道义上的愤慨，这样他的一帆风顺的革命生涯就会受到威胁。但如果不去，他也许会因此而失去知晓一些至关重要的事情的机会。过了一会儿，他又想到，正如晚报记者所述，那人被炸成了碎片，那死者的身份根本无法辨识。如果真是这样，警察便没有特殊的理由更加严密地去监视维罗克的店铺，至少不应该比监视其他反政府分子集会场所更加严密。实际上，警察只需监视那间店铺在赛利纳斯街上的大门就行了。到处都有人监视你，无论你走到哪里……

"如今做什么好呢？"他咕哝道，像是在问自己。

这时，有人在他的胳膊肘旁边以刺耳的声音嘲笑道："抓牢那个值钱的女人。"

教授说完这句话便离开桌子。这句有见识的话让奥西彭感到惊慌失措，但他没有马上行动，而是依然坐着，绝望地凝视着前方，就好像被钉子固定在椅子上了一样。那台孤零零的钢琴，虽然没有琴凳在旁边帮忙，竟然又大胆地演奏起来，先是几首民歌，然后是《苏格兰的蓝铃花》。他走上楼梯，横跨过大厅，走到了街上，那悲伤的、孤独的音符在他的身后逐渐消散了。

正对着大门，一排情绪低沉的报童站在人行道阴沟旁叫卖着自己的报纸。在这个阴冷、暗淡的早春里，天是灰蒙蒙的，街上到处是烂泥。报童们身上的破烂衣服与周围散落的潮湿的、破烂的、染着油墨的破报纸形成了完美的和谐。肮脏的海报像挂毯一样装饰着街边的镶边石。晚报的生意很活跃，这与急匆匆行走的人流形成对比，就好像是报纸在随意分发给路人一样。奥西彭匆忙地左右顾盼了一下，然后迎着人流走去，但教授此时已经无影无踪了。

第五章

　　教授转身走入左手边的一条街道。他抬着头，挺着胸。街上人头攒动，他的身材几乎就是最矮的。如果说他不失望，那是假话。失望，仅是一种感觉而已。斯多葛学派的淡泊明志是他的信念，他不会因为这次失败或其他任何失败而受到干扰。下次爆炸，或者是下下次，肯定能成功——那将会是一次具有真正震撼力的爆炸，能把气势宏伟的法庭大厦的正面炸出一个大裂口，那里面藏匿着残暴的社会不公。他出身卑微，长相丑陋，这些妨碍了他施展自己的才华。尽管如此，他年轻的时候仍然抱有幻想，他极度盼望自己能像故事中的主人翁那样，从贫困的深渊中攀爬上权力和财富的巅峰。他思想单纯，几乎达到了极度禁欲的程度，同时又令人惊骇地漠视现实条件，这使得他竟然想在缺少艺术修养、优雅风度、圆滑手段、殷实家财的情况下，仅依靠个人能力去实现他为自己设定的权力和声望的目标。按照他自己的观点，他认为自己毋庸置疑地将获得成功。他的父亲是个皮肤黝黑的狂热者，脑门向后倾，信奉一种教义晦涩但异常严格的基督教派，而且是该教派活跃的传教士——他对自己有权推行正义具有极高的信心。从气质上看，他的儿子具有独立的人格。最初信仰非主流教派，后来在大学里彻底相信了科学，这使得他的精神境界度也突然发生了转变，变成了一个极具野心的清教徒。他把事业当作某种神圣的东西去培养。由于事业受阻，他才看清了这个世界的本质，道德全是骗人的，社会极度腐败，神明受到亵渎。甚至于一些最值得发动的革命，那些革命的组织者却把个人的冲动打扮成宗教信条。这让教授感到愤慨，他终于找到了能免除自己用毁灭做手段实现个人野心这种罪过的道德理由。他有一股书生般的狂热劲，立下了一个不完美的志向，要去摧毁公众对法律制度的信任。但他在潜意识中有一种正确的判断，现有的社会秩序框架，除非采取集体的个人的暴力行动，否则根本无法被彻底打碎。他是个道德执法者——这个观念已经深深埋在他心里。他做这份执法工作的热情及其残忍无情，给他带来了某种权力和个人荣耀。这点非常符合他想复仇的痛苦。他因此内心获得了安宁，从某个角度看，即使是最激烈的革命分子，他们也许仅是在寻找与其余社会大众共享安宁——那种虚荣心获得满足后的安宁，那种欲望满足后的安宁、甚至于那种良心获得安慰后的安宁。

他淹没在了人流中，样子可怜，身材矮小，但他仍然自信地思考着自己的威力，他把左手伸进裤袋，轻轻地抓紧了那个橡皮球，这东西保证他能享受恐怖的自由。走了一会儿，他的心情变得很不愉快，因为他觉得马路上车流拥堵，人行道上人流也拥堵。他所走的这条马路，又直又长，走路的人很多，但仅是人类的一小部分。路上的人流看都看不到个尽头，一直延续到远方的地平线，那地平线最终消失在一大堆砖头的背后，他感受到了人类群体庞大产生的巨大威力。人类聚集在一起就如同蝗虫，辛苦劳作如同蚂蚁，缺乏思想如同大自然的暴力，他们盲目地向前涌去，既有秩序，又全神贯注，丝毫不受感情和逻辑的干扰，或许连恐怖也奈何不了他们。

他最害怕的就是这个问题。人没有恐惧感！他经常外出，如果又是孤身行走，有时他会感到害怕，对人类抱有理智的不信任。如果驱赶不动人类怎么办？这类问题经常出现在那些有征服全人类野心的人中间——艺术家、政治家、思想家、革命家、圣人。这是一种可鄙的感情状态，但这种状态能更加巩固孤独者的人格。这种状态使教授异常愉快，他马上想到了他陋屋里锁着的碗橱，这间陋屋沦落在茫茫一片穷人住的房屋中间，应该是反政府分子的完美避难所。为了能尽快乘坐上公共马车，他猛然走出那条熙熙攘攘的街道，走入了一条铺着石板的阴暗窄巷。窄巷的一边是低矮的砖房，窗户上堆满了灰尘，一幅没有光亮、病态的、无法救治的衰败景象——仅是一堆有待拆除的空壳而已。窄巷另一边生活气息还没有完全离去。窄巷里只有一盏路灯，这盏路灯的对面是一家旧家具店像窟窿一样裂开的入口，在这间旧家具店里，一条阴暗得像林荫道一样的小径在衣橱的森林里蜿蜒穿行，衣橱下面乱七八糟倒着许多桌子腿，一面高大穿衣镜闪着光芒，就好像是森林的一池清水。空地上，有一只无家可归的睡椅，显得很不愉快，旁边摆着两只丝毫没有关联的椅子。在这段窄巷中，除了教授之外，还有一个人，他正踏着坚定的步伐，昂首挺胸地从另一方向走进这段窄巷。突然，他停下了放纵的脚步。

"喂!"那人站在窄巷一侧,警惕地说。

此时,教授已经停下了脚步,主动侧身,他的肩膀几乎碰到了窄巷墙壁。他的右手放在了那只被遗弃的睡椅的椅子背上,左手有意放入裤子口袋里,那副厚边圆眼镜给他那张既忧郁又平静的脸戴上一副猫头鹰的面具。

他俩就像在繁忙的大厦的走廊里见面一样。那个对面走来的健壮男人,穿着深色的外套,纽扣全系上了,手中拿着一把伞。他头上戴着的帽子向后倾斜,露出了大部分前额,在黄昏的暮色中显得惨白。黑眼眶里,他的眼球发出逼人的闪光。胡子很长,下垂着,是成熟玉米的黄色,方方的下巴,胡子刮得非常干净。

"我不是在追捕你。"那人简洁地说道。

教授纹丝不动。大都市嘈杂的喧闹声化作了含混的喃喃细语。特警部的总巡官希特调整了一下说话的语气。

"不是饿急了才回家吧?"他问道,这简直就是在嘲笑人。这个样子病快快的小男人,自认为是个依靠破坏手段惩治社会不道德现象的执行者,此刻正暗自高兴着,因为他觉得自己的名声压制住了这个受命保护这个丑恶社会的人。他应该是比罗马帝国暴君卡利古拉更厉害,那位皇帝希望元老院只有一位元老,这样就能更好地满足自己的残酷欲望了。此刻,他凝视对面的这个人,这个人代表着他所藐视的一切力量:法律的力量、财产的力量、压迫的力量、非正义的力量。他凝视所有敌人,无畏地与他们展开对抗,这给他带来极度的虚荣满足。敌人看到了他,就如同看到了可怕的征兆。小男人心里非常满足,因为这次见面证明他超越了所有人类。

这次见面实属偶然。总巡官希特今天忙碌得令人不快,因为他的部门在早晨 11 时之前就收到格林尼治发来的第一份电报。事实上,他在一周之前刚向高层保证不会发生严重的反政府暴力事件。他觉得这次保证是他所做过的保证中最可靠的。做保证那天,他感到了无穷的满足,因为上级显然极为想听到这样的保证。他向上级保证,他的部门能提前 24 小时预见严重的治安事件。他敢这样说,是因为他觉得自己是这个部门的大专家。他确实说了一些明智的人不说的话。但总巡官希特不是个很明智的人——至少不真正地明智。真正明智的人,知道在这个充满矛盾的世界里一切都是不确定的,所以不会像他那样说大话。他的上级本该警惕这点,不给予他提升的机会,但他升官非常快。

"先生,无论何时,无论白天或黑夜,他们中没有人能逃脱我们的抓捕。我们知道他们每个小时正在做的事。"他宣称。听到这话,上级屈尊一笑。一个像总巡官希特这样有名气的警官能说出如此美妙的话,显然是非常正确的事。上级相信他所说的,因为他说的与上级的看法是一致的。他的明智是当官的才有的,否则他不会认为这是个理论问题,他会根据实际经验加以考虑,罪犯和警察之间的关系异常复杂,任何行动都有可能在中途夭折,或者在行动中出现时空断点。对一名无政府主义分子可以进行极为密切的监视,即便如此,也常会出现被监视对象失踪数个小时的情况,在这段失踪期间,往往会发生可悲的案件(一般是爆炸案件)。但上级总是陶醉于光鲜的表面现象,所以微笑了。总巡官希特是处理无政府主义分子方面的主要专家,他此时回想起了上级的微笑,这让他感到非常恼火。

这不是第一次这位杰出专家因回忆往事而丧失他一贯享有的平静。那天上午就出现了另一次。当时他被紧急地叫进警察局副局长的私人办公室,这让他感到无法掩盖的惊讶。一想到这件事，他就非常恼火。作为一名事业有成的人，他的本能早就告诫他必须遵守的一般法则，不仅成就是名声，风度也是名声。当那份电报送到他面前的时候，他觉得自己的风度并不好。他圆睁双目大呼道："这不可能！"此举立即招致一个无法辩驳的报复，副局长在大声朗读了电报原文后，把电报扔在桌子上，并用指尖用力地按着。被食指尖压着，肯定会很不舒服的。还肯定会受到严重的伤害。还有一点更加严重，总巡官希特意识到自己当时没能扭转不利局面，他本应该承认犯了错误。

"有一件事我可以马上告诉你：我们与此事有关。"

他是个好侦探，一直都很诚实，但他在这件事上认为，只有死硬不承认才对他的名声有利。另一方面，他告诫自己，如果让外人干预这件事，那也将损害自己的名声。跟其他职业一样，警察视外人是祸害。副局长说话的腔调异常刻薄，他听了后感到很紧张。

自早餐以来，总巡官希特还没有来得及吃点什么。

他立即进行现场勘察。格林尼治公园的肮脏雾气，他吞下去不少。此后，他去了医院。当调查完成之后，他一点吃饭的胃口都没有了。在医院的一个房间内，桌上的塑料布被揭开了，他看见了一具残破的人体，这让他感到异常震惊，因为他不是专业医生，还不习惯看这样的场面。

桌子上还摆着另一块当桌布用的塑料布，这块塑料布包着一堆乱七八糟的东西——除了烧焦的、染着人血的破衣服之外，还有一堆可供食人节享用的原料。看到这样的场面，只有意志非常坚定的人才能站着不退缩。总巡官希特是他的部门里最能干的警官，他站住了，但他驻足不前只有一分钟的时间。一名穿警察制服的巡警斜眼看着这堆东西，用麻木的语气说了一句简洁明了的话：

"死者的残部都在这儿了，非常不好收集。"

这名巡警是爆炸后第一个到场的人，他描述了当时的情况。浓雾中他好像看到了一道闪电。当时，他正站在公园的威廉王街入口处与门卫交谈。爆炸的冲击波使他耳鸣。他钻入树林直奔天文台。"我的两条腿实在不能跑得更快了。"这句话他重复了两遍。

总巡官希特一边听着巡警讲话，一边弯腰查看桌上的东西，举止异常小心翼翼，面带恐惧之色。医院的搬运工和另一个男人把塑料布的四角展开，退到一旁站定。总巡官希特开始用眼睛在这堆破烂中搜寻，这堆破烂好像是从垃圾堆和破布商店收集来的一样。

"你用了铁铲。"他评论道，因为他看见了四处撒布的沙子、棕色的小块树皮、像针一样细小的木屑。

"必须把东西收集在一处，"那名麻木的巡警说，"我让门卫取来一把铁铲。当我在地上铲东西的时候，他把头靠在树上，好像难受得要命。"

总巡官谨慎地在桌前弯腰检查，努力地压制住喉咙里难受的感觉。爆炸的破坏力极大，死者被炸成了不可名状的碎片，他觉得这太残酷了，不过他的理智告诉他，爆炸是像闪电一样在瞬间发生的。无论死者是谁，肯定立即就死掉了。然后，有一点仍然令人难以置信，一个人能在没有经历极度痛苦的情况下，便被肢解成这种程度。总巡官希特不是生理学家，更不是哲学家，但他能克服世俗时间观念的影响，被一种同情心感动了，这种同情心其实是另一种形式的恐惧。一瞬间的事！他记得自己在通俗读物上看到的有关漫长噩梦中突然惊醒的故事情节，他此后的生活里总是强烈地想起一个可怕的场面，场面中有一个快要淹死的人把头伸出水面做最后一次挣扎和尖叫。这些在意识中存在的难以解释的神秘事情，总是困扰着总巡官希特，他后来竟然形成了一种可怕的念头，几代人的皮肉痛苦和精神折磨可以被包含在两次相邻的眨眼之间。与此同时，总巡官继续查看桌子上的东西，虽然脸色平静，但略带焦虑神色，就好像穷人为准备一顿便宜的周末晚餐去肉铺挑选猪下水一样。他是一位训练有素的优秀侦探，从始至终不放过蛛丝马迹，无论那位巡官在旁边如何喋喋不休地饶舌。

"那家伙长着金发，"最后的目击者平静地说，在停顿了一下后又继续说道，"有位老妇人对巡官说，她看见一个金发郎走出了梅茨上车站。"巡官又停顿了一下，"这个人长着金发。她看见从车站里走出两个人，"巡官缓慢地继续说道，"她不能确定这两人是一起的。她记不住那个大个子的模样，另一个是个金发少年，个头矮，手里拿着一个油漆罐。"巡官把话说完了。

"认识那个妇人吗？"总巡官低声问道，但他的眼睛仍然盯着桌子上的东西，此时他心里隐约有一种感觉，他要找的人恐怕永远也找不到了。

"我认识。她是一位退休酒店老板家的管家，有时去公园街的教堂做礼拜。"巡官语气沉重地说道，在停顿了一下后，斜眼看了看桌面。过了一会儿，他突然又开口说道："噢，他就在这里——这些就是我当时能找到的。金发。小个子。看这只脚，我先后拾起两条腿。他的残体散布很广，都不知道从哪里开始才好。"

巡官停止了说话，他的圆脸上布满了天真的、自鸣得意的微笑，给人一种幼稚的印象。

巡官停止了说话，一丝天真的、自鸣得意的微笑给他的那张圆脸赋予了一种幼稚的表情。

"他准是绊倒了，"巡官断言道，"我在奔跑时也绊倒了一次，头撞在地上。地上到处是树根。他准是被树根绊倒，手里拿着的那个东西正好压在他胸脯底下，我推测那时的情况就是这样。"

"身份不明"这几个字不断在总巡官的内心中回荡，他感到非常困扰。他希望追溯到事情的神秘本源。他有职业好奇心。他要在公众面前证明，他的部门能有效地查明死者的身份。他是个忠实的警察。然而，这似乎又不可能。最大困难是信息太少——除了残暴之外，其余一概不知。

总巡官克服了恶心感，犹豫不决地伸出手，拿去了一块比较干净的破布。那是一条细长的天鹅绒条，挂着一块比较大的三角形深蓝色的布。他拿到眼前细看，巡官又开口了：

"天鹅绒的领子。很有意思，那老妇人应该是注意到了天鹅绒的领子。深蓝色的大衣有天鹅绒的领子，她后来告诉我们，死者就是她看到的小家伙，绝对没错。他的东西全在这里了，天鹅绒的领子和其余的东西。我相信即使是邮票一样大的碎片我也没有错过。"

此刻，总巡官不再继续听那个巡官的唠叨，发动起自己做侦探的全部素养。他走近窗户，那里的光线好。他背对着房间，脸上虽显露出惊诧，但兴趣盎然，仔细地检查那块三角形的细平布。突然，他用力把那块三角布扯了下来，塞进口袋，转身走到桌前，把天鹅绒的领子丢回桌子上面。

"盖上吧。"他向在场的人发出简洁的命令，头也不回地从那位敬礼的巡官前走过，匆忙地带着他的战利品离开了。

去市区的路不远，恰好有一趟火车供乘坐，他独自一人坐在火车的三等厢里陷入了沉思。那块被烤焦的碎布，具有令人难以置信的价值，他竟然能凭借偶然机会获得，这让他惊奇不已。这就好像是命运把破案线索塞入他的手中似的。可是常人都不想上当受骗，何况他是个要掌控事态的人，于是他开始怀疑这天上掉下来的馅儿饼——因为这么有价值的线索似乎是有人故意给他的。成功的大小也取决于你怎样评估成功的结果，但命运既不评估，也没有判断力。他认为非常不值得公开地向公众展示这名那天早晨被彻底炸碎的死者的身份。但他不清楚他的部门会怎样看待这个案子。一个部门是很复杂的，雇员的性格各异，可能还有本部门的流行风气。部门需要雇员的忠诚，最值得信赖的雇员的忠诚与他们对部门有多少深情的轻蔑有关，这种轻蔑使得雇员与部门的关系变得甜蜜。根据天意，没有人能在仆人面前充当英雄，否则他就必须自己洗衣服。同理，雇员看自己的部门都是不完美的。部门不会比某几个雇员知道的情况多。一个部门是个不通人情的生物体，绝对不会完整地了解任何情况。部门知道太多会影响其运作效率。总巡官希特走下火车的时候，他的思想处于一种毫无瑕疵的忠诚状态下，但多少有点猜忌，这是忠诚的一种特有产物，无论是对女人的忠诚，或是对组织机构国家的忠诚，其结果都是一样的。

他就是在这种精神状态下遇到教授的，除了身体感到疲惫不堪，还为所看到的场面作呕不已。在这样的情况下，任何一个有理智的普通男人都会变得脾气暴躁，总巡官希特显然就更加不喜欢这次会面。他没有想到对面的人是教授，甚至没有想到会是个无政府主义分子。这个案件的情形不知何故让他感到人世间的荒谬，如果从理论高度看，没有哲学素养的人肯定会生气。如果具体看案件，所有人都会气愤得难以忍耐。总巡官刚开始警察生涯的时候，把精力主要用于对付猖獗的盗窃犯罪。他在那个领域取得了一些成就，并站稳了脚跟。后来，虽然他被调到另一个部门，但他在感情上并未远离。盗窃并不绝对地荒谬。它是一门行业，虽然不正当，但仍然需要劳动，类似于制陶业、矿业、农业、机械加工业。盗窃是劳动，与其他几种劳动不同之处是其危险的性质，盗窃的危险不是关节炎，不是铅中毒，不是沼气，不是灰尘。可以用盗窃犯们常用的特殊词汇"七年铁窗"来定义其危险性。当然，总巡官希特对盗窃的严重道德后果并非没有认识。他所追捕的窃贼也知道盗窃的不良后果。这些窃贼所遵循的道德约束，其实很类似于总巡官希特对部门的顺从。总巡官希特认为，这些窃贼都是他的同胞，但因教育制度不公才走入了歧途。在考虑到这点差异，他是能理解窃贼的心理，因为窃贼实际上在心理和本能上与警察的是一样的。窃贼和警察准守同样的规则，知道对方的工作方法、工作程序。他们相互理解，这对双方都有好处，在相互交往中形成了一定的礼仪，他们都产自同一台机器，一类人对社会有用，另一类人被认为对社会有害，但两类人都觉得自己是那台机器的特殊产品，但严肃地讲他们在本质上是一样的。总巡官希特不接受叛乱的思想，但窃贼不是叛乱分子。他精力充沛，思维冷静，举止严格，有勇气，这些特点帮助他在事业的初期就小有成就，为他赢得了圈内人士的尊重和一些奉承。他觉得自己受人尊敬和羡慕。此时此刻，总巡官希特站在离绰号"教授"的无政府主义分子 6 英尺远的地方，他内心里对窃贼是同情的——他认为他们理智，不抱有病态的理想，按规矩办事，尊重合法权威，对社会既不仇恨，也不失望。

在对当前社会制度下正常事物的赞颂之后（在他的直觉看来，盗窃与财产是一样正常的），总巡官希特对自己被迫停下脚步恼火，对自己所说过的话恼火，对选择这条从车站去警察局总部的近路恼火。他再次说话了，这次他使用了宏大的、具有权威性的声音，虽然进行了适度调整，但仍然具有威胁性。

"你没有被通缉，这点我能保证。"他再次表明了态度。

那个反政府分子一动不动，但爆发出一阵无声的嘲笑，不仅牙齿裸露出来，连牙床也裸露出来，笑得他全身震颤。明知不适当，总巡官希特却又补充说道：

"现在还没有被通缉。如果通缉你，我知道到哪里去找你。"

这些都是警察对罪犯们说的礼貌用语，符合传统，适合警察的身份。但这些话没有获得传统的、有礼貌的反应，反应是蛮横的。他面前这矮小的弱者终于开口了。

"我毫不怀疑报纸会为你发讣告的。你最清楚这对你意味着什么。我以为你能很容易地想象出报纸会刊登什么样的东西。但有一点你肯定不会高兴，你和我将同时完蛋。不过，我猜你的朋友最后仍然会尽全力地把你我的残余碎片区分开来。"

虽然总巡官希特对胆敢说这番话的灵魂充满了健壮的蔑视，但内心仍然被其中的残暴的暗示所触动。他无法做到无动于衷，因为他实在是见过太多的残暴场面，知道太多的残暴细节。暮色给这条窄巷披上险恶的色彩，那个虚弱的小个子，背靠着墙壁，用微弱但自信的语气讲着话。他站在精力充沛、生命力顽强的总巡官希特面前，显得异常可怜，简直就不值得继续生存下去，可这才是个凶险的征兆，因为他既然生活得如此可悲，那他根本就不怕马上死去。可是生命力仍然强烈地支撑着他，他的额头冒出了细小的汗珠，心头涌出一股恶心的感觉。左右两侧的街道，虽然看不见，但城市的嘈杂声和车轮的轰鸣声沿着这条肮脏的曲折窄巷传到了他的耳朵里，他听到了一种珍贵的熟悉和具有震撼力的甜蜜。他是个人，但总巡官希特也是个人，他是不会容忍这番话的。

"这话吓孩子还行，"他说道，"我最终还是要抓你的。"

这话说得很好，他说的时候不仅没有嘲笑，反而非常平静。

"毫无疑问，"对方回答道，"但像眼前这样的机会是不会再有的了，这点请相信我。对有真正信仰的人来说，这是个自我牺牲的机会。你也许找不到另一个如此合适、充满人情味的机会了。这里连猫都没有，这些可恨的旧房子能在你站的那个地方堆一大堆。只花费如此少的生命和财产代价就能抓住我，你再也找不到这样的机会了。要知道，你是受雇来保护生命和财产的。"

"你不要以为我是傻子，"总巡官坚定地说道，"如果我现在抓你，咱俩只能同归于尽。"

"哈！那动手吧！"

"你可能知道我们这一边肯定会赢。我有必要指出一点，你们中的某些人会被我们像对待疯狗那样当场杀死，那就是结局。可是我根本不知道你想赢得什么，我相信你自己也不知道。这场比赛永远也给不了你想要的东西。"

"你也许说的是对的，但现在只有你从这场比赛中获利了，而且很轻松就得手了。我不想提及你的工资，但如果你不知道我们想要的，你根本无法获得你现有的名气。"

"那么，你到底想要什么？"总巡官希特马上问道，语气带着轻蔑，就好像一个忙着赶路的人发现自己正在浪费时间似的。

这位技艺精湛的无政府主义分子用微笑做回答，可那两片惨白的薄唇都没有张开。这位有名望的总巡官感到了自己有一定的优势，于是竖起了一个手指做警告。

"放弃吧——无论你想要什么，"他劝告道，但语气并不和善，就好像他不打算劝诱一个大盗贼一样。"放弃吧，你会发现我们有太多的人想抓你。"

一直挂在教授嘴唇上的微笑顿时战栗起来，就好像那微笑背后的讽刺精神已经失去了自信。总巡官希特继续说道：

"你不相信我？好吧，看看你的周围，都是我们的人。总之，你们没有把事情做好。你们总是把事情搞到一团糟。为什么？盗贼之所以饿肚子，是因为他们没有把事情做好。"

听到面前这人的背后有多得不可战胜的众多帮手，教授的心中涌出一股阴郁的愤慨。他的微笑不仅不再神秘，而且也没有了轻蔑的味道。人数众多肯定难以抵抗，众人团结一致很难被打败。想到这些，恐惧浮现于他那不祥的孤独中。他的嘴唇开始战栗，战栗了一会儿之后，他才断断续续地说道：

"我干得比你干得好。"

"就说到这里吧。"总巡官匆忙地打断了对方。教授这次笑出声来了，他边走边笑，但他的笑声并不长。原来那个满脸沮丧、可怜的小男人终于走出了窄巷，走进了繁忙的主干道上。他无精打采地走着，继续走着，对他此时的心情来说，老天爷是刮风下雨或是阳光明媚都已经不重要。另一方面，总巡官希特看着小男人走远，他转身迈着既坚定又敏捷的步伐走出了窄巷，恶劣的天气对他来说已经不重要，因为他意识到自己拥有这个世界委任给他的使命，以及伙伴们给他的道德支援。他感觉这个星球上的所有人都在支持他——包括这座巨大城市中的居民，包括这个国家的所有人口，包括这个星球上数以百万人挣扎着生活下来的人类——甚至盗贼和乞丐都在支持他。对，盗贼在这件案例中肯定是支持他的。由于他所感到的自由获得了广泛的支持，于是他在解决具体问题时便采取了强硬的态度。

总巡官首先要解决的问题是自己的顶头上司、警察局副局长。这是个古老的问题，忠诚可靠的雇员经常遇到。所有人都有反抗权威的倾向，仅此而已。说实话，总巡官希特不太重视无政府主义。他觉得无政府主义的重要性不大，从来没有给予严肃的对待。在他眼里，无政府主义就是混乱，这种混乱绝对不是喝醉酒产生的那种混乱，因为醉酒意味着对欢宴有美好的感觉和向往之情。虽说无政府主义分子是罪犯，但不能独自成为一类——他们毫无品味。总巡官希特走着走着，想起了教授，他从牙齿缝中咕哝道：

"疯子。"

抓盗贼是另一回事。它很像体育比赛项目，在非常简单的规则下，最强的人夺取胜利。对付无政府主义分子是没有规则的。这不符合总巡官的口味。没有规则太愚蠢了，但这种愚蠢让公众激动，不仅影响了社会上的大人物，还牵扯上了国际关系。总巡官走着，走着，脸色逐渐变得僵硬、残忍。他逐一地审视了他知道的无政府主义分子。与刚才这个窃贼相比，这些反政府分子的勇气连他的一半都没有。不是一半，是连十分之一都不到。

总巡官回到总部，立即来到副局长的私人办公室。副局长拿着钢笔，俯身坐在堆满文件的书桌前，仿佛在向一只用铜和水晶制成的大墨水瓶做礼拜。传话筒就像蛇一样把副局长的头与他的木椅子背连着一起，传话筒张开的大嘴似乎随时要咬他的胳膊肘一口。他坐着没动，仅抬了抬眼睛，他的眼睑比他的脸色还要黑，上面尽是皱纹。报告送上来了：每个无政府主义分子都有相应的说明。

副局长在说完这段话后，低头签署了两份文件，放下手中的钢笔，后背靠在椅子背上，用挑剔的目光打量着这位出了名的下属。总巡官稳稳地站着，态度恭敬但深藏不露。

"我猜你说对了，"副局长说道，"你曾经告诉我伦敦的无政府主义分子与此无关。我很欣赏你的手下对他们的严密监视。可是，这等于是向公众承认无知。"

副局长说这番话的语气是从容不迫，态度也很谨慎。他的思路似乎在讲完一个词后必须要休息一会儿才能继续下去，仿佛他在一潭谬误之中正在选择下一块踏脚石。"除非你从格林尼治带回来一些有价值的东西。"他补充说。

总巡官立即开始描述他的调查结果，他描述得非常清晰、实事求是。他的顶头上司，稍微转动了一下椅子，把两条细腿跷成二郎腿，用一只胳膊支撑着倾斜的身体，另一只手遮住眼睛。他听取汇报的姿势透着一股生硬和痛苦。报告结束了，他缓慢地向前倾了倾身体，浓黑头发的两侧出现亮晶晶的闪光，就好像精致打磨过的银器发生的闪光一样。

总巡官静静地等待着，就好像在反思刚才所说过的，但实际上，他是在考虑补充说点什么建议。副局长打断了他的迟疑。

总巡官认为这不仅是可能，而且是事实。依他的看法，那两人在距离天文台的围墙 100 码远的地方分了手。他还解释了另一个人如何能在没有人发现的情况下逃离了公园。那天的雾，虽然不太浓，但对逃走的那个人有利。这逃走的人似乎是陪伴着另一个人到作案现场，然后让那个人去单独作案。根据老妇人看到这两个人从梅茨上车站走出来的时间，以及听到爆炸的时间，总巡官认为，逃走的那个人在他的同伴把自己炸得粉身碎骨的时候，正好在等下一趟火车进站。

"报告很全面，是吧？"副局长躲在自己手搭成的阴凉下咕哝道。

总巡官粗略地描述了一下死者的残余。"验尸官将会有繁重的工作要做。"他冷酷地补充说道。

副局长移开了手，露出了眼睛。

"我们没有什么好对他们说的。"他疲惫地说道。

他抬起头来，看了看明显精力早就涣散了的总巡官。他天性不信幻觉。他知道这个部门是受下级巡官掌控的，这些人对忠诚有自己的看法。他职业生涯开始于一块热度殖民地。他喜欢那里的工作。他的工作是警察，他成功地跟踪并摧毁了几个秘密的土著社会组织。后来，他修了很长一段假期，相当冲动地结了婚。从世俗角度看，他俩的婚配很合适，但他妻子道听途说，认为殖民地的气候不好。另一方面，她有许多有势力的关系，于是他才有了如今的这份工作，看上去很合适，但他不太喜欢。他觉得自己有太多下级和上级要依赖。最近出现了一种叫公众舆论的陌生情绪现象，加大了他的心理压力，这种现象表示出不理性的特点，这让他感到惊慌失措。毫无疑问，由于无知，他夸大了公众舆论的好的方面或坏的方面——他特别是夸大了坏的方面。英国春节的东风异常猛烈（这对他妻子却很合适），这使得他更加不信任他人的动机和自己部门的工作效率。近一段时间以来，毫无意义的办公室工作让他感到格外的震惊，这让那敏感的肝脏倍感不适。

他站起来，舒展身段，踏着铿锵的脚步走到窗前，他身材苗条，但步履却如此沉重，确实令人惊叹。窗户上雨流成溪，他从窗户向下望去，一条不长的街道上空无一人，还像是被大洪水给冲跑了似的。今天非常令人讨厌，一开始是令人窒息的浓雾，此时换成了冰冷的大雨。煤气灯的火苗忽明忽暗，似乎要在雨水中熄灭一样。当人类的傲慢被恶劣的天气羞辱后，人类会感到压抑，并表现出一种绝望的巨大空虚感，这种空虚感除了令人鄙视之外，还值得畏惧和同情。

"可怕，可怕！"副局长自言自语道，他说话时脸几乎贴到了玻璃上。"这样的天气已经有 10 天了；不，是 14 天了。"他的思维有一段时间彻底停止了。他的大脑整整静止了 3 秒钟。接着他随便地说道，"你派人沿着上行和下行铁路线去调查那个人了吗？"

他相信该做的事都已经做了。总巡官肯定很善于追捕罪犯。追捕罪犯有标准的流程，甚至还可以让新手去执行。有关那两个嫌犯，只需对相关两个小火车站的检票员和守门人进行几次询问就能获得更多的细节。把收上来的火车票检查一下，立即就能知道那天早晨他俩来自哪里。这都是调查的基本手续，是不会被遗忘的。作为回应，总巡官回答说，当那个老妇人宣誓做证后，这些工作都要完成。接着他提及那个火车站的名字。"先生，他们就是从这个地方来的，"他继续说，"梅茨站的守门人记得，有两个符合描述的人曾经走过栅栏。他俩似乎像是受人尊敬的画家或室内装修工。身材高大的那个从三等车厢出来，向后走，手里拿着一个闪亮的锡铁罐头。在站台上，他把这个罐头交给了走在后面的那个年轻的人。所有这些都与那老妇人告诉格林尼治巡官的是一致的。"

副局长这时仍然面对着窗户，他表示自己怀疑这两个人是否与这次暴力行动有关。有关这案子的推测都集中在那个老女佣身上，她当时差点被一个疾走的男人撞倒。她的证据没有多少权威性，除非增添新证据，否则不能算是证据。

"坦白地说，她会不会是受人指使？"他质疑道，语气既低沉又带着嘲讽的味道，他说话的时候背朝着屋里，仿佛伦敦城夜间若隐若现的巨大轮廓已经使他进入了神志恍惚的沉思中。甚至当他听到有人在他背后说话，他都没有转过身去。"太幸运了！"这话来自警察局里他的首要负责人，此人的名字经常出现在报纸上，为公众所熟知，被公众视为他们勤勉的保护者。

"我认为闪亮锡罐的碎片是很明显，"总巡官希特稍微提高了声音说道，"那是个好证据。"

"这两个男人来自那个小地方的火车站。"副局长边想边大声地说，一副好奇的样子。

他被告知，梅茨车站下来了 3 名旅客，其中有两人来自那个地名，第三个人是小贩，来自格雷夫森德，检票员认识他。总巡官透露这些信息的语气就好像是在做最后判决，并略带着点怒气，因为忠诚的雇员就是这样表达自己的忠诚和效忠的价值的。即使在这种情况下，副局长还是面对着外界的黑暗，那黑暗就如同大海一样庞大。"两个外国无政府主义分子从那个地方来，"他说道，不过他显然是对着窗户在说，"这是无法解释的。"

"先生，如果米凯利斯不住在附近的小农舍里，那将会更不好解释。"

当副局长听到这名字出乎意料地牵扯进这桩令人烦恼的案子，他立即放弃隐约想起来的事，他每天本该都要去俱乐部打牌。打牌是他生活里最惬意的习惯，他在打牌中不借助下属的帮助便能展示他的才华。他在 5 点至 7 点间去俱乐部打牌，然后再回家吃晚饭。在打牌的这两个小时里，他能忘记生活里令人讨厌的事，仿佛打牌是一种有益健康的药品，能缓释精神痛苦。他的牌友中有一个是著名杂志的总编，此人既忧郁又幽默；另一位是沉默寡言的老律师，有一双恶毒的小眼睛；还有一位是非常好战的老年上校，他思维简单，有一双棕色的手。他们仅在俱乐部里做朋友。除了打牌的桌子前，他从来不在其他地方与他们见面。但他们似乎都像同病相怜的病人一样来打牌，仿佛打牌就是一味能医治他们生命中难以启齿的疾病的良药。每天，当太阳消失在城市无数屋檐下的时候，他的心中就会涌现出一股甜蜜的、愉快的急躁，很类似于多年形成的好朋友之间的感情，连工作的劳累都让人感到轻松了许多。此时此刻，这种愉快的感觉，在经历了一阵很像是肉体震撼之后离他而去，取而代之的是自己对社会保护工作的特殊兴趣——这不算是一种正常的兴趣，或许最准确的说法是他突然对自己手中的武器不再信任了。

第六章

传播人道主义希望的假释犯米凯利斯有个女施主，她是副局长的妻子最有影响力、最高贵的朋友。这位女施主管副局长妻子叫安妮，并认为安妮是个不太聪明、毫无经验的年轻姑娘。就这样，这位女施主成了副局长的朋友，但不是妻子的所有具有影响力的朋友都能成为他的朋友。这位女施主年轻时很早就结婚了，婚礼非常奢华。过去发生的几桩有名的风流韵事，她都一清二楚。她还认识一些大人物，她本人就是个贵妇。虽然如今年纪大了，但仍然风韵不减，因为她有一种罕见的气质能轻蔑地挑战时间的流逝，就好像时间是非常低劣的民间习俗似的。还有许多社会习俗，她也不予理睬，没有获得她的认同，原因也是不符合她的性情——要么是这些习俗让她感到无聊，要么是这些习俗妨碍她嘲笑或同情他人。她不会赞美人

（这是她那异常高贵的丈夫暗中对她不满的地方之一）——第一，她总是觉得他人平庸；第二，她觉得赞美他人一定会贬低自己。坦白地说，这两种情况难以被她的本性接受。她能很轻松地发表大胆的言论，因为她仅从自己的社会地位出发作判断。她做事跟说话一样无拘无束；她待人很圆滑，因为她很博爱；她的精力过人地充沛；她在展示自己优越感的时候既平静又热情；她受到有三代人无穷无尽的赞美；连她最不想见的人都赞美她是个奇妙的女人。从另一个角度看，她是个聪慧的女人，具有一种高贵的简洁性，内心充满了好奇，但不像许多女人那样只喜欢流言蜚语。她非常会逗与她同时代的人开心，利用自己伟大得几乎变成历史性的社会地位把所有还活着的人保持在自己的视线之内：守法的和不守法的、各种职位的、有才气的、胆子大的、有运气的和没有运气的。来她别墅里的人有：王室成员、艺术家、科学家、年轻政治家、各式各样的骗子。他们各个都有光鲜的外表，却败絮其中，就像浮在水面上的木塞子一样，最适合显示水流的方向。别墅主人欢迎他们，倾听他们，质疑他们，理解他们，夸奖他们，而主人自己也获得熏陶。用她自己的话说，她想看到世界将会变成个什么样子。由于她比较务实，让她判断人和事，虽然有偏见，但很少出大错，从来没有出现过执迷不悟的现象。她的会客室是世界上唯一有可能出现警察副局长与假释犯相遇的地方，而且不是为了警务的需要。有一天下午，她把米凯利斯带来，但副局长没有记得米凯利斯是谁。他以为米凯利斯一定是有杰出血统的下院议员，具有非同一般的同情心。这件事成为滑稽小报的笑柄。社会上显贵和时下声名狼藉的人，自由地相互结伴来到这位老妇人的圣堂，供她满足并非不光彩的好奇心。会见的地方几乎就是半私密的状态，在大客厅中，借着 6 个高大窗户的光线，有人站着，另一些坐着，人们的低语交织在一起形成低沉的嗡嗡声，在客厅的角落，镶金边褪色了的蓝色丝绸制成的屏风背后，有沙发和几把椅子，你永远不会知道将会与谁在这里偶遇。

米凯利斯过去是公众憎恶的对象。几年前，他参与一次相当疯狂的举动，企图从警用大篷车上营救几名犯人，他因这次暴行而被判处了无期徒刑，公众为此大为赞赏。他与几个同谋者计划先射杀拉警车的马匹，然后制服警卫。很不幸，有一名警官也被击中，死后撒下妻子和 3 个小孩。这位警官的死唤醒了公众对那些为国家的安全、福利、荣耀而死去的人的广泛的关注，人们表达出了对暴行的极大愤慨、对受害者的无限同情。3 名主犯被判处了绞刑。米凯利斯那时还是个消瘦的年轻人，职业是锁匠，经常去夜校干活。作案那天，他和其他几个人正在撬那辆特制警车的后面，所以他不知道死人了。当他被逮捕的时候，他的一个口袋中有一大串万能钥匙，另一口袋中有一把大凿子，手里拿着撬棍；他的样子差不多就跟夜贼一样，但没有夜贼能获得这么重的判刑。警官死了，他内心也很难过，但他的阴谋也因此而失败了。他把这两种情绪都向陪审团做了说明，在拥挤的法庭上，他的良心的忏悔显得异常不圆满。法官在做判决时充满感情地评论了年轻的罪犯的堕落和无情。

由于法官的评论，他竟然莫名其妙地出了名。后来，他被释放，释放的理由更加牵强附会，因为有些人想利用他被关押这件事捞取民众的感情，这些人要么是为了自私的目的，要么是为了不可告人的目的。他认同了这些人的做法，因为他内心里是无辜的，思想是单纯的。对他来说，个人的遭遇不重要。他像圣人一样，在信仰的沉思中丧失了自我意识。他的想法不具有说服力，推理被排除在他的思想之外。他利用不同想法之间的对立和含糊，形成一种难以被驳倒的人道主义信条。他的信条不是用于布道的，而是供他自己忏悔时使用。他做忏悔时，态度既顽强又温和，嘴唇上挂着平静的自信，他那双蓝色的眼睛会下垂，因为他要在孤寂中产生灵感，害怕看到别人的脸庞。当警察局副局长看到这位假释犯传道士的时候，他正坐在屏风后一个为他特殊设定的椅子上摆着他那极具个人特点的姿态，他令人感到可怜，因为他那不可救药的肥胖使他看上去像一艘奇形怪状的大船，而他必须像划船的奴隶一样整天拖着直到累死。他坐在老妇人沙发的旁边，说话声音温顺且平静，虽说样子像个小孩子一样忸怩，但又像小孩那样有魅力——就是那种能引发别人信赖的魅力。他对未来充满了信心，这点是他在那间著名的监狱的拘禁中感悟到的，因此他没有理由怀疑任何人。虽说他还没能给那个好奇的老妇人一个有关世界未来的清晰看法，但他成功地用他那不令人痛苦的信条给她留下了深刻的印象，因为他的信条具有纯粹的乐观主义性质。

在社会等级制度的两个极端都有一些冷静的人，他们的共同特点是思想单纯。这位伟大的老妇人有她自己的单纯思想。米凯利斯的观点和信念丝毫没有能使她感到震惊，因为她总是能站在自己崇高的社会地位上看问题。确实，米凯利斯那样的男人很容易获得她的同情。她不是剥削人的资本家，她似乎超越了经济基础的制约。对人类的大苦难，她有非常大的怜悯之心，因为她从来没有见识过。为了理解这些大苦难的残忍性，她必须把大苦难的概念转化为精神上的痛苦。副局长对老妇人和米凯利斯之间的谈话有清晰的记忆。他安静地听着。他们之间的谈话有点令人激动，甚至令人感动，因为这段谈话从本质上看就是没有任何用途的，就好像是两个分隔遥远星球上的居民在进行精神交流似的。

不知何故，这种奇怪的人道主义激情却需要借助人的想象力。最后，米凯利斯站了起来，接过宽宏的妇人伸出的手，在握完了手之后，又把那妇人的手放在自己那巨大的手掌里，用既友好又不令人尴尬的方式捂了捂，然后转过他像肿胀一样的背部，离开了客厅里这半私密的角落。他用安详的眼光扫视了一下周围，步履蹒跚地走过一堆一堆的客人，向远处的大门口走。看到他走过，客人们马上停止说话。当他走过一个高大、漂亮的女孩旁边的时候，他俩的目光不期相遇，他露出一丝无邪的微笑，那女孩在众目睽睽之下跟着他离开了房间。米凯利斯第一次露面就取得了成功——这次成功使他赢得了尊重，一声嘲笑声都没有遇到。被他打断的谈话又恢复了从前的腔调，要么严肃，要么轻松。在客厅窗户附近，站着一个四十几岁男子和两位女士，那男子的身材极好，大腿修长，样子非常活泼。他出人意料地大声说了一句意味深长的话："我想说那家伙体重 18 英石（相当于 114 公斤），可身高不到 5 英尺半。可怜的家伙！可怕，太可怕了。"

此时，屏风后这块私密的地方就剩下女主人和副局长了，女主人那张漂亮的老脸因沉思而显得僵硬，她心不在焉地看着副局长，似乎是在重新整理刚才谈话留下的思绪。许多男人向屏风围拢过来，这些男人蓄着灰胡须，身体结实，面带着暧昧的微笑；围拢过来的还有两位成熟的妇女，面带着主妇般的优雅和果断；其中还有一位男子更加特别，胡子剃得精光，两颊深陷，戴着旧式华丽的金边单片眼镜，眼镜上还系着宽黑色布带子。客厅里的气氛是安静且恭顺的，人们都很谨慎。过了一会儿，那贵妇人发话了，语气虽说没有怨恨，但带着某种抗议不公平时常见的恼怒：

"官方声称那人是个革命分子！这多荒谬呀。"她狠盯着副局长。副局长低声辩解道：

"也许是个不危险的革命分子。"

"不危险——我确实是这样想的。他仅是个信徒，有脾气暴躁的圣徒，"那贵妇人用坚定的语气断言，"他们竟然关了他20年，这个案子愚蠢得令人发抖。如今他们让他出来了，可他的亲人都走了或死了。他的父母死了；他准备迎娶的女孩在他蹲监狱时死了；他赖以生存的手艺也丢失了。他非常诚恳地告诉我这些事的时候，他还说，他在监狱里有大量的时间思考自己关心的事。这是多么好的补偿啊！如果革命者都是这样的素质，我们这些人应该给他们磕头作揖。"她继续说着，略带着嘲讽的语气。众人像往常一样把顺从的脸转向她，脸上的微笑也变得僵硬起来。"这个可怜的家伙显然无法照顾自己，有人应该照顾他一下。"

"应该劝他去接受适当的治疗，"那个活跃分子在远处用士兵一样的声音发出建议。他正处在他那个年龄身体状态的高峰期，他穿了一件双排扣长礼服，礼服的布料质地都具有弹性，就好像是穿着活生生的动物皮似的。"那人是个跛子。"他用蛮横的口气补充道。

其他人很高兴有人开了一个头，也都匆忙地咕哝着泛起同情心，譬如，"太令人吃惊了"、"恐怖"、"非常痛苦地看到"。那个戴单片眼镜的瘦男人假装文雅地说出"怪诞"这个词，他身旁的人群对选这个词的准确性都表现赞赏，相视而笑。

听完这番对话，副局长没有表达观点，因为他所处的地位不便对假释犯发表公开言论。实际上，他同意米凯利斯的女施主恩人（他妻子的朋友）的说法，米凯利斯是个慈善的多愁善感的人，有点疯狂，总体看连苍蝇都无法伤害。当他在这桩恼人的爆炸案中听到那个假释犯的名字的时候，他意识到假释犯这回危险了，他立即回想起老妇人的痴迷状态。她对米凯利斯的仁慈非常专横，不许任何人侵犯他的自由。这是一种深刻的、安详的、深信不疑的痴迷。她不仅觉得他不会去伤害他人，而且她还这样说，因为她是个头脑混乱的专制主义者，这点在她对米凯利斯的态度上获得了进一步的证明。这就好像她被那个人的畸形的身材、坦诚幼稚的双眼、天使般的微笑给迷惑了。她几乎相信了他有关未来的理论，因为不违背她已有的偏见。在社会生活中，她不喜欢新财阀的统治，反对把工业主义作为人类社会的发展模式，她似乎对工业主义的呆板和无情特别厌恶。温和的米凯利斯提出人道主义不会导致人类的灭亡，而仅会导致现有经济体系崩溃。她不认为这样的结果有什么道德损失，其实仅是消灭了大量暴发户。这些暴发户，她既不喜欢，也不信任，这不是因为暴发户的时代已经来临（她拒绝承认这点），而是暴发户丝毫不理解这个世界，这是暴发户外表生硬和内心乏味的基本原因。彻底消灭资本后，资本家也就消失了；资本在全球消失后（米凯利斯坚持必须在全球范围消灭资本），社会价值将不会发生改变。最后一张钱消失后，人们的社会地位不会受到影响。比如，她从来没有想到过自己的社会地位将受影响。她把这些思想成果告诉给了副局长，她的态度既平静又无畏，因为这位老妇人已经不惧怕遭遇冷淡的可怕后果。他要求自己听这类言论时保持沉默，不予置评，这是他喜欢的处世方法。对米凯利斯的这位年迈追随者，他是有感情的，这是一份复杂的感情，比较少地源自她的声望和人格，而主要是因为他有阿谀奉承的本能。他觉得自己在这栋房子里受尊敬。她是友善的化身，她实际上很聪明，有经验的女人都这样。她使他的婚姻生活变得更加顺畅，因为她慷慨地给予了他做安妮丈夫的全部权力。他的妻子是个有大量小缺点的人，既自私，又嫉妒，老妇人能对他妻子施加极好的影响。不幸，她的慈善和智慧有不通人情的一面，非常女性化，很难应付。在历尽沧桑之后，她看上去仍然是个完美的女人，而不像某些发生了变异的老女人，她们虽然穿着裙子，却变成了狡猾的、令人讨厌的老男人。她一直是他心目中的女人——女性的特殊化身，不仅充满了温柔和坦率，还能是形形色色男人的凶猛保镖，这些男人中有传道士、幻想家、预言家、改革家，他们在她的保护下，情绪激昂地谈论着真假难辨的东西。

副局长很感激妻子和自己的这位高贵的好朋友，也就是在这种感激之下，他对罪犯米凯利斯可能的命运感到惊慌。虽然米凯利斯跟这桩爆炸案的瓜葛不大，但又可能涉嫌被捕，那么他很可能会被送回监狱，至少是要服满原刑期。他会死在监狱里，他肯定不会有活着出来的机会。副局长的此番思考，虽说并不真的表示他很仁慈，但绝对是不符合他的官方地位的。

"如果那家伙被再次抓住，"他心想，"她肯定饶不了我。"

这是个非常坦率的想法，虽然是一段内心独白，但难免不招致自我嘲讽。没有人会为保住自己不喜欢的工作而去不停地幻想。他嫌弃自己的工作，觉得很无趣，但这种嫌弃逐渐地从对工作的嫌弃扩展成为对同事的嫌弃。只有当指定我们做的工作碰巧与我们的特殊兴趣似乎相符合时，我们才能尝到自欺带给我们的舒适。副局长不喜欢这份国内的工作，那份在遥远的外国做警察的工作就很有吸引力，因为那份工作能让他接触到不寻常的战斗，或者说他至少能获得户外冒险的兴奋。他真正的能力是行政管理，那份工作使他的能力与冒险精神结合在一起。如今，他被锁在 400 万人中间的一个书桌前，这使他觉得自己是命运的荒谬受害者——毫无疑问，也就是这个命运使他娶了一位对殖民地气候极为敏感的女人，除此之外，她提出一些额外限制性的条件，这进一步证明她的纤弱本性和趣味。虽然他秉持讽刺的态度评判自己的惊恐，但他没能赶走自己思维中的不正常的念头。他的自我保护本能，是相当强烈的。然而，这次在他内心里却像砸铁锤一样不断地重复着一句粗俗的坦言："真可恶，如果恶魔希特得手，那个肥胖的家伙肯定会因窒息而死在监狱里，那么她就永远不会原谅我了。"

他那黑色的、消瘦的背影，一动不动地站着，他脑背后的头发剪得极短，头发下面是洁白的衬衣领子，头发中闪动着根根银丝。沉默继续着，总巡官希特忍不住干咳了一声。这一声噪音产生了效果。这位有工作热情、有才干的警官听到他的上司问话了，但他的上司仍然背对着他，纹丝不动。

"你认为米凯利斯与此案有关吗?"

总巡官希特小心地做了正面回答。

"是的，先生，"他说，"我们有足够的依据。不管怎样说，他那样的人不应该逍遥法外。"

"你们需要一些能定论的证据。"对方低声评论道。

总巡官希特竖起眉毛看着那黑色的背影，那背影顽固地拦在他的理智和热情前面。

"找到足够证据给他定罪不难。"他神气十足地说道，"先生，这件事请相信我。"他补充说道，其实这句话完全是多余的，但确实是他的心里话。在他看来，最好能抓住这个人，这样就能平息公众对这个案子的怒火了。目前无法说公众是否会愤怒。当然，这取决于报纸的新闻报道。无论如何，有鉴于警察与监狱有职业协作关系，总巡官希特凭借自己的法律直觉，形成了一个符合逻辑的信念，任何法律的敌人都必须进监狱。受到这个信念的强烈影响，他犯了一个策略性错误。他自负地一笑，然后又重复说：

"先生，这件事请相信我。"

这句话让假装镇定的副局长实在忍耐不住了，在过去的 18 个月中，他隐瞒了对整个警察局和他的下属的愤怒。硬把方木棍插入圆窟窿中，这就是他每天都在遭遇的侮辱。那圆窟窿是长期形成的，一个棱角不太分明的人钻进这个圆窟窿后，只能耸一耸肩，报以感官满足后的沉默。最让他感到气愤的是要承担太多的期望。听到总巡官希特轻松的微笑，他突然转过身子，就好像被闪电击中而迅速逃离玻璃窗似的。他不仅看到对方小胡子下暗藏的扬扬自得，还在那双圆眼睛里看到了试探性目光的痕迹。毫无疑问，那目光曾经盯在他的后背上，但突然间又与他的目光相遇，由于来不及对原先的凝视状态做出调整，那目光只能嬗变为惊恐的样子，就这样他俩对视了足有一秒钟的时间。

副局长确实有做这份工作的职业素养。突然，他的猜忌心睡醒了。公平地说，对手下的警察有猜忌心是不难的（除非这些警察是他亲手建立起来的半军事实体）。如果他的猜忌心确实睡眠过，那也是很短暂的为消除疲惫而做的睡眠：他调整了对总巡官希特的工作热情和能力的评价，并把所有道德信任排除在外。"他心里有鬼。"他在内心惊叫起来，这惊叫又使得他变成狂怒。他大步走到书桌前，猛地坐下。"我整天陷在这些文件堆里，"他心想，但内心充满了愤怒，"我本应该掌握所有线索，但如今我只能得到他们愿意给我的。他们可以用这些线索把我引向歧路。"

他抬起头来，把又瘦又长的脸转向他的下属，那副样子简直就是精神亢奋的堂吉诃德。

"你有什么绝招吗？"

总巡官凝视着，那一双圆眼睛一眨也不眨，就好像是在盯着罪犯一样。换在平时，在他警告完罪犯之后，罪犯会述说自己的无辜，或假装单纯，或垂头丧气。这时，他总是会一眨不眨地盯着罪犯。然而，在那职业的冷酷无情背后，隐藏着他的一丝惊讶，因为他从副局长的语气中听出一种蔑视和不耐烦的混合情绪。总巡官希特是警察局的顶天柱，从来没有人敢这样对待他。他反应开始变得迟缓，就好像一个人遇到了从来没有见到过的新事物一样。

"先生，你的意思是我们有没有什么抓米凯利斯的证据？"

副局长观察着眼前这个圆脑壳的家伙：北欧海盗胡子尖已经低垂到了那个沉重下巴之下；那张滚圆、苍白的脸，因为有太多的肥肉而显得意志不够坚定；外眼角散布着精明的皱纹——副局长阴险地注视着这位既精明又受重用的警官，突然他灵机一动有了一个想法。

"我有理由相信，当你走进这间办公室的时候，"他按捺住自己的意图用平静的口气说道，"你本不想提米凯利斯这个名字，他不是主犯，或许与本案一点关系都没有。"

"先生，有理由相信？"总巡官希特低声咕哝道，样子看上去很惊讶，而且是惊讶到了一定程度后的样子。他已经发现这件事有点微妙，这迫使掌握情况的人不敢说实话——在绝大多数与人有关的事件中，都会出现这种不敢说实话的情况，而假借的理由可能是：技巧、谨慎、明智。他感到自己像是一位正在走钢丝的杂技演员，在表演中，杂技场的老板从场外跑进来，开始摇晃他脚下的钢丝绳。他感到如此的背叛行为有可能使他跌下钢丝绳而摔断脖颈，这使他气愤，并在精神上产生了不安全感，用俗话说，他处境危险了。此外，他对自己的工作表现感到严重关切，因为人必须有面子，必须赢得尊重，尊重可以是在社会地位方面，也可以是在他所从事的职业方面，甚至可以是在他喜欢的闲情逸致方面。

"是的，"副局长说道，"我的意思不是说你没有根本想到过米凯利斯，但你说你发现了一个大线索，这让我感到你不是很坦白。希特巡官，如果你那是个大发现，为什么你没有继续跟进？比如，你可以亲自去那个村庄调查，或派你的部下去。"

"先生，你认为我失职了吗？"总巡官问道，口气好像是在做深刻的自我检讨。其实，他当时正努力想保持自己的身体平衡，这才说出那句话，但这使他被对方抓住了弱点。副局长听到这话，皱了皱眉，认为这句话很不合时宜。

"由于你提及这个问题，"他冰冷地说，"我要告诉你这不是我的意思。"

他停了停，一双深陷的眼睛瞥了总巡官一眼，就好像是在说"你应该明白这点"。作为特警部的领头人，虽然他不能亲手去调查罪犯心中的秘密，但有窍门从下属的嘴里掏出犯罪事实。这是个特殊的本能，不能算是个缺点。这个本能是天生的。他是个天生侦探。所以，他是在无意识中选择了警察做职业。如果他生活中曾有过什么失败，他的婚姻就算是他失败的特例——而这也是天生。由于无法去海外闯荡，所以办公室就成了他物质生活的来源。我们只能做我们能做的事。

负责特警部的副局长，现在对这桩案子越来越有兴趣，他的双肘支撑在桌子上，双腿交叉，两只骨瘦如柴的手托护着面颊。这位总巡官，虽然不算是一个绝对值得打败的敌人，但至少是一个他目前有能力打败的人。不相信有威望的人，这点是副局长做侦探的看家本领。他想起了在遥远的殖民地发生的故事,有一位土著酋长,长得肥头大耳,腰缠万贯,按照传统,历届英国总督都对他加以信任,跟他做朋友,谋求他支持白人统治下的秩序和法律;然而,当他用怀疑的眼光加以考察后,他发现仅他把酋长当做朋友,别人都不。酋长并非是叛贼,在他忠诚外表下隐藏了许多危险的私心,因为他想维持自己的社会地位、舒适的生活、人身安全。酋长天生口是心非,但这是危险的。他从这件事中有所领悟,他想起了总巡官希特,希特也是个高大的人(不考虑肤色有差异)。希特和酋长的眼睛不相像,嘴唇也不相像。这很奇怪。这样的怪事,不是阿尔弗雷德·华莱士曾经描写过吗?华莱士在他那本著名的有关马来群岛的书中,描写了阿鲁群岛一名皮肤黝黑的裸体老土著,这位土著竟然与华莱士在英国国内的一名亲密朋友很相似。

自从副局长就职以来,这是他第一次感到要做一件对得起工资的事。这是一种美好的感觉。"我要像对待那个老酋长那样把他彻底地剖析一回。"副局长心里这样想着,眼睛却若有所思地盯着总巡官希特。

"不,那不是我的意思。"他又开口了,"毫无疑问,你是专家——这是毫无疑问的;这就是我为什么……"他说到这里停了下来,调整了一下语调继续说道,"你能找到指控米凯利斯的确切证据吗?我的意思是那两个嫌疑人——你肯定说是两个——他俩下火车的站距离米凯利斯现在居住的村庄不到 3 英里远。"

"先生,这件事本身就值得我们去追查,追查像他那样的人。"总巡官说道,此时他已经恢复了镇定。副局长微微点头表示同意,这抚慰了这位大名鼎鼎的警官的怨恨和惊讶。总巡官希特是个善良的人,同时也是个好丈夫、好爸爸。他总是友好待人，就在这间办公室里，他对连续几任副局长都友好相待，所以公众和部门都很信任他。这样的事，他已经经历了 3 次。第一位，有军人的仪表，性格粗鲁，红脸膛，白眉毛，暴躁的脾气，但很容易对付。他因年龄超限而离职。第二位，理想的绅士，不仅自己安分守己，也要求别人安分守己，辞职后在英格兰之外找到了更高的职位，由于希特巡官的贡献，他获得了荣誉勋章（这是真的）。跟他一起工作既自豪又愉快。第三位，有点像实力不明的"黑马"，18 个月过去了，他仍然是部门的"黑马"。总体看，总巡官希特认为他是无害的——虽然样子古怪，但无害。如今，此人正在讲话，总巡官在表面上显得很敬重（这没有什么了不起，因为是工作需要），在内心里隐含着仁慈的宽容。

"米凯利斯离开伦敦去乡下前提出报告了吗？"

"先生，他报告了。"

"他在那里能干吗？"副局长继续问道，其实他知道答案。米凯利斯在乡下居住的小农舍一共有 4 间屋子，屋顶长满苔藓，他在二楼的一间屋子里，痛苦地强迫自己坐在一把老式木椅上，胸前是一张虫蛀的橡木桌子，用一只颤抖的手，歪歪斜斜地不分日夜地伏案写《囚徒自传》，这应该是一本揭示人类历史规律的书。在这栋有 4 间房间的小农舍里，空间有限，与世隔绝，气氛孤独，但这些条件对激发他的灵感有帮助。这里很像监狱，但从来不受打扰，因为这里没有人为了可憎的目的，迫使他遵循监狱的残暴规矩参加锻炼。他不知道太阳是否仍然在照耀大地，写作的劳累使他大汗淋漓，一股令人愉快的激情鼓励着他继续写作。这好像是在解放他的内心，让他的心灵释放到广阔的世界中去。他有虚荣心，但并不狡诈，他追求虚荣心的热情似乎命中注定的、神圣的（最初的热情是被一家出版商答应给他 500 镑稿费点燃的）。

"当然，信息应该越准确越好。"副局长很不坦率地强调说。

总巡官希特感到这样的要求太严格了，心中再次燃起不满，于是说乡下的警察在米凯利斯刚到时便得到了通知，一份完整的报告在几个小时后便能拿到。只需给负责人发一份电报……

总巡官希特缓慢地说着，但他心里却在思考这样说可能的后果。从他微微皱着眉头就知道他在思考，但他的思绪被对方提出的一个问题打断了。

"你发电报了吗？"

"先生，还没有。"他回答道，仿佛被问题吓了一跳。

副局长猛地舒展开双腿。这个动作非常敏捷，与他漫不经心地提出建议的方式截然不同。

"具体地讲，你认为米凯利斯与配制那颗炸弹有关联吗？"

总巡官陷入了沉思。

"这我不敢说，目前没有必要做定论。他与一些危险分子有交往。他假释后一年，便成为了红色委员会的代表。我认为这是给他的某种奖励。"

总巡官笑了，笑声中略带恼怒和蔑视。对那样的一个男人，如此的兴师动众没必要，甚至可以说是一种不良的情绪。两年以前，一些情绪激昂的新闻记者为了发行特刊而让被释放出狱的米凯利斯成为名人，这件事至今让总巡官感到恼怒。只要涉嫌犯罪，逮捕那家伙就是完全合法的。从表面看，逮捕他，不仅合法，也有利。他的两届前任准备一眼就看出这点，但眼前这位副局长，既不同意，也不反对，仿佛迷失在梦境中了。此外，除了合法和有利之外，逮捕米凯利斯还能为总巡官解决一个私人小难题，不知何故，这个小难题一直困扰着他。这个难题不仅影响他的个人的名声、生活的舒适，还影响他工作的效率。因为总巡官知道，即使米凯利斯知道这次暴行的一些情况，但肯定知道得不多，这样说很合乎道理。米凯利斯知道得很少——总巡官对此很肯定——总巡官想到了几个比米凯利斯知道情况多的人，但他觉得目前逮捕这些人不太方便，因为会使得局势更加复杂，也不符合办案的规矩。然而，由于米凯利斯是前科犯，办案的规矩就不太照顾他了。不利用法律体系的特点是很愚蠢的。那些当时带着激动的心情把米凯利斯吹上天的记者，已经愤怒得想把他毁掉了。

总巡官希特满怀信心地审视着这种可能性，他觉得这种可能性对他个人很有吸引力。在每一个已婚公民的无辜心胸中，都存在着一种强烈的逆反心理，不愿被迫介入只有像教授那样的罪犯才占优势的疯狂暴行中，这种心理存在于潜意识中，但非常有力。在那条窄巷相遇后，总巡官心胸中的这种逆反心理就变得更加强烈了。警察与罪犯在非正常场合近身偶遇时，警察应该是有一种优越感的，可总巡官希特的那次窄巷相遇并没有给他留下令人满意的优越感，因为他的虚荣心受到了压制，那种希望压制警察的世俗喜好却正好获得了应有的满足。

一个真正的无政府主义者不是人，总巡官希特就是这个看法。不可能是人——是无人愿惹的疯狗。这不是说总巡官怕他们，正相反，总巡官早晚要抓他们。但时机未到：他打算找到合适机会再去抓他们，用办案的正规的手段有效地去抓。现在还不是动手的时候，现在时机不合适的理由很多，有个人方面的，也有公众方面的。这就是希特巡官当时的强烈感受，他觉得这件事目前还太隐晦，不太方便直接深入，他想从次要人物米凯利斯入手，这样可以从容地（合法地）取得好结果。他又再次开口了，仿佛这次他负责任地重新考虑了一下副局长的建议。

"炸弹。不，我无法确切地说那是颗炸弹。我们也许永远无法知道真相。但他明显涉嫌此案，这点我们能不费多少力气就搞清楚。"

此时，他看上去很严酷，透露出一股傲慢的冷漠，这副样子早就为上了档次的盗贼所熟悉和害怕。总巡官希特，虽说是个男人，却不爱笑。但他此时内心处于满意的状态，因为副局长采取了被动的姿态，副局长轻轻地咕哝道：

"你真的要沿着那个方向去调查吗？"

"先生，是的。"

"非常肯定？"

"先生，是的。这是条我们要走的正确方向。"

副局长把支持他脑袋的两只手突然抽走，考虑到他刚才的那副无精打采的样子，似乎他整个人马上就会瘫痪似的。然而，他却极其敏捷地站了起来，两只跌落的拳头猛烈地砸在书桌上。

"我现在想知道，到目前为止你到底说出来多少情况。"

"到底说出来多少情况。"总巡官缓慢地重复着。

"对。截止到你被叫进这间办公室的时候——这你是清楚的。"

总巡官感到自己皮肤和衣服之间的空气焦灼得令他难以忍受。这种感受他从来没有尝到过，是一种令人难以置信的经历。

"当然，"他以极大的谨慎态度说，"如果有不去干扰罪犯米凯利斯的理由，也许我最好就不要让乡下的警察去跟踪他。当然，我目前还找不到这样的理由。"

这番话花费了很长时间才说完，副局长一直紧张地听着，就好像他有一种惊人的忍耐力。他的反驳丝毫没有延迟。

"你还有不知道的理由？算了，总巡官，你跟我耍小手腕极为不妥——极为不妥，也不公平，这你是知道的。你不应该让我感到像现在这样迷惑。对此我确实感到惊讶。"

他停顿了一下，然后圆滑地补充道："我无须告诉你，这次谈话是完全非正式的。"

这番话根本无法使总巡官平静下来。走钢丝表演遭遇陷害的怒火依然在他胸中燃烧。他为自己是一名受信任的下属而感到骄傲，此时又被欺骗说摇晃钢丝绳绝不是为了折断他的脖颈，而是纯属疏忽大意，就好像是谁都害怕似的！副局长有来，就有走，但有价值的总巡官并非办公室里的临时现象。他不怕脖颈被折断，但很担心自己的表现被破坏，这才是他为什么怒火越烧越旺的原因。由于人的思想是自由平等的，总巡官希特的思想变得具有攻击性和预见性起来。"你呀你，"他暗自说道，此刻他那双滚圆的、习惯于左右顾盼的眼珠子盯着副局长的脸——"你呀你，你不了解本职工作，你在这个职位上干不长，我敢打赌。"

就好像是对总巡官思想的刺激性的回应，一丝类似于幽灵一样的和善微笑掠过副局长的嘴唇。他的姿态是轻松的、冷静的，但他此时正在执行另一次摇晃钢丝绳的举动。

"让我们看看你在现场的发现，总巡官。"他说道。

"这个傻子马上就要失去工作了。"总巡官头脑里继续做着预见性的推理。但他立即想到，高官即使被"赶走"，仍然有时间狠狠地踢下属的小腿肚子。想到这，他一方面仍然用传说中蛇怪的恶毒的目光盯着副局长，另一方面用冷漠的口吻说道：

"先生，我正要谈现场调查。"

"很好。你拿回了什么证据？"

总巡官已经下决心跳下钢丝绳，以绝望的坦率迎接死亡。

"我带回了一个地址，"他说道，并不慌不忙地从口袋中掏出一块烧焦的深蓝衣服碎片。"这片大衣的碎片，属于那个把自己炸得粉身碎骨的人。当然，这件大衣可能不是他的，也许是偷来的。但如果你仔细看，这是不可能的。"

总巡官走到桌前，把那块深蓝色的碎布片摊在桌面上。这块碎布是他从停尸房一堆令人恶心的残余碎片中挑出来的，因为在领子下面有时能找到裁缝的名字。裁缝的名字用途并不大，但仍然值得拥有——他原以为能找到一点有用的东西，但显然没有找到——在衣领下根本没有找到裁缝的名字，却在翻领下找到一块用针线仔细缝着的方形白布，上面用不褪色墨水写着一个地址。

总巡官抬起摊平碎布块的那只手。

"没有人注意到我拿走了这块布。"他说道，"我认为这样比较好，这样可以供随时出示证据所用。"

副局长从椅子上微微抬起身子，把那块布移到靠近他那一边的桌面上。他默默地看着那块布，在那块比邮票稍微大一点的布上，用不褪色墨水写着"32 号"和"布雷特街"。这果真让他大吃一惊。

"实在不能理解他要在翻领下写这个，"他望着总巡官希特说道，"这是极为罕见的。"

"我曾经在一家酒店的吸烟室遇到一位老绅士，他在所有自己的衣服上都写上名字和地址，以防备意外事故和急病。"总巡官说道，"他说自己 84 岁了，但他看上去要年轻。他告诉我，他害怕突然失去记忆，就像他在报纸上读到的那样。"

副局长提出了一个问题打破了总巡官希特对往昔的追忆，副局长想知道"布雷特街 32 号"的情况。总巡官被副局长用巧计追问得走入死地，于是决定不再隐瞒任何详情。如果他坚信知道太多对部门好，那么明智地保守秘密就能跟忠诚一样对他所从事的事业有帮助。如果副局长想在这件事上捣乱，当然没人能阻拦他。但总巡官此时应该表现得爽快一些，于是简洁地回答道：

"先生，是一家商铺。"

副局长低头看着那块蓝色的碎布，等着听到更多的信息。可是他没有听到，于是他就耐心地提出一系列的问题。通过这些问题，他知道了维罗克先生的商业活动和模样，最后还知道名字。在问答的间歇中，副局长抬起了眼睛，发现了总巡官的面部表现。他俩相互默默地对视了一会儿。

总巡官说："当然，部门没有关于那个人的记录。"

"我的前任中有谁知道你说的这些情况？"副局长问道，他把双肘放在桌面上，又把两只手合拢在脸前，就好像要祈祷似的，但就是双眼中没有虔诚的表情。

"先生，没有，肯定没有。为了什么目的呢？把那样的人展示在公众面前能有什么好处呢？有我知道他是谁就足够了，等到了对公众有用的时候再公开。"

"你认为私人占有信息的行为与你的职务相符合？"

"先生，完全符合。我认为很正常。先生，我宁愿说，我之所以有今天，全靠这点——我被认为是知道如何做这份工作的人。这工作就跟我的私事一样。我的一个法国警察朋友暗示我这家伙是个大使馆间谍。这份工作要靠私人友谊、私人信息、私下利用私人信息——这就是我对这份工作的看法。"

副局长暗自评论道，这知名的总巡官的下巴形状似乎受其精神状态的影响，仿佛他的崇高的职业声望就存贮在他身体的那个部位。想到这里，他就不打算继续谈论这个话题，便说道："我明白了。"然后，他再次把面颊依靠在双手上，并问道：

"好吧，如果你想保持私交，那就保持着——但你与这位大使馆间谍保持了多长时间的私交了？"

对这个机密的问题，总巡官做了机密的回答。由于回答太机密了，所以声音小得都听不见：

"远在你想来此就职之前。"

可以公开的部分就讲得更加准确了。

"我大约是 7 年前见到他的，当时有两位皇室成员和帝国首相来此访问。我主管他们的安全事宜，当时斯托特－瓦腾海姆男爵是大使，他是位很神经质的绅士。市政厅宴会 3 天前的夜晚，他让人通知我，说他想见我一面。当时我在楼下，马车正要接两位皇室成员去看戏。我赶紧上楼，我发现男爵正在寝室里来回踱步，搓着双手，处于一种极度忧虑的状态。他让我相信他对我们警察的能力和我的能力有充分的信心，但有一个从巴黎来的人，此人提供了一些可以信任的秘密信息。他让我去听一听那人说什么。他立即带我到旁边的盥洗室，在那里我看到一个穿厚重大衣的人孤零零地坐在椅子上，一只手拿着帽子和手杖。男爵用法语说'请说话，我的朋友'，那间屋里的光线不好。他或许与那人说了大约 5 分钟的话。他确实给了我一个惊人的消息。男爵把我拉到一旁，紧张地向我夸奖他。当我再次转身的时候，那人像幽灵一样消失了。我猜那人从后面的楼梯溜走了。我没有时间去追那人，因为我必须跟着大使从楼梯下楼，查看去看戏的人是不是都安全走了。然而，我那天晚上根据那人的信息做出了安排。无论是否绝对的正确，那人的消息听上去是很严重的。很可能使我们在皇室访问伦敦那天避免一次大麻烦。

"后来，也就是在我被提升为总巡官之后的一个月时间左右，我的注意力被一个身材魁梧的人吸引了，他当时正好从斯特兰德大街上的一家珠宝店出来，我觉得我在哪里曾经见到此人。我跟着他，因为我正好要去查令十字街。在查令十字街，我遇到我们的一名侦探，他正要过马路，我向他打招呼，指给他看我在追踪的那人。我要这名侦探跟踪那人几天，然后向我报告。还没有到第二天的晚上，我的侦探回来告诉我，那人在我看见他当天上午11 点 30 分，到婚姻登记处娶了女房东的女儿，他要带着新婚妻子去马盖特，也许要去一周的时间。我们的侦探看到他们把行李放进一辆出租马车里，行李包上有一些旧的巴黎标签。不知何故，我无法忘记此人。每次我去巴黎，我都要与我在巴黎的警察朋友谈及此人。我朋友说：'从你说的推断，我认为你说的是革命红色委员会很有名气的附庸和使者。此人自称生来就是英国人。我认为他为一家伦敦的外国使馆做间谍已经有好几年时间了。'听到这，我恍然大悟。此人就是那个从斯托特－瓦腾海姆男爵的盥洗室消失的那个人。我告诉我的巴黎朋友，他说得很对。据我掌握的确凿证据，那人是个秘密间谍。后来，我们的巴黎朋友不辞劳苦地帮我搞到了那人的全部档案。我认为知道得越多越好，不过，先生，我觉得你未必想知道他的历史。"

副局长摇了摇依旧被手撑着的头。"此人很有用，你与他之间的历史是当前最重要的。"他说道，边说边闭上他那疲惫的、深陷的双眼，但立即又睁开了，双眼又极大地恢复了过去的光彩。

"我们之间的交往是非正式的，"总巡官痛苦地说，"有天晚上，我去了他的店铺，告诉了他，我是谁，提醒他我们的第一次见面。他仅抽搐了一下眉毛。他说，我已经结婚，如今安顿下来了，只想让自己的小本生意不被打扰。我答应他绝不打扰，只要他不从事任何暴力活动，警察不会管他的。这对他来说是有价值的，因为我们只需说一句话，海关的人就会把他从巴黎和布鲁塞尔运来的包裹在多佛开包，接着加以没收，也许最后还要起诉他。"

"这种生意很不稳定，"副局长咕哝，"他为什么要做这样的生意？"

总巡官冷漠地扬起蔑视的眉毛。

"最有可能是他在这方面有关系——比如说在欧洲大陆有相关的朋友——其中有些人做这类东西的买卖，他们正是他要结交的。他们都是懒汉，像他们一样，他也是个懒汉。"

"你能从向他提供的保护中获得什么呢？"

总巡官不愿详述维罗克先生的有用之处。

"除我之外，他对其他人没有什么用途。必须事前了解许多情况，才能利用像他那样的人。我能理解他提供的线索。当我需要线索的时候，他一般都能给我。"

突然，总巡官陷入了沉思中。副局长差点笑出来，因为他猛地意识到总巡官的声望可能在很大程度上是利用这位名叫维罗克的间谍获得的。

"为了扩大利用范围，我们特警部在查令十字街和维多利亚街执勤的所有人，都接到命令，时刻留意任何与他接触的人。他经常会见初来乍到的人，以后保持联系。他似乎是受命做这些事。如果我想快点获得一个地址，我总能从他那里获得。当然，我知道如何处理我们之间的关系。在过去两年里，我只见过他3次。我给他留下一个不署名的字条，他便会在我指定的秘密地址处，用同样的方式留下字条。"

副局长不时以令人察觉不到的方式点着头。总巡官补充说，他认为维罗克先生不是一个深受国际革命委员会的核心成员信赖的人，但他在那里拥有大家的好感是毫无疑问的。"无论何时，当我觉得要发生什么事的时候，"他总结说，"我发现他是能够向我提供一些有价值的信息的。"

副局长说出了一句分量很重的话。

"他这次没有。"

"可这次我没有觉得要发生什么事，"总巡官汇报说，"我没有问他，他自然不会告诉我什么。他不是我们的人，他不拿我们的工资。"

"不对，"副局长咕哝道，"他是拿外国政府工资的间谍。我们绝不能向他通风报信。"

"我必须按照我自己的方式工作，"总巡官理直气壮地说，"如果有必要，我要和魔鬼做交易，并承担后果。有些事不适合让所有人知道。"

"你想保密，但你的保密似乎就是不想让你部门首长知情。这是不是太过分了一点？他靠那店铺过活？"

"谁——维罗克？是的。他靠店铺生活。我猜他妻子的母亲与他们一起住。"

"他的那栋房子受监视吗？"

"哎哟，没有，没有必要监视他。那些去他房子里的人受到监视，我认为他不知道我们在监视。"

"你如何解释这点？"副局长用点头示意桌子上摆着的碎布。

"我无法解释，先生。这事根本不能解释，我不知道如何解释。"总巡官做出这样的坦白，就好像他的声望是建立在磐石之上似的。"无论如何，现在解释不了。我认为，与此事最有关联的是米凯利斯。"

"你这样看？"

"是的，先生。因为我知道别人都不涉及此事。"

"那个从公园逃跑的人呢?"

"我猜测那人早就跑远了。"总巡官提出了自己的看法。

副局长狠狠地盯着他。突然，副局长站了起来，仿佛下决心要采取什么行动了。实际上，他在那个时刻已经无法继续听取这桩奇妙案子的情况了。总巡官听到指令，他可以离开了，并于第二天早晨继续与上司磋商这桩案子。总巡官无动于衷地听着，小心谨慎地走出了房门。

无论副局长心里有什么样的计划，那计划肯定与办公室无关，因为他把办公室看作祸害，办公室不仅限制他的自由，还缺乏现实感。太不可能了，副局长突然变得浑身敏捷起来，这实在难以理解。办公室刚只剩下他一个人，他立即就有力地拿起帽子，戴在头上。然后，他又坐了下去，重新把这个案子又考虑了一遍。由于他实际上已经下定了决心，所以他没有考虑太长时间。没等总巡官希特在回家的路上走太远，他也离开了办公大楼。

第七章

　　副局长走进一条很短的窄路，这条路就如同泥泞的战壕。走出这条窄路，他横跨了一条大道，接着走入一栋办公大楼，与一位大人物的私人秘书（不领工资的）交谈起来。

　　这位秘书是个皮肤白皙的年轻人，没胡须，头发中分，样子像是中学里优雅的大男孩。他听了副局长的请求后，报以怀疑的目光，屏住呼吸说了一番话：

　　"他会见你吗？这我可不知道。他一小时前刚离开下院去找常务秘书谈话，现在应该在往回走的路上。他本可以请常务秘书来谈话。我猜他是想锻炼身体才自己去的。在这次会期中，他也只能找到这样的时间做锻炼了。我没有在抱怨，我其实挺喜欢漫步的。他靠着我的胳膊，话也不说一句。要我说，他是非常疲惫了——噢——他目前的情绪不太好。"

"我是来谈格林尼治那件事。"

"哎哟！我告诉你，他对你们非常不满。但如果你坚持，我可以去问问他。"

"我很想见他。你真是个好小伙子。"副局长说道。

这位不领工资的秘书喜欢这样的勇气。他镇定了一下情绪，摆出一副天真的样子，打开了房门，带着好男孩和有特权的孩子的自信走进房间。不久，他又重新出现在门口，点头让副局长进去。副局长走进为他留着的门，发现自己跟一个大人物同站在一间大房间里了。

这位大人物身高体胖，有一张长脸，脸的底部特别宽，因为有个大双下巴，脸形就像是个大鸡蛋，鸡蛋的边缘长着灰色的腮须，这位大人物像是一个用气吹起来的人。很不幸，从衣服裁缝角度看也有类似的印象，他那扣紧的黑色西服好像膨胀得就要爆炸了一样。他的脑袋竖立在一个粗壮的脖颈上，一双肿眼泡眼睛，傲慢地垂在那个凶狠的鹰钩鼻子两旁，他的鼻子是那张巨大的白脸上的制高点。长桌子的另一端摆着一顶大礼帽和一双磨旧了的手套。那张桌子也显得很大，也许是太大了一点。

他站在炉前的地毯上，穿着一双大皮鞋，一句迎接客人的话都没有。

"我想知道这是否意味着又要来一次爆炸战役。"他用深沉的、非常圆润的声音说道，"我没时间，不想听细节。"

副局长站在这个巨大的、粗野的物体前，就如同纤细的芦苇对着橡树说话一样。实际上，这位大人物的家族谱系可以追溯到几个世纪之前，比英国最古老的橡树还要久远。

"不会。据我所知，肯定不会再有爆炸案了。"

"是的。但你的保证，"大人物用轻蔑的手势指着窗外的大街说道，"似乎主要是为了愚弄国务大臣。就在这间屋子里，一个月前，我被告知绝对不会发生类似的事件。"

副局长平静地向窗外看着大人物指出的方向。

"埃塞雷德先生，请允许我说明一下，我至今还没有机会给你任何类似的保证。"

那双傲慢地低垂着的眼睛，此时盯在了副局长的身上。

"这是实话，"那个既深沉又圆滑的声音坦诚道，"我那时召见了希特。你做这个职位还没有经验。现在如何了？"

"我相信我每天都有长进。"

"当然啦。我希望你能继续进步。"

"谢谢你，埃塞雷德先生。我今天就多知道了一点东西，就是在前一个小时。有许多迹象表明这件事不是一件普通的无政府主义分子的暴行，无论你多么深入地研究这件事，结论都一样。这就是我为什么要来这里的原因。"

大人物两手叉腰，两只大手背靠在胯部上。

"很好，继续。不要讲细节，求你了。把细节全都给我省去。"

"不会有细节来惹你厌烦的，埃塞雷德先生。"副局长开始说话了，态度平静，信心十足。他讲着，大人物身后那台钟表也不停地走着，钟表指针已经走了7分钟了——这台笨重钟表有与壁炉架一样的大理石深色，指针在表盘上大步走着，闪着光芒，指针的嘀嗒声像幽灵一样向周围散去。他讲话时的态度既勤奋又忠实，方式富于解释性，每个细节都讲得让听的人感到轻松愉快。

听讲的人没有咕哝，甚至连想打断讲话的小动作都没有。这位大人物看上去就好像是一尊他高贵祖先的雕像，当时征战的甲胄被脱掉了，换上了一身不合身的西装。副局长感到自己好像已经自由自在地讲了一个小时。但他仍然保持着冷静，在谈话该结束的时候，突然给出结论，这个结论呼应了他的开场白。埃塞雷德先生听完后感到很惊讶，但又很高兴，因为这段讲话显然既简洁又有力。

"被这件事表面现象所掩盖的东西是非常不寻常的，否则就不会这样吸引人了——至少从形式上可以准确地看出来——所以，需要特别对待。"

埃塞雷德先生说话的语调变得更加深沉，他被彻底地说服了。"我知道了，这事涉及外国大使！"他说。

"大使！不不不！"副局长抗议说，此时他笔直地站着，显得很苗条，只敢半笑不笑，"我不会笨到提出这样的推论。完全没有必要，因为如果我的推测是正确的话，究竟是大使或是守门人并不重要。"

埃塞雷德先生张着大嘴，好像是个山洞，他的那个鹰钩鼻子似乎正焦急地朝着那山洞里面窥探。山洞里传出低沉的摇滚声，好像是在山洞的遥远处有台风琴被按出了蔑视的愤慨声。

"不能！这些人哪能这样干？他们要输入克里米亚汗国的方法是什么意思？土耳其人都比他们文明一些。"

"埃塞雷德先生，你忘了，严格地说，我们手里还没有任何证据，至少现在还没有。"

"我没有忘记。你能讲得明确点吗？说得简单点？"

"厚颜无耻的鲁莽，其实是一种幼稚的特殊表现。"

"我们不能容忍烦人小孩子的胡闹，"大人物说道，此时他的身材显得比刚才更加庞大。那双傲慢地低垂着的双眼紧紧地盯着副局长脚下的地毯，"他们必须为这件事受到沉重的惩罚。我们必须做好准备——你有什么想法，简单地说一说，不必太详细。"

"埃塞雷德先生，我要制定原则不许间谍存在，因为他们正在导致越来越大的危险。间谍胡编乱造情报的现象很普遍。在政治运动和革命行动中，除了暴力发挥一定作用，职业间谍利用各种手段捏造事实，加倍朝着某一方向扩散恶毒的野心和恐慌，诱导草率的立法，在他人心中煽动起浅薄的仇恨。无论怎样看，这是个不完美的世界……"

说话声音低沉的大人物站在壁炉前的地毯上，一动不动，胳膊叉腰，胳膊肘向外杵着，着急地说道：

"请明说。"

"是的，埃塞雷德先生——这是个不完美的世界。这件事的特点提醒了我。我认为必须以特别秘密的方式加以处理，因此我才贸然来到这里。"

"不错，"大人物表示同意，满意地扫视了一下自己的双下巴，"我很高兴你们那个办事处里有人觉得国务大臣偶尔也是可以信任的。"

副局长高兴地笑了。说道："如果在这个阶段能把希特撤换掉，我认为那样比较好……"

"什么？替换希特！他是笨蛋吗？"大人物惊叫道，语气中带着明显的敌意。

"完全不是。埃塞雷德先生，请不要曲解我的意思。"

"那你是什么意思？他聪明过头了？"

"他既不笨也不聪明过头——至少不总是如此。我是在他提供情况的基础上进行推测的。我唯一的发现是他私自利用那个人。谁能指责他呢？他是个老警察。他真心地告诉我，他必须与线人一起工作。我认为这个线人必须供整个特警部使用才对，不能仅是总巡官希特的私人财产。我把我们部门的职责范围扩展到打击间谍上，但总巡官希特是个老人。他会指责我败坏他的工作精神、批评他的工作效率。他痛苦地把我的建议看作要保护革命分子中的罪犯，他就是这个看法。"

"不错。那你想干吗?"

"我有几点想法。第一，有一种错误的看法，认为称无政府主义者根本不会做谋财害命的事，只有权威认可的几类流氓才会做。这种错误的看法只能带来很少的心理安慰。有这种看法的人很多，比我们想象的要多。第二，外国政府花钱雇用的间谍在某种程度上破坏我们的管制能力。这类间谍比最不计后果的坏蛋更能惹是生非，因为他们没有谋生的负担。他们没有足够的信仰去否定社会，也做不到足够守法而不受法律制裁。第三，由于革命分子中混杂着这些间谍，我们受到了指责，破坏了我们做出的所有保证。总巡官不久前给了你听上去很可靠的保证。那个保证并非毫无根据——但仍然爆出了这段插曲。我大胆地称之为插曲，因为这件事就是个插曲。这件事虽然野蛮，但是个孤立事件。在那些总巡官感到吃惊和困惑的奇怪细节中，我发现了其中的奥妙。埃塞雷德先生，我一直都没有谈细节。"

站在壁炉前地毯上的大人物若有所思地听着。

"就这样，尽可能简洁。"

副局长用一个最真诚、最恭敬的手势表示自己非常希望保持简洁。

"这件事办得很蠢、很懦弱，我因此极想发现其背后的东西，那东西应该不仅是怪诞的狂热。显然，这件事有计划。作案人似乎是被别人带到犯罪现场，但随后被遗弃，于是作案人只能自行其是。我推测，此人是从外国带入的，目的就是干这件坏事。另一方面，我们不得不判断他的英语不好，不会问路。要不然他准是个聋哑人。这是我的推测——不过现在没有意义了。显然，他在事件中把自己杀死了。但他留下了一片很小的非凡证据：由于一个纯属偶然的机会，他衣服上写的地址被发现了。这是个令人难以置信的证据，如果能获得合理的解释，就能触及这个件事的本质。与其让希特去调查这个案子，我希望亲自去寻找解释——也许我能比较容易地找到答案。那个地址是布雷特街上一间店铺。有传言说，店铺主人是已故的某大国驻伦敦大使斯托特-瓦腾海姆男爵非常信任的间谍。"

副局长停顿了一下，然后继续说道："这些家伙都是害虫。"站在壁炉地毯上的大人物为了抬起他那双低垂的眼睛看到对面的说话者，不得不尽量把头向后仰，这更让人感到他异常傲慢。

"为什么不让希特去调查？"

"因为他是我们部门里的老人。他有自己的道德标准，在他看来，我的调查思路会干扰他执行任务。对他来说，他的任务很简单，就是根据现场获得的微弱暗示，把罪名安插在尽可能多的知名无政府主义分子头上。对我来说，我要尽量为他们辩护清白。我力求在不涉及细节的情况下，尽可能简洁地把这件隐晦的事呈现给你。"

"他真的会那样做吗？"身材高大的埃塞雷德先生耸立着，从他那傲慢的脑袋里发出了一句低声的咕哝。

"我恐怕他会去做——他的愤恨和厌恶是你我无法理解的。他是个好警察，我们不应该给他施加不必要的压力，那会是个大错误。此外，我需要自主权——我需要拥有比总巡官希特更大的自主权。我一点都不想宽恕维罗克。在我的想象中，他肯定会非常吃惊地发现警察会如此快地发现他与这件事的潜在关联。吓唬他不难，但我们的目标是他背后的人。我要你给我一项权力，允许我在我认为合适的情况下给予他必要的个人安全保证。"

"行，"大人物在壁炉地毯上说道，"尽量查明真相，用你自己的方式去调查。"

"我绝不浪费时间，今晚就开始。"副局长说道。

埃塞雷德先生换了另外一只手放在西服的燕尾下，头向后仰着，平静地看着对方。

"我们有一个会议要在深夜召开，"他说道，"如果我们还没有回家，你可以带着你的发现来下院。"我要通知'回头见'照顾你，他会带你去我的房间。"

那位看上去很年轻的私人秘书有许多亲戚朋友，他们都盼望他前程似锦。另一方面，他在空闲时间打发时光的社交圈给他起了"回头见"这个绰号。埃塞雷德先生每天都能从妻子和女儿的嘴里（大多数是在早餐时间）听到这个绰号，于是也开始采用这个绰号，不过他给予这个绰号一副严酷的尊严。

副局长简直是受宠若惊了。

"我没有时间，"大人物打断了他的话，"但我会见你的。我现在没有时间。是你自己去吗？"

"是的，埃塞雷德先生。我觉得那样最好。"

此时，大人物的头已经向后倾斜得非常厉害了，他为了能看清副局长，不得不把眼睛眯成一条缝。

"嘿！你会怎样去——你会伪装一下吗？"

"不必伪装！不过，我会换一件衣服。"

"对，要换一件衣服，"大人物重复说道，一副心不在焉的傲慢劲。他缓慢地回头用傲慢、怀疑的眼光看了一眼那沉思中的大理石钟表，钟表指针仍然在偷偷地、无力地走着。那镀金的指针利用这段时机在大人物的背后偷走了至少 25 分钟的时间。

大人物慢慢地看钟表，可副局长什么也看不到，自然焦虑起来。但大人物露出了一副平静、不慌不乱的面孔。

"很好，"他说道，接着停顿下来，仿佛故意蔑视那台办公用钟表似的。"但究竟是什么才使你动了要这样做的念头呢？"

"我总是有自己的见解。"副局长开口了。

"哈！见解。当然你有自己的见解，但你的直接动机是什么？"

"埃塞雷德先生，我该怎样说呢？新人看不惯老方法。想掌握第一手材料。有点不耐烦。我干过这活，但这次穿的甲胄不同了，把我身上一两处嫩肉磨痛了。"

"我希望你能成功。"大人物说道，友善地伸出手，很柔软，手掌相当宽大有力，好像是一个发了家的农夫的手。副局长与大人物握手道别。

在外屋，"回头见"孤独地站在桌子旁边等待。看到副局长走出来，马上上前迎接，被副局长轻松愉快的心情所感染。

"怎样？满意吗？"他假装关切地问。

"太满意了。我要永远感谢你。"副局长回答说，但他的长脸显得很僵硬，与对方的面部特征截然不同，因为对方似乎永远都是满脸堆笑。

"好极了。但言归正传，他提出渔业国有化法案时，有好些人攻击他，你根本想象不出他会有多么生气。他们说这是社会革命的开始。当然，那确实是个革命措施。但那些家伙一点规矩都没有，完全是个人攻击……"

"我在报上看到了。"副局长评论道。

"可恨吧？你想象不到他每天要干多少工作。工作全都是他自己做，他似乎不相信那些渔民。"

"尽管他很忙，但仍然给我的这条小鱼整整半个小时的时间。"副局长反驳道。

"小鱼？真的吗？我很高兴听到你这么说。但很遗憾你没能很好地对付那条小鱼。这场争斗耗费了他非常大的精力，他已经精疲力竭了。我能感觉得到，走回来的路上，他靠在我的胳膊上走。我怀疑他走在街上是否安全。下午马林斯把他的人都派遣过来了。每根电线杆下都有巡警。从这里到宫院的路上，我们遇到的每两个人中就有一个显然是侦探。他走了没多久就变得惊慌不安。我觉得，外国流氓很可能不会向他投掷什么东西——你说是不是？那会是国家的灾难。国家不能没有他。"

"你忘说自己了。他当时靠在你的胳膊上走，"副局长冰冷地提醒道，"你俩会死在一起的。"

"这种方式能让年轻人轻松地成为历史人物，但英国大臣被刺杀就不是小事件了。不过，严肃地说……"

"如果你想成为历史人物，我恐怕你必须做点什么事。严肃地说，你俩都没有危险，但过度工作才是你俩的危险。"

"回头见"是个容易激动的人，听了这话咧嘴笑了。

"英国的渔业杀不死我。我已经习惯晚上加班了。"他用轻浮的口气说道。但他立即对这个说法感到后悔，开始像政客那样假装出闷闷不乐的样子。副局长此时已经戴上了一只手套，"他有大智慧，能承受工作压力。我担心的是他的精神状态。那些反对派，在野蛮的奇斯曼领导下，每天晚上都侮辱他。"

"如果他坚持要搞革命，情况只能如此!"副局长低声咕哝道。

在副局长那平静的、怀疑的审视下激动起来，富有革命性的

"回头见"抗议道："时机已经到来了，他是唯一能委以这项重任的伟大人物。"走廊远处有铃声急促地响了起来，这位热爱工作的年轻人立即警觉起来，竖起耳朵仔细听动静。"他要走了。"他轻声地说道，然后抓起帽子，从屋子里消失了。

副局长从另一道门离开了，但不像那个年轻人那样欢蹦乱跳。他再次跨过宽敞的大街，走过一条狭窄的街道，再次急匆匆地走入自己部门的大楼。他加快脚步走到私人办公室的门前。刚把门关上，他便开始扫视自己的书桌。他站了一会儿后，在办公室里走动起来，在地板上寻找了一会儿什么东西，然后坐在自己的椅子上，按了一下铃，等着来人。

"总巡官希特走了吗？"

"先生，他是走了，半小时前。"

他点了点头说："正合适。"他静静地坐着，推了推帽子，露出了前额，他想到，可恶的希特把唯一的物证拿走了。但他这样想并无敌意。老警察享有各种自由。那块缝着地址的大衣碎布肯定是不能随手乱放的东西。副局长从心中对总巡官希特的不信任想法驱赶走后，坐下来给妻子写了一封短信，要求她向米凯利斯的女恩主道歉，因为他们原计划要共进晚餐。

他走进一个挂着门帘的凹室，里面有盥洗盆，一排挂衣服木栓和衣架子。他挑了一件短上衣穿上，又戴上一顶圆礼帽，这一套装束非常适合他那严酷的褐色脸庞。他退回灯光明亮的办公室，样子就像冷静的、沉思中的堂吉诃德，简直就是个双眼深陷的狂热分子，一副处心积虑的架势。他迅速离开日常的工作场所，就像一个不显眼的黑影。他走到街上，街上就像是抽干了水的养鱼池。黑暗和阴郁包围着他。房屋的墙壁是潮湿的，道路上的烂泥闪着鬼火。他从查令十字火车站旁边的一条狭窄的街道走出来，出现在斯特兰德大街上，这条大街的特征实在与他太般配了。夜晚，在这条大街黑暗的角落里有行迹怪异的外国人出没，他或许看上去就是其中的一员。

他走到人行道上一处马车站，等待马车的到来。街上熙熙攘攘，光怪陆离，他有一双老练的眼睛，辨识出有一驾双轮双座马车正在驶近。他没有招呼那马车，当马车的低矮踏脚板滑行到他脚下的路缘石边的时候，他身手敏捷地躲过马上的大轮子，钻进马车里。如果不是他拉开小窗户开口讲话，懒散的车夫甚至还不知道已经有人上了马车。

马车没走多远的路程，在一个信号灯前突然停下了，停车的地点并无特别之处，在两个路灯之间，后面有一家大型布匹商店——这家商店已经晚上关门了，一长排橱窗都拉上了波纹铁制护窗板。他拉开小窗户，给了一枚硬币做车费，然后下车走了。车夫感觉他就像个离奇怪异的鬼灵似的。车夫摸了一下那硬币，硬币大得令他满意，他不是书呆子，知道硬币不会在衣兜里变成枯树叶，这下放心了。收费就是他的职业，此外的事他就关心不多了。看他猛地掉转马头的架势，就知道他的人生哲学是什么了。

副局长这时已经走进了街道拐角处一家小意大利餐厅，并且还向侍者点好了菜——这样的小餐厅对饥饿的人来说是很有诱惑力的，餐厅长长的、窄窄的，有可观景的镜子，餐桌布还是白色的。虽然餐厅里没有新鲜空气，但给顾客一种属于自己的气氛——在这种气氛里，烂烹饪术可以尽情地愚弄极度饥饿的可怜汉。在如此不伦不类的吃饭环境里，副局长开始思考起自己的行动计划，他已经不是原来的那个副局长了。他除了有孤独感之外，还有了一种邪恶的自由感，他感到相当愉快。他草草吃完饭，付了饭费，等着找零钱。这时，他在一面镜子里看到自己的形象，那副外国人的模样让他也大吃一惊。他用忧郁的、好奇的眼光打量着自己。突然，他似乎获得了什么灵感，把自己短上衣的衣领竖了起来。他对这个举动很满意，接着又把自己的黑胡须向上弯了弯。这些小变化，使他的面貌出现了微妙的修整，他对此感到很满意。"这很好，"他想到，"我要把水搅浑。"

这时他发现侍者就在身旁，一小堆硬币就放在面前的餐桌上。侍者一只眼睛看着钱，另一只眼睛望着一个高大女人的背影，她是个大龄女青年，从侍者身旁走过，她似乎谁也没看见，一副冷漠表情。看来她是这里的常客。

走出了餐厅，副局长暗自评论道，常来这里吃饭的人已经在糟糕的饭菜中把民族性和自己的本性丧失殆尽了。这个看法很奇怪，因为意大利餐厅在英国很罕见。这些人就如同面前的菜肴一样，在所有能受到尊敬的方面都失去了民族性。他们的个性，在职业方面、社会方面、种族方面也都丧失了。他们似乎为意大利餐馆而生，除非意大利餐馆是为他们而开办。可后一个假设难以成立，因为人无法脱离社会环境存在。你不会在别处遇见这些神秘的人。很难确切地知道他们白天做什么工作、晚上在哪里睡觉。他此时已经处于半无可待的状态。任何人都很难推测他的职业是什么。至于在何处上床，他自己都不知道。他当然有地方睡觉，但何时能回去睡觉这个问题他是不知道的。他听到背后的玻璃门发出了一声沉闷的撞击声，这时一股获得独立后的愉快感觉传遍他的全身。他向前迈了一步，这一步使得他立即陷入面前的一片无垠的油污和烂泥中，路灯点缀其中，人在由烟尘和雨水构成的伦敦夜晚中，必然产生包裹着的感受、受压抑的感受、被浸泡的感受、被窒息的感受。

布雷特街就在不远的地方。这条狭窄的街道源自一块三角形的开阔地带，三角地的周围是一些阴暗的神秘房子和小商铺，到了夜晚，这些房子和小商铺里的人都走空了。在三角地的一角，有一家水果店还闪着耀眼的五彩灯光。此外是一片漆黑，偶尔有几个人向布雷特街的方向走去，他们在走过一大堆有灯火照亮的橙子和柠檬之后便消失了，连脚步声都没有。之后就再也听不到他们的声音。这位敢冒险的特警部首领，在远处用兴奋的眼光看着这些消失的人影。他感到心情很轻松，仿佛他正在离办公室的书桌和墨水瓶数千英里外的丛林里埋伏着。在执行重要任务前，还能如此的轻松愉快，这说明我们的世界是个很不严肃的地方，而且还要考虑到副局长本不是个轻浮的人。

一名正在巡逻的警察，边走边把自己那昏暗的影子投射到那堆发着光的橙子和柠檬上，他不慌不忙地走入了布雷特街。副局长此时就好像是个罪犯，在别人看不见的地方徘徊起来，想等那名警察走回来。但那名警察似乎永远地消失了，他根本就没有走回来：他一定是从布雷特街的另一个口出去了。

在副局长的身后，那辆运货车和那几匹马融合成一个似乎有生命的巨大复合体——样子像是个黑颜色的方形大怪物，阻拦住了半条街道，不时爆发出马蹄铁冲压地面声、激烈的叮当声、沉重地吐着粗气的叹息声。在布雷特街的另一端，跨过一条宽马路，竖立着一栋巨大的公共建筑，显露出一幅繁荣的景象，发射出刺眼的、让人感到有不祥预感的闪光。那耀眼的光芒像是一座障碍，阻拦住了维罗克先生幸福住宅的卑微阴影，似乎把这条卑微街道赶回了其本来面目，使之变得更加阴郁、沮丧、险恶。

第八章

维罗克先生的丈母娘想进一所救济院了，这所救济院是由一位富裕的旅馆老板为照顾本行业的贫困寡妇而建立起来的，但她的申请遭到几位食品供应商（她已故的丈夫曾经认识他们）的冰冷对待。在她不断地注入某种形式的热情之后，她才最终被允许进入这所救济院。

这位老妇人对未来深感焦虑，精明的她这才构想出这样的结局，并暗自下定决心加以实现。在那段时间里，她女儿温妮忍不住对维罗克先生谈及她母亲的诡异行动时说："上周母亲每天都要花费半克朗5先令坐出租马车。"说这话并非是吝啬。温妮知道母亲有私事，她只是对这突然爆发出来的运动狂热感到有点吃惊。维罗克先生在某些方面是很大度的，由于他担心温妮的话干扰自己正在冥思苦想的几个问题，所以仅不耐烦地哼哼了几声。他思考的问题经常出现在他的脑海里，很深刻，很难了结；这些问题的意义比 5 先令更加重要。很明显，他的问题不仅比较重要，而且无可比拟般的更加困难，因为需要以哲学家的冷静态度进行全方位的思考。

在诡秘地达到自己的目的后，这位英雄的老妇人才把实情告诉了维罗克夫人。老妇人的灵魂胜利了，但她的心却在震颤，因为她既害怕又钦佩女儿温妮的矜持性格。温妮不高兴的时候很令人害怕，因为她会表现出各式各样可怕的沉默。但老妇人没有让内心忧虑夺走自己庄严的特征，她的外表赐予她这个特征：她有三重下巴；她年老体胖；她腿脚不灵活。

这个消息具有震撼性，完全出乎维罗克夫人的预料了，她一反常态，停下了手中的家务事。当时，她正在给店铺后面的会客室里的家具掸土，听到这个消息，马上把头转向母亲。

"这是为了什么？"她惊呼道，因为她不仅感到震惊，还感到受辱。

可能是震动太剧烈的缘故，她竟然放弃了不爱打听消息的习惯，这个习惯一直是她的生活的安全保障。

"你在这里还不够舒服？"

温妮疑惑了，但过了一会儿她自己又恢复了常态，继续掸土。那老妇人，一头毫无光泽的假发，假发上还戴着邋遢的白帽子，此时被吓坏了，一言不发。

温妮掸完椅子上的土，又去掸那把马鬃编织的桃木沙发上的土，维罗克先生喜欢戴着帽子、穿着大衣在这把沙发椅子上休息。她刚要动手掸土，又禁不住问了另一个问题。

"妈，你是怎样办成这件事的？"

由于这个问题不涉及事情的本质，而维罗克夫人的原则就是漠视本质问题，所以她的好奇是可以理解的。这个问题只针对方法。老妇人很热情地想回答这个问题，因为这样她就能诚挚地谈一些事了。

她热心地回答了女儿的问题，回答得很彻底，谈到了大量的人名，为了丰富谈话内容，她还闲聊到了时间的摧残，因为她观察到了许多人的面容随着时间都发生了改变。这些人名都是旅店老板的名字——"你可怜爸爸的那些朋友"。她详述对一位大啤酒商的特殊感激之情，这位啤酒商是个从男爵、下院议员、慈善管理委员会的主席，此人不仅有善行，还很谦虚。她说的时候很激动，因为他允许她去见他的私人秘书——"一位很有礼貌的绅士，穿着一身黑衣服，声音既柔和又忧郁，非常瘦，很安静。亲爱的，他就像条阴影似的。"

温妮慢慢地掸土，等着故事讲完。然后，她走出客厅，像往常一样来到厨房（走下两级台阶），一言不发。

由于看到女儿在这件麻烦事上能体谅自己，维罗克丈母娘流下了几滴欣喜眼泪。她打算充分利用一下家具这个问题，因为家具是她的，她有时真希望那些家具不是自己的。假装英雄没有什么不好，但有时处理几件家具会产生长远的灾难性问题。她要求留几件家具自用，慈善基金会在她的多次恳请下终发慈悲收留了她，但除了给她几块床板和用纸糊墙砖做关怀之外，什么也没有给。她仅挑了几件最便宜和受损最严重的家具，她的这种细致入微并没有被温妮注意到，因为温妮的处世哲学是不关心细节。温妮仅以为母亲在挑最适合自己的家具。在维罗克先生方面，他正在紧张地做思考，所以他与现实世界的徒劳无益和幻想之间好像被一堵中国的长城隔离开来了。

在她挑完家具后，剩下的家具如何处置就变成了一个特别困扰人的问题。当然，她要把这些家具留在布雷特街，但她有两个孩子。温妮生活有依靠，因为她与她的优秀丈夫维罗克先生明智地结合在一起了。史蒂夫那个怪孩子却一无所有，在谋求法律保护之前，要先考虑一下他的情况，甚至偏袒一下他。从任何角度看，有家具不能算是生活有依靠。家具应该给他——那个可怜的孩子。但把家具给他等于篡改了他完全靠人赡养的现实。她害怕这样会削弱他的生活待遇。此外，维罗克先生是个敏感的人，恐怕不愿意在坐椅子的时候都必须向他的妻弟表示感激。维罗克的丈母娘有长时间与绅士房客打交道的历史，对人类的奇怪本性有一种阴郁的顺从感。如果维罗克先生突然把史蒂夫赶出家门怎么办？另一方面，如果把家具分成两份，无论分得多么谨慎，都有可能惹怒温妮。不行，史蒂夫必须手中什么都没有，要有人来赡养他。在老妇人离开布雷特街那天，她对女儿说："不用等我死了。亲爱的，我留下来的家具都归你了。"

温妮头戴帽子，安静地站在母亲的背后，为老妇人整理斗篷。老妇人拿着一个手提包和一把伞，表情冷漠。出租马车的费用是 3 先令 6 便士，这也许是维罗克丈母娘这一生最后一次乘坐出租马车。她们走出店铺的大门。

如果真有"现实比漫画更残酷"这句谚语，正在等候的出租马车就是真实的例证。拉这辆城市出租马车的是一匹孱弱的瘦马，轮子歪歪斜斜摇摆不定，驾驶座上的马车夫是个残废。马车夫的样子令人感到困窘。维罗克丈母娘看到马车夫左袖子里露出一个带铁钩子的东西，立即丧失了这几天来的英雄气概。她真的失去了自信。"温妮，你觉得怎样？"她向后退了一步。有一张大脸的马车夫急忙热情地劝说，他的声音好像掐着嗓子发出来的。他从驾驶座俯下身段，低声表达着神秘的愤怒。出了什么事？哪能这样对待人？马车夫那张没有洗过的大脸涨得绯红，与这条泥泞的街道形成鲜明的对比。需要他们给我一张营业执照吗？他失望地问道，如果……

现场出现了一名巡官，他向马车夫使了个眼色，让马车夫安静下来。这位巡官不假思索地对两名妇女说："他驾驶出租马车有 20 年了，我从来没有听说他有事故。"

"我从来没有事故！"马车夫用蔑视的口吻低声喊道。

巡官的证词管用了。围拢过来看热闹的人不多，只有 7 个人，均是未成年人，一哄而散了。温妮跟着母亲进入出租马车。

史蒂夫爬上驾驶座。他的嘴茫然地张着，眼神哀伤，他的这副样子极好地刻画了刚才发生的那一幕。马车在狭窄的街道上行进，马车里的人感觉到街边的房子在缓慢地、摇摇晃晃地从旁边滑过，房子的玻璃窗被马车震得叮叮当当作响，仿佛在马车过后马上就要坍塌下去。马具压在那匹瘦马枯瘦的脊梁上，放纵地拍打着马腿，那匹瘦马好像是装模作样地踮着马蹄尖在跳舞，一副漫不经心的样子。不一会儿，马车到了宽阔的怀特霍尔街，凭视觉已经感觉不到马车在行进了。接着马车来到英国财政部大楼的前面，大楼的玻璃窗被马车震得叮叮当当作响，那响声持续不断，似乎时间停止下来一样。

温妮终于做出评价："这匹马不好。"

她那双闪着微光的眼睛紧盯着马车的前方。在驾驶座上，史蒂夫先是猛地闭上了大张着的嘴，原来这是为了要认真地大喊一声："不！"

那马夫没有任何反应，仍然高举着缠在铁钩子上的缰绳。或许那马夫没有听到史蒂夫的话。史蒂夫的胸脯隆起。

"不要用鞭子抽。"

那车夫缓慢地转过他的那张浮肿的、毫无表情的脸，脸上青一块紫一块，头顶有白头发耸立着。他那双血红的小眼睛里闪着潮湿的光芒，紫红色的大嘴唇紧闭着。他举起握着马鞭的那双脏手，用手背在他那长满了新萌发的胡子楂的巨大下巴上蹭了一蹭。

"你不能用鞭子抽，"史蒂夫结结巴巴地咆哮道，"鞭子抽了疼。"

"不能用鞭子抽？"疑惑不解的马夫低声问道。不过，他随手就用鞭子抽了一下马。他用鞭子抽马，不是因为他灵魂残忍、心怀歹毒，而是因为他必须赚马车费。马车有一段时间在圣史蒂芬大教堂围墙外行进，教堂的塔楼和尖塔似乎是一边在听着马车的叮当声，一边在沉思冥想。马车一直在前进，但到了伦敦塔桥时遇到一场骚乱，史蒂夫突然从驾驶座跳了下去。人行道上人声鼎沸，人群涌上来，马夫赶紧把马车停住，既吃惊又气愤，低声地诅咒着。温妮拉低窗户，把头伸出来，面色惨白跟鬼一样。在车厢里，她的母亲用痛苦的声音大声呼喊道："孩子伤到了吗？孩子伤到了吗？"史蒂夫没有受伤，甚至没有摔倒，但他像往常一样因兴奋而说话上句不接下句。他只能在车窗结巴地说："太重了，太重了。"温妮从车窗伸出手按着他的肩膀。

"史蒂夫，快点回到驾驶座上去，别再跳下来了。"

"不，不。走，必须走。"

他口吃得说不出自己为什么必须要步行走路，没有什么能拦得住他的一时兴起。史蒂夫能轻松地跟上那匹瘦马的舞步，连大气都不用喘。但他的姐姐坚决不同意。"没听说过有谁愿意跟着马车跑！"她的母亲躲在车厢里，既害怕又无助，恳求道：

"温妮，别让他走路，他会迷路的。别让他走路。"

"肯定不行，这太荒唐了。维罗克先生听到这样的事会很难受的。史蒂夫，听我说，他绝对不会高兴的。"

像往常一样，想到可能会惹维罗克先生不高兴对天生顺从的史蒂夫有强大的影响了。他停止了抵抗，爬回了驾驶座上，满脸失望的表情。

马车夫把他那张浮肿的大脸转向史蒂夫，狂暴地说道："小家伙，再别做蠢事了。"

说完这番严厉的话，马车夫自己也紧张得要死，但只能继续赶马车，并严肃地默想着什么。对他来说，刚才的事难以理解。由于他常年坐在令人麻木不仁的天气里，所以失去原有的活力。尽管如此，他的智力并不缺少独立性或明智。经过严肃的思考，他最终认为史蒂夫不是个喝醉了酒的青少年。

在车厢内，两个妇女一直被沉默的魔咒控制着，因为她俩需要并肩共同忍受着旅途中车厢的震动、吱吱声、叮当声。史蒂夫的旧病复发，打破了这段沉默的魔咒。温妮高声说话了。

"妈，你做了你想做的。如果以后不幸福，你只能怪你自己。我觉得你不会幸福，真是不会幸福。在这个家里你难道不幸福吗？别人会怎样看我们呢？——别人并不知道是你自己想去救济院。"

"亲爱的，"老妇人的声调高得能压过噪音，但态度很诚挚，"你是我最好的女儿。维罗克先生……"

该谈维罗克先生的优点了，她难受得说不出话来了，只能满眼含泪地看着车厢的顶篷。然后，她把目光转移到窗外，好像是要看看马车走的情况。马车走得很慢，仍然沿着街边的铺路石在走。夜晚终于追上了这位老妇人最后一次坐出租马车的旅程，这时天刚摸黑，伦敦南部的一切都显得是那么的肮脏、歹毒、嘈杂、无望、混乱。在街边大橱窗商店里的煤气灯的映照下，她戴着一顶紫色的无边女帽，那张大脸闪着橙色的光芒。

维罗克丈母娘，人老珠黄，岁月沧桑是一个原因，天生脾气坏是另一个原因。她先是人妻，后来又做了寡妇，生活中充满了困难和忧虑。当她脸红的时候，面色便成了橙色。女人到她这个年龄，又考虑到她是个很谦卑的人，再加上她经受过逆境的锻炼，本来是不会脸红的，但此时确实在女儿面前脸红了。此时此刻，她躲在四轮出租马车中，正在去救济房（一长排中的一个）的路上。这些救济房很小，里面的设施很简单，但仍然比生活条件更加拮据的坟墓要更仁慈一些。这让她在自己的孩子面前脸红了，因为她感到自责和羞愧。她不得不掩盖自己的脸红。

别人会怎么想呢？老妇人知道别人会怎样想，即温妮头脑中的那些人——她丈夫的老朋友和其他人。她在恳请这些人的帮助上获得了令人满意的成功。从前，她不知道自己做乞丐能如此成功，但她猜出了她的申请书能给他人什么样的印象。由于男人本来就不细心，并伴有既野蛮又粗鲁的性格，他们根本就没有深入地询问她的境遇。她故意不回答他们的问题，有时是紧闭双唇，有时是用富于表达力的沉默。男人们在做出各自的反应之后，往往会突然失去兴趣。她经常暗自庆贺不必与女人们打交道，因为女人其实更加铁石心肠、更加渴望细节，她们会焦急地要求知道她女儿和女婿到底做了什么不道德的事，才驱使老妇人走向令人悲哀的极端。只是遇到了那位大啤酒商、下院议员、慈善委员会的主席时，她才被逼得哭起来，因为这位大人觉得自己良心有责去询问申请人的真实情况。被逼得走投无路的女人肯定掉眼泪。这位消瘦的绅士被弄糊涂了，想了一想，放弃了原有的要求，说了几句安慰她的话。她本不该伤心，慈善对象并不绝对要求是

"无儿无女的寡妇"。实际上，慈善会无法拒绝她，但委员会做判断必须有足够的信息。任何人都能理解她不想成为家庭负担的愿望，以及其他的类似愿望。所以，维罗克丈母娘又大哭了好几场，这令那位主席感到相当的失望。

那眼泪不一般，是从那位身材高大的女性的眼睛里流下的，她戴着一头布满灰尘的黑色假发，穿着过时的、镶着肮脏的白棉布花边的丝绸衣服，这眼泪确实是悲痛的结果。她之所以哭泣，是因为她觉得自己勇敢、毫无顾忌、全心全意地爱自己的两个孩子。女孩经常要为男孩而牺牲，如今她是牺牲了温妮。由于她不说出实情，她实际上是在玷污温妮的名声。当然，温妮是独立的，根本没有必要去顾忌那些根本没有机会见面的人的看法。可怜的史蒂夫就不同了，除了他能拥有妈妈的勇敢的举动和毫无顾忌，他在这个世界上一无所有。

温妮结婚初期获得的安全感，随着时间逐渐消散了（没有什么东西能永恒不变）。维罗克妻子的母亲孤独地坐在房子阴面的卧室里，回忆起一个寡妇从这个世界中获得的生活经验。但回忆没有给她带来不好的痛苦，她拥有的耐性与尊严是同样的多。她不畏艰难地思考着世上万物皆衰败的道理；好人有好报；她的女儿温妮是最好的姐姐，还是个非常自信的妻子。想到温妮对弟弟的真挚感情，她无法继续保持斯多葛哲学式的清心寡欲。她希望女儿的感情不受那个世上万物皆衰败原则的影响。她必须抱有这样的希望，否则她感到世界太可怕了。但考虑到她女儿的婚姻状态，她坚决拒绝所有不切实际的幻想。她有个冷静客观的判断，应该尽量少给维罗克先生的善意增加压力，那么他的善意就有可能更加持久一些。那个优秀的男人显然很爱他的妻子，但他毫无疑问会把这种感情分享给尽可能少的她的亲人。如果那感情都能集中在史蒂夫身上就最好了。这才使得这位老妇人下定决心离开她的孩子，她不仅把这看作一种爱的举动，还是一种深远的策略。

这种策略有个优点（维罗克的丈母娘做事很精明），史蒂夫的权益将会受到加强。可怜的史蒂夫，是个好孩子，管用的孩子，只是有点怪异，但没有牢靠的地位。史蒂夫随着母亲过来，就好像家里的旧家具似的，仿佛他只属于他的母亲。如果我死了，她问自己，史蒂夫会出事吗？（她有一定的想象力）。她想到这个问题，她就感到害怕。此外，当她想到自己没有什么办法知道史蒂夫的情况时，就感到更加可怕了。但如果把他托付给他的姐姐，姐姐就能为他提供一个有力的地位，因为他能直接依靠姐姐了。维罗克的丈母娘行为既勇敢又狂妄，但能产生比较精妙的道德压力。她放弃孩子的举动，实际上是在为儿子的长远生存做安排。许多人为儿子做重大牺牲，她正是在这样做。这是唯一的方式。此外，她能看到她的办法是否行得通。无论是好是坏，她临死前都能知道个究竟。但这太冷酷了，冷酷到了残忍的地步。

出租马车在颠簸中前行着，发出叮叮当当声。实际上，马车摇摆得异常凶猛，完全湮没了乘客对马车在向前走的感觉，其效果如同中世纪惩罚犯人的固定刑具，或者如同为医治懒散的富人病的新式发明。这种摇摆使人非常痛苦，维罗克的丈母娘说话不得不提高声音，好像是在哀号一样。

"亲爱的，我知道你只要有时间就会来看我，对不对？"

"当然。"温妮说完马上用眼睛紧盯着母亲。马车晃晃悠悠地驶过一间冒着油腻蒸汽的商铺，从里面飘出一股油炸鱼的味道。

老妇人又大声哀号起来。

"还有一点，亲爱的，我想每个星期天看看那可怜的孩子。

他应该不会反对与他老妈有一天时间在一起。"

温妮冷淡地大声叫道：

"反对？我想他不会的。那可怜的孩子看不见你会很难过的。妈，我希望你别这样想。"

没有想到女儿会这样说！这位勇敢的妇人只能吞下这句顽皮、不合时机的话，就好像吞下了一个总是要企图蹦出喉咙的台球一样。温妮沉默了一会儿，板着脸看着马车的前方，接着用她不常用的口吻厉声说道：

"我觉得最初几天我会很忙的，他会很不安分的……"

"无论你做什么，别让史蒂夫惹恼你丈夫，亲爱的。"

接着她俩像往常一样讨论开了各种可能的新情况。马车仍然在晃荡。维罗克的丈母娘表示自己有些忧虑，能让史蒂夫一个人走那么远的路吗？温妮坚信他现在已经不那么"心不在焉"了。她俩都认同了这点。不能否认，他心不在焉的时候少了很多——几乎没有了。她俩在马车的叮当声中大声叫喊着，情绪相当的快活。突然，母性的焦虑再次显露出来，因为一路上要换两次公共马车，之间要走一小段路。这太难了！老妇人陷入忧伤和惊恐之中。

温妮盯着前方。

"妈，别自寻烦恼了。你当然能见到他。"

"不，亲爱的。我尽量不见他。"

她用手抹去奔涌而出的泪水。

"但你没有时间跟他一起来，如果有人突然跟他说话，他可能会忘了名字和地址，那他可能会失踪好几天。"

一想到史蒂夫有可能会被送进贫民救济院（仅是盘问他），她就感到难受。她是个好强的女人。温妮凝视着远方，目光变得坚定、急切、新奇。

"我不能每周都带他去见你，"她叫喊道，"但你别担心，妈。我想想办法不让他长时间走失。"

她俩感到被什么奇怪的东西撞了一下，又看到一个砖砌成的柱子在马车窗户前晃动。突然，马车那残暴的晃动和嘈杂的叮当声也停止了，这两位妇女被吓晕了。发生了什么？她俩一动不动地坐着，处于完全的静止状态。过了一会儿，马车门打开了，她俩听到有人用粗鲁的声音压低嗓门儿说：

"你们到了。"

眼前是一排有三角形屋顶的小房子，每个小房子的第一层都有一个昏暗的黄色小窗户，这排房子四周有种植着灌木的深色的草地，还有栏杆把草地与密布着阴影和光斑的大马路分隔开来。远处能听到车辆辘辘行驶的声音。马车停在其中一栋小房子的门前——第一层的窗户里没有灯光。维罗克的丈母娘第一个走下马车，是倒退着下来的，手里拿着一把钥匙。温妮站在石板路上给马车夫钱。史蒂夫帮着把一些小包裹拿进小房子，然后走出站在救济院给安装的煤气灯下。马车夫看着手中的几枚银币，这点钱在他那只大脏手里显得非常渺小，可这就是他在这个丑恶地球上短暂一天内勇敢劳作的报酬。

那报酬其实不少——4 个值 1 先令的银币——他手拿着钱却静静地思考着什么，就好像有人奇怪地给他这些钱，好让他去解决一个令人情绪低落的问题。他缓慢地用手在他穿的那件破烂衣服里面费力地摸索着，这才把这笔财产放入内衣兜里。他的体态很胖，很不灵活。消瘦的史蒂夫，高耸着肩膀，把手插在温暖的大衣兜里，站在石板路的边缘处，绷着脸看着。

马车夫突然停住了手中小心谨慎的动作，似乎想起了什么神秘的事。

"噢！你到站了，小家伙，"他低声说道，"你今后能再认出这匹马，对不对？"

史蒂夫此时正盯着那匹马看，马因被卸去负重，后肢明显抬高了。马尾巴又短又硬，仿佛有人恶作剧把它插在马屁股上。在马的前部，马的脖子又瘦又平，就好像是一块裹着马皮的木板，被那个瘦骨嶙峋的大马头拽到地面。两只马耳朵无精打采地朝着两个方向耷拉着。这匹马简直就是地球上最恐怖的哑巴居民，在当时那个闷热的天气里，从其肋骨和背脊上都笔直地向上冒着蒸汽。

那马夫从他那破烂、有油污的袖子里伸出铁钩子，轻轻地碰了碰史蒂夫的前胸。

"喂，年轻人，你就想这样站在马背后直到明天早晨两点钟吗？"

史蒂夫神情茫然地看那双凶狠的、红眼圈的小眼睛。

"那不是一匹瘸马，"对方继续说道，声音虽低沉，但充满了活力。"这匹马身上没有伤。你可以……"

他把声音压得很低，几乎听不见，但话语中携带着极高的机密。史蒂夫茫然地盯着对方，逐渐地内心产生了害怕的心理。

"你想一想！我要坐着等到凌晨 3 点至 4 点。又冷又饿，还得拉生意，还可能遇见酒鬼。"

他面颊红得发紫，满头白发竖立，好像是维吉尔笔下的森林之神，脸上涂抹着浆果的果汁，正在对西西里的纯真牧羊人讲述奥林山神的故事。他给史蒂夫讲家里人的故事，讲那些受大苦大难但又不能入天堂的人的故事。

"我是夜班马车夫，"他低声说道，语气像是在大发牢骚。

"在马车场，他们给我什么车，我就必须赶什么车。我有妻子和4个孩子。"

这种以父亲的身份居高临下地训示孩子，具有一种恐怖的特征，让整个世界哑口无言。寂静笼罩着周围的一切，那匹启示人间苦难的老马，在救济院煤气灯的照耀下，蒸汽从其两侧腹向上而去。

马车夫在像猪一样哼了一声之后，又神秘地低声说道："活在这个世界上可不容易。"

史蒂夫的脸颤搐了好一会儿，最后他的感情像往常那样以最简洁的形式爆发出来。

"坏！坏！"

他紧盯着马的肋骨，样子羞怯且阴郁，仿佛他害怕看周围的丑恶世界。他是个瘦弱的孩子，玫瑰色的嘴唇，面色苍白，面容清秀，给人一种柔弱的印象。如果再看到他面颊上的黄色绒毛，就更会感到他的柔弱。他因害怕而绷着脸，就像个小孩子一样。身材矮粗的马车夫，用他那双凶狠的小眼睛瞪着史蒂夫，凶狠得就如同眼睛被硫酸熏了一样剧烈。

"说我对马狠，不说他们对我更狠。"他喘着粗气说，喘息声都能听见。

"可怜！可怜！"史蒂夫结巴地说道，同情心使他痉挛起来，于是他赶紧把手深深地插入衣兜里。他说不出话来，因为他对所有的痛苦和不幸都有一种温柔的感觉。于是他希望那匹马和马车夫都能幸福，此时他的这种心理达到一种奇怪的巅峰，他竟然希望带着马和马车夫一起上床睡觉。可他知道这是不可能的，因为他还不是疯子。他此时的感情，就好像是一种象征性的渴望；另一方面，这种感情又是很具体的，因为源自个人经历。经历是智慧之母。当他是个小孩子的时候，他龟缩在角落里，极度可怜的心灵忍受着恐惧、悲惨、疼痛、悲伤，这时温妮通常会来到他身旁，把他带回到她的床上，就好像把他带入一个能把他的心灵抚慰得安宁的天堂。虽然史蒂夫容易忘记诸如人名、地址类的信息，但能忠实地记住真实的感受。能够被带上一个充满同情的温床是最治疗痛苦的良方，唯一的缺陷是很难找到足够大的床铺。看着马车夫，史蒂夫知道那会需要一张大床，看来他仍然有理智。

马车夫继续不慌不忙地整理着自己的马车，就好像史蒂夫没有存在一样。他做出要上到驾驶座的样子，但不知何故，最后又放弃了，也许仅是厌恶赶马车了。他走近那位站在原地静止不动的老伙伴，弯腰抓住了缰绳，用右手猛地把那个显得很疲倦的大马头提到了自己的肩的高度。

"走吧。"他低声地说，语气中充满了神秘。

他一瘸一拐地领着马车走了。这是一次朴素的分手，马车的轮子缓慢地在碎石上转动，发出嘎吱嘎吱的哭声，那匹马像个苦行僧一样谨慎地迈动着自己的瘦腿，从有灯光的地方走入一片昏暗的开阔地。在这片开阔地的周围，隐约能看到尖屋顶和小救济房窗户里散发出的微光。碎石的悲叹伴随着马车前行。在救济院大门口的路灯之间，又能看到缓慢行进的那辆马车了，虽然仅是很短的一小会儿，但仍然能看到矮粗的马车夫一瘸一拐地忙着赶路，高举着手拉着马头，那匹瘦马仍然拘谨地走着，保持着自己特有的孤独尊严，马车轮上的昏暗车厢则滑稽地跟在后面摇摆且沉重地走着。马车向左拐了，沿路上有个小酒馆，距离大门有50码远。

史蒂夫孤零零的一个人站在救济院的路灯下，手深深地插在衣服兜里，茫然地发着愣。他愤怒地把深深插到衣服口袋底部的那双虚弱无力的手攥成了拳头。凡是遇到无论是直接或是间接令史蒂夫感到非常害怕的事，最后他都会变得怀有恶意。他太生气了，小胸脯都快给气爆了，他那双坦率的眼睛也给气歪了。史蒂夫对自己体力不足有极为明智的判断，但在控制自己情绪方面很不明智。他的善良温柔有两个不可分割的阶段，就如同徽章的正反面一样。在同情的苦闷消失后，马上是无辜但无情的痛苦。这两种状态的外在表现都是一样的，看上去就是肢体乱动。他的姐姐温妮虽然还不能领会这两个阶段的特征，但仍然能平息他的兴奋。维罗克夫人没有浪费短暂生命中的时间去刨根问底。这是一种充分利用表面现象的精打细算，也是处世谨慎带来的好处。显然不想知道太多是一件好事。这种观点与懒惰在本质是一致的。

那天晚上，可以说维罗克的丈母娘为了正当的理由与她的孩子分手，同时也等于与她的生活分手了。就在这样的一个夜晚，温妮没有去了解他弟弟的心理状态。那个可怜的孩子很兴奋。温妮在走出大门口的时候，再次向老妇人保证，如果孝顺的史蒂夫想长途跋涉去看望母亲，她知道如何让他不会迷路。然后，她拉着弟弟的胳膊离开的救济院。史蒂夫一言不发，但温妮从小就具有姐弟之间的特殊感情，她马上就感觉到弟弟此时很兴奋。她紧紧抓住他的胳膊，身体也向他倾斜，她觉得有些话此时要讲。

"史蒂夫，现在你必须跟着我过十字马路，抢先上公共马车，就像个好弟弟一样。"

史蒂夫跟往常一样，温顺地接受了像男人一样保护姐姐的要求。这让他很高兴，他仰起头，挺起胸脯。

"别紧张，温妮。不能紧张！公共马车能上去。"他生硬地、结结巴巴地说道，语气中带着男孩子的胆怯和男子汉的刚毅。他手挽着那女人，无畏地向前走去，但下嘴唇却耷拉着。他俩走的是一条宽阔的马路人行道，非常肮脏，在光怪陆离的路灯照耀下，几乎看不见任何生活中令人感到愉快的东西，但他俩的相貌是如此的相似，时常引来路人的观望。

在街拐角处的小酒馆前面，灯光非常亮，亮得让人感到有些邪恶，一辆四轮出租马车停在街边，车厢里没有人，仿佛是因为无法修复而被抛弃在这个肮脏的地方的。维罗克夫人认出了这辆出租马车。马车的状况可悲到了极点，奇形怪状得使人感到苦恼，怪诞得使人感到恐怖，仿佛是死神乘坐的马车。温妮是个对马有同情心的女人，虽然她没有坐在马的背后，但仍然不由自主地惊呼道：

"可怜的牲口。"

史蒂夫突然停下了脚步，结果她姐姐好像被人猛地拉了一把似的。

"太可怜了！"他冒出这句话，就好像表现赞同姐姐一样。"马车夫也可怜，这马车夫对我说的。"

史蒂夫看着那匹孤独的瘦马，陷入了沉思。他顽固地站在原地，努力地想表达出他新形成的对人和马亲密关系的同情，谁推他都不动。但想表达这样的同情是很困难的。"可怜的马，可怜的人！"他只是不断地重复说这句话。可这种表达的力量不够，于是他结结巴巴地大骂了一句"可耻"之后便停止了。史蒂夫不是遣词造句的大师，或许就是这个原因他的推理很不清晰，也不准确。但他的感觉是全面的、有深度的。那个简单的词包含了他对一方给另一方带来痛苦的气愤和恐惧——眼前的马车夫痛打可怜的马匹，与此相对的是他还是小孩子时在家里被痛打。史蒂夫知道被痛打的感觉，他亲身经历过。这个世界不好，很坏！

很坏！

姐姐是史蒂夫的唯一监护人，她不知道他弟弟有如此深邃的观点。此外，她也没有听到过那位马车夫的雄辩魔力。她不清楚弟弟赋予"可耻"这个词特殊含义，所以平静地说：

"史蒂夫，走吧。你无能为力。"

史蒂夫很听话，跟着姐姐走了。他走得无精打采，拖着蹒跚的步伐，低声地说着什么，但词不达意，仿佛是他想把自己知道的所有词汇都用来表达自己的感情，从而形成相应的观点。最后，他终于找到了合适的表达。他站住脚步说道：

"这个世界对穷人不好。"

他立即意识到，这句话在现实中的种种后果都是他所熟悉的。眼前的一切极大地加强了他的信念，但也扩大了他的气愤。他觉得必须惩罚什么人——而且是要严厉地惩罚。他从来不怀疑自己的看法，又是个讲道德的人，这使得他被自己的热情所控制。

"太可恶了！"他简洁地补充道。

维罗克夫人清楚地知道，史蒂夫现在已经非常兴奋了。

"没有人能改变这一切，"她说道，"走吧。你不是想照顾我吗？"

史蒂夫顺从地移动了脚步，他为自己能做个好弟弟而骄傲。他有自己完整的道德观，他的道德观要求他这样做。姐姐虽然待他好，但她的话使他感到痛苦。没有人能改变这一切。他沮丧地走着，但不久之后又愉快起来了。与其他人类一样，当面对宇宙间的困惑的时候，他就会不时地想起地球上有组织的力量，因为这样他才能愉快地充满信心。

"警察。"他充满信心地建议道。

"警察不管这类事。"维罗克夫人正想着赶路，于是草率地评论道。

史蒂夫拉长了脸。他正在思考，他思考得越深，他的下腭就越向下沉。最后，他感到一种无助的茫然，这才放弃停止了思考。

"不管?"他咕哝道。虽有顺从之意，但面露惊异的表情。"不管?"在他的思维里，警察局是完美的，是一种能镇压邪恶的慈善机构。他的慈善观念是与那些穿蓝制服、手中握有权力的人息息相关。他对警察有好感，真心地喜欢他们。当他看到某些警察的狡诈行径的时候，便会感到痛苦、生气。因为史蒂夫是个坦率的人，坦率得就如天上的太阳。警察为什么要假装执法呢?与姐姐只关心问题的形式不同，他希望看到实质。他下决心继续探求真理，于是生气地提出一个问题。

"温妮，那他们是干什么的?他们到底在干什么?你告诉我。"

温妮不喜欢争辩。但她觉得史蒂夫刚与母亲分开，可能正处于极度沮丧的阶段，便没有彻底拒绝与他进行讨论。温妮不想讽刺人，她回答的方式也许是相当符合她的身份的，因为她是红色中央委员会代表成员维罗克先生的妻子，她不仅有许多无政府主义者朋友，还信仰社会革命。

"史蒂夫，你难道不知道警察是干什么的吗?他们不许穷人动富人的任何东西。"

她没有用"偷窃"这个动词，因为这会使她的弟弟很不舒服的。史蒂夫这个孩子诚实得有点脆弱。看到史蒂夫有点怪异，焦虑的家人便灌输了一些简单的道德原则给他，这致使他一听到有违原则的事就极度厌恶。别人的话很容易刺激他。此时，他受到了惊吓，他的理智处于高度戒备状态。

"真的吗？"他焦虑地问道，"难道饿了也不能拿？"

他俩停下了脚步。

"不，饿了也不行。"维罗克夫人说道，她说这话时的态度是相当镇定的，因为她此时并不关心财富的分配问题，而是希望看到远处是否有颜色正确的公共马车出现。"肯定不行。你谈论这个问题有什么用？你从来也没有饿过肚子。"

她瞥了身旁的男孩子一眼，他已经是个年轻人了。在她眼里，他是个温柔的、有吸引力的、可爱的人，只是有一点点怪癖。她只能这样看他，因为他是她枯燥生活中残余激情的来源——他给她带来愤慨的勇气、怜悯的激情，甚至包括自我牺牲的激情。她本该再补充一句："只要我活着，你就不会挨饿。"实际上，她现在就是这样在做。维罗克先生是一位很好的丈夫，她真诚地相信谁都会喜欢这个孩子。突然，她大声喊道：

"史蒂夫，快。叫住那辆绿色的公共马车。"

史蒂夫用一只手紧紧地挽着温妮，这只手由于感到意义重大而颤抖起来，另一只手则举过头顶，招呼那辆驶近的公共马车。他成功地拦住了那辆公共马车。

一个小时之后，温妮按响了门铃，她走过店铺，向楼上走去，维罗克先生在柜台后面抬起双眼，他此时正好在读报，或者更确切地说是看着报纸。他看到妻弟跟在妻子后面也进来了。看到妻子，维罗克先生很高兴，这是他的毛病。妻弟的身影，他似乎没有看到，因为他最近心事重重，那心事像一道幕布，隔断了他与现实世界之间的感观联系。他紧盯着妻子的身影，一言不发，仿佛她是个幽灵。他平时在家说话声音沙哑且平静，如今却根本不发音了。晚餐时，他也没有说话。通常，妻子会叫道：

"阿道夫。"他把帽子向脑后一推，便大口吃起饭来，可心却没有放在吃饭上。他形成戴帽子吃饭的习惯，可不是他热爱户外运动，而是因为他经常出入外国人的咖啡馆，于是在自己家里的壁炉前也就有了这种随意的特点。门铃嘶哑地响了两次，他没有说一句话便起身，走进店铺没影了，过了一会儿又默默地回来了。他离开座位时，维罗克夫人猛然意识到她右手边的座位是空着的，这时她才思念起母亲，冷漠地凝视着，史蒂夫出于同样的原因，不断地变换脚的位置，仿佛桌子下面热得让他不舒服。维罗克先生回到了原座位上，他好像又把寂寞找了回来，维罗克夫人的姿态发生了微妙的改变，史蒂夫也停止折腾双脚，因为他非常敬畏姐夫。他看着姐夫，眼神中带着尊重的同情。维罗克先生看上去很不愉快。他的姐姐曾经告诉他（在公共马车上），维罗克先生在家里很不愉快，所以不要再惹他不高兴。史蒂夫在几种压力下会变得有自制力：父亲的怒火；绅士房客的恼怒；维罗克先生随时都有可能爆发的毫无节制的苦恼。这几种压力很容易遇见，但史蒂夫感到很难理解，只是最后一种的精神效率最高——因为维罗克先生是个好人。他母亲和姐姐给这种行为建立了坚守的伦理学基础。这个伦理学基础是她俩瞒着维罗克先生树立起来的，并且加以神化，实际上她俩的动机并非为了真正的伦理学。维罗克先生并不知道这点，不过，说他不想在史蒂夫面前装好人也不公正。对史蒂夫来说，他是个好人，而且是唯一的好人，因为其余绅士房客来去匆匆，除了他们的靴子外，史蒂夫很难接近。至于父亲的清规戒律，母亲和姐姐的畏缩等于没有在受害者面前树立好榜样。这太残酷了，甚至有可能使史蒂夫不再信任她们。就维罗克先生而言，史蒂夫信任他没有任何困难。显然，维罗克先生好得近乎神秘。一个好人的苦恼是令人敬畏的。

史蒂夫心怀敬意地看着姐夫，借以表示同情。维罗克先生的样子很可怜。温妮的弟弟从来没有如今近距离接触到这个神秘男人的善良。姐夫的难过是可以理解的，因为史蒂夫也难过，而且是非常难过。由于他的注意力完全集中在这种不愉快的状态上，他又在变换自己脚的位置。他有用四肢的兴奋动作表现自己感情的习惯。

"亲爱的，脚别乱动。"维罗克夫人说，既有权威又温柔。然后转过身来用一种冷漠的声音问丈夫："你今晚出去吗？"她能如此变化说话的腔调，说明她有高超的说话技巧。

这个问题似乎让维罗克先生非常厌恶。他生气地摇头，沮丧地低垂着双眼，看着自己盘子中的奶酪整整有一分钟的时间。然后，他站起身来，在店铺门铃的喧哗中走了出去。他的行为如此怪异，并不是因为想让别人讨厌，而是因为无法控制自己的躁动。现在出门没有好处，他在伦敦找不到自己想要的东西，但他仍然出去了。他思绪重重地走着，在黑暗的街道上走，在明亮的街道上走，走进走出两间酒吧，仿佛有意在外面过夜似的，但最后仍然回到了令他烦恼的家里。他疲惫地坐在柜台的后面，可那些思绪急切地围绕着他，好像几只饥饿的黑色猎狗。他把大门锁了，熄灭了煤气灯，带着思绪走上楼梯——这些思绪对一个要上床睡觉的人来说简直是一队可怕的警卫。他的妻子已经先上楼睡了，她丰满的体形在被单下若隐若现，头在枕头上，手放在面颊下。他本想借助萌芽中的睡意，赶快拥有一颗平静的心灵，但这个愿望被眼前的这一幕给驱赶走了。在白布的衬托下，妻子圆睁着的大眼睛显得特别迟钝和阴郁，她纹丝不动地躺着。

她的心灵是平静的。她觉得事情不必深究，这是她的本能，这个本能给了她力量和智慧。这几天，维罗克先生沉默寡言，她感到心里压力很大。实际上，她的精神也受到了影响。这时斜躺着没动的她平静地说道：

"你穿着袜子乱跑要感冒的。"

这句反映妻子关怀、女性谨慎的话，完全出乎维罗克先生的意料。他把靴子放在了楼下，但又忘记穿上拖鞋，于是只好光着脚板无声无息地走进卧室，就好像笼子里的熊一样。听到妻子的声音，他停下脚步，像个梦游者似的毫无表情地盯着维罗克夫人。过了一会儿，维罗克夫人在床单下动了动四肢，但她没有移动深陷在白色枕头中的长满黑发的头，一只手仍然放在面颊下，那双乌黑的大眼睛仍然一眨不眨。

她看到丈夫毫无表情地盯着自己，又想起平台对面母亲房间里是空荡荡的，孤独感让她感到一阵剧烈的痛苦。她从来没有跟母亲分离过，她俩一直相互支持，这也是她的感受。如今她对自己说，母亲已经走了——永远地走了。维罗克夫人不想自欺，然而，史蒂夫还在。想到这里，她说道：

"母亲做了她想做的事。我觉得毫无意义，我相信她不会觉得你讨厌她。这件事太惹人厌了，让我们处境尴尬。"

维罗克先生不是个爱读书的人，不太会打比喻，但他感到自己与一只想逃离快要沉没的船上的老鼠很相似。他几乎要脱口而出。他疑心越来越重，非常痛苦。是不是那个老妇人已经察觉到了什么？显然这样的怀疑很不合理，所以他保持了缄默。但他又感到并非绝对不合理。他心事沉重地咕哝道：

"或许这样也不错。"

他开始脱衣服。维罗克夫人非常安静，安静极了，双眼发愣，仿佛在做梦，安静地凝视着。她的心在刹那似乎也停止了。就像常言说的那样，她那天晚上有点"身不由己"，一句很普通的话，对她来说可能有多种意思——而且大部分是令人讨厌的意思。母亲走了能不错吗？为什么呢？但她没有陷入无谓的推测中去，她确信很多事情不可深究。她是个讲求实际的人，又很精明，所以立即就把史蒂夫的问题提了出来，因为在她内心中，照顾好史蒂夫就是她的唯一目标，这个目标永远不会有错，且具有本能的力量。

"我真不知道在这头几天里应该如何才能让那个孩子高兴。他白天晚上都很难过，可能需要好几天才能恢复正常。他就是这样一个孩子，我不能没有他。"

维罗克先生继续脱他的衣服，但心思完全没有放在脱衣服上，他就好像孤零零的一个人在渺无人烟的沙漠上脱衣服一样。在维罗克先生眼前，我们共同继承的这个美好地球却变成了一片荒原。只有楼梯平台上的那座钟还在孤独地走着，把嘀嗒声送入房间与人做伴。

维罗克先生在他的那半边床上睡下，在妻子的背后躺下，一言不发。他的粗胳膊留在了被子外面，好像被丢下的武器，或是被遗弃的工具。就在那个时刻，他差一点把全部心思都告诉妻子。此时似乎是个美好的时刻。他从眼角看到妻子白睡衣里的丰满肩膀、后脑勺上为睡觉梳起的三根辫子，辫子头上还系着黑带子，但他还是忍住没说。维罗克先生爱他的妻子，因为妻子就应该被爱——从婚姻角度看，妻子是丈夫的主要财富。从她为睡觉梳理的头发看，以及那丰满的肩膀看，眼前的这一切具有一种令人熟悉的神圣感——平静家庭生活的神圣感。她一动不动，看上去庞大、无形，就如同一个斜躺着的原始雕塑。他想起了她那望着空空如也的房间大睁着的双眼，她是神秘的，具有一切生命现象的神秘感。他虽说是斯托特－瓦腾海姆男爵手下的著名间谍，还提供了机密情况，但无法破解妻子的神秘。他是很容易被吓到的。他很懒惰，而懒惰才是他能维持好脾气的真正秘密。他因为爱怜、胆怯、懒惰而不愿去破解妻子的神秘。等到将来肯定会有更多的时间的。他在那间睡意绵绵的寂静房间里，就这样忍耐着。忍耐了几分钟的时间，他忍耐不住了，宣布了一项重大决定。

"我明天要去欧洲大陆。"

妻子可能已经入睡，他说不准。实际上，维罗克夫人正听着他在干什么。她的眼睛大睁着，平静地躺着，心中仍然维持着那个信念，许多事情不必去深究。从另一个角度看，维罗克先生经常做这样的旅行。他要去巴黎和布鲁塞尔备货，他经常亲自去当地购买。在布雷特街的这间店铺里，几个业余革命者形成了一个秘密组织，这个秘密组织隐藏在维罗克先生的正常业务之下，而维罗克先生在神秘的性情和生存需要的驱使下，竟然做了一名职业间谍。

他停顿了一小会儿后，又补充说道："我要走一周或两周时间，白天请尼尔夫人来帮忙吧。"

尼尔夫人是布雷特街上的女佣。她嫁给了一个放荡的工匠，生了许多小孩子需要抚养。她的胳膊是红颜色的，粗陋的围裙抵着腋窝，在肥皂水和朗姆酒的味道中，在擦洗玻璃的喧嚣声和水桶的叮当声中，她倾诉着穷人的苦难。

维罗克夫人内心怀有深刻的目的，用最肤浅的语调冷漠地说道：

"没有必要让那个女人整天在这里，我和史蒂夫能干好。"

她等着楼梯平台上那台孤零零的钟又向永恒的深渊了嘀嗒了15次后，才问道：

"我能熄灯了吗?"

维罗克先生用沙哑的声音，猛地对妻子说：

"熄灯吧。"

第九章

维罗克先生 10 天后从欧洲大陆回家了，奇妙的国外旅行显然没有使他精神振作起来，也没有因为回家而喜悦。店铺的门铃响了，他走进家里，一副阴郁、恼怒、疲惫的样子。他手拿着行李，低着头，大步直接走到柜台的后面，然后倒在椅子上，仿佛他是从多佛走回伦敦的。此时是早晨，史蒂夫正好在给橱窗掸土，目瞪口呆地看着他，眼光里充满了敬畏之情。

"这里!"维罗克先生一边说一边用脚轻轻踢了一下放在地板上的旅行包。史蒂夫急忙赶来拿起旅行包，兴高采烈地提着走了。史蒂夫的身手之快，让维罗克先生大吃一惊。

门铃响的时候，尼尔夫人正在用石墨擦亮会客室的壁炉，她从会客室的门向外望，看到维罗克先生进来，于是赶紧站了起来，戴着围裙，披着一身长期劳动留下的油污，跑到厨房告诉维罗克夫人"你家的主人回来了"。

温妮仅走到店铺靠里的门口就止步了。"你一定要吃早餐了吧。"她站得远远地说。

维罗克先生稍微摇了摇手，仿佛接受了一个本不可能的建议。他走进客厅，并没有拒绝摆在面前的食物。他像在外面饭馆里吃饭那样，把帽子向后脑勺推，露出前额，大衣的下摆悬挂在椅子的两侧，形成一个三角形状。饭桌很长，桌上盖着棕色的油布，温妮就在饭桌的对面。温妮像妻子那样平静地跟丈夫讲话，她讲得很巧妙，很适合丈夫远道回家这个特点，就好像珀涅罗珀对待远游回来的奥德修斯一样。维罗克夫人在丈夫不在家的时候并没有编织什么东西，却把所有楼上的房间彻底地进行了清扫，卖了一些家具，见了米凯利斯先生几面。他在最后一次见面时说，他要去乡下的农舍中住一阵子，农舍的地点在伦敦去查塔姆和多佛的路上。卡尔·云特也来过一次，是由他的那位"可恶的管家婆"用胳膊挽着来的，他是个"令人讨厌的老头"。关于奥西彭同志，她没说什么，因为她仅简单地接待了他一次，他隔着柜台站着，脸上毫无表情，远远地凝视着。当她提及这位健壮的无政府主义者的时候，她停顿了一下，脸上泛起一丝薄薄的红晕。当她有机会开始谈论家庭事务的时候，她马上谈起弟弟史蒂夫，她说这个孩子总是闷闷不乐。

"妈一走，他就这样了。"

维罗克先生既没有说"可恶！"也没有说"史蒂夫该死！"由于他没有把心中的秘密告诉维罗克夫人，所以她并不感激他的慷慨大度的克制。

"这不是说他比平时干得少，"她继续说，"他变得很有用。

你会觉得他能为我们做很多事。"

维罗克先生昏昏欲睡，随便看了史蒂夫一眼，史蒂夫坐在他的右边，样子柔弱，脸色苍白，玫瑰红色的嘴茫然地张着。维罗克先生看史蒂夫，并非是对史蒂夫表达不满。这一眼其实没有什么蓄意。即使维罗克先生确实有过妻弟很无用的想法，那也是一种短暂的模糊意识，缺乏那种能改变世界的力量和耐性。维罗克先生把身子靠在椅子背上，摘下了帽子。还没有等他把帽子放下，史蒂夫就把帽子抢了过来，虔诚地拿进厨房里了。这让维罗克先生再次大吃一惊。

"阿道夫，你能让这孩子做任何事情，"维罗克夫人说，态度极为顽强和镇定，"他会为你赴汤蹈火的。他……"

她有意地停顿了一下，把耳朵转向厨房门。

尼尔夫人正在擦地板。看到史蒂夫，她便哀伤地抱怨起来，因为她看到温妮偶尔给史蒂夫 1 先令，所以觉得能比较容易地诱使史蒂夫捐一些给她的小孩子。此时，她的四肢都浸在水里，浑身湿漉漉的、脏兮兮的，跟生活在垃圾箱和脏水池里的两栖动物一样。尽管如此，她像往常一样，来了一段开场白："你多好啊，什么都不用干，像个绅士一样。"此后，她就继续她那没完没了的诉苦，虽然听上去可怜，但都是假话，这能从她满嘴的廉价朗姆酒味和一身的肥皂泡沫获得验证。她使劲地擦地板，不断抽鼻子，喋喋不休地说着。她的感情是真挚的。在她那细小的红鼻子两侧，老眼昏花的双眼里流着热泪，因为她感到这个早晨她确实需要获得一点激励。

在会客室里，维罗克夫人根据自己的经验做出了评论：

"尼尔夫人又在讲她那几个小孩子的悲伤故事了。她不能总谎称那几个小孩子都是婴孩，其中应该有大孩子，能自己做点事了。她的故事只能使史蒂夫生气。"

维罗克夫人的这一番话，立即就获得了证实，因为厨房的桌子上发出"砰"的一声。史蒂夫越听就越同情，当他发现自己兜里没有一分钱时，便恼怒了。由于他没有能力立即解决尼尔夫人"小孩"的困苦状况，他觉得必须要求某人去为此受难。维罗克夫人站起来，走进厨房去"制止这件荒谬的事"。她的态度坚决而且平缓，她知道，尼尔夫人拿到她给的钱后会直接去附近那间散发着霉味的低劣酒馆里喝烈性酒——那是她走向人生终点道路上的歇脚点。维罗克夫人对这种行为的评语是深刻的，非常出人意料的，因为她本是个不愿深究事情真相的人。"当然，她如何能让自己振作起来呢？如果我是尼尔夫人，我觉得我的行为不会有什么不同。"维罗克夫人充满理解地说。

那天下午，维罗克先生在壁炉前打了好几次瞌睡，最后终于醒来了，他说想去外面散步，温妮在店铺里说：

"我希望你能带着那孩子一道去，阿道夫。"

这是那天维罗克先生第三次大吃一惊。他傻乎乎地盯着妻子，她却保持着镇定。史蒂夫这孩子，只要在屋里无所事事，肯定会郁闷成疾的。她承认，这让她心神不安、精神紧张。这话从温妮嘴里说出来，就如同夸张一样。但实际上，史蒂夫郁闷的方式非常类似于一只不高兴的家庭宠物。他会走到楼梯平台处，盘腿抱头坐在大钟的前面。无论谁看到他那张苍白的脸和昏暗中那双闪光的大眼睛，都会感到不安；一想到他坐在那里就让人不舒服。

维罗克先生对这个新鲜想法一点都不吃惊。作为男人，他喜欢自己的妻子——这是相当宽宏大度的。但他心里有一股强大的反对意见，他是这样表述的。

"他也许会跟不上我，会在街上迷路。"他说道。

维罗克夫人急忙摇头反对。

"他不会，你不了解他。这个孩子很崇拜你。如果你真的让他走失了……"

维罗克夫人停顿了一下，她的停顿是有意图的。

"你就继续散步，不用担心。他会没事的。不久之后，他就能安全地回家。"

这种乐观的态度使维罗克先生今天第四次大吃一惊。

"他能行？"他低声表示怀疑。但他的妻弟也许并不像表面看上去那样笨，他的妻子应该最有发言权。他把昏沉的目光投向别处，嘶哑地说"让他来吧"，然后再次陷入可怕的烦恼之中。那可怕的烦恼也许喜欢躲在骑马人的背后，并且知道如何与那些不会驾驭马匹的人保持足够的距离——比如说维罗克先生。

温妮站在店铺的门口，没有看到有如此危险的东西正要陪维罗克先生去散步。她看着那两个人走上那条肮脏的街道，一个高大结实，另一个又瘦又小，细小的脖颈，在一对半透明的大耳朵下面，微微翘起的尖尖的肩膀。他俩衣服的用料是一样的，帽子都是黑色的圆礼帽。看到他俩穿戴得如此相似，维罗克夫人不禁产生了联想。

"也许能成为一对父子。"她自言自语道。她继续想到，维罗克先生也许能成为可怜的史蒂夫生活中那个真正的父亲。她知道这是自己努力的结果，心头涌起一股自豪，并暗自庆贺自己在前几年所做的决定。为此，她出了力，流过泪。

她还有更多值得暗自庆贺的事，她这几天来注意到，维罗克先生似乎很友善地让史蒂夫相伴左右。如今，维罗克先生想去散步了，他大声叫史蒂夫，虽说他的叫法与叫一只家狗的方式不同，但在本质上是一样的。在屋里，维罗克先生总是好奇地长时间盯着史蒂夫看。他的举止改变了，虽然仍旧沉默寡言，但不那么情绪低落了。维罗克夫人有时觉得他相当神经质，他的表现可以被视为一种改善。史蒂夫也变了，不再坐在大钟前面闷闷不乐，只是自言自语，而且威胁人的腔调没有了。他姐姐问他："史蒂夫，你在说什么?"史蒂夫仅张开嘴，斜眼看着姐姐。偶尔，他莫名其妙地紧握拳头，独自一人愁眉苦脸地站在墙跟前，餐桌上摊着给他用来画圆圈的纸和笔。这是个变化，但不是改善。维罗克夫人认为，史蒂夫听了丈夫与他朋友们之间的谈话，谈话内容对史蒂夫产生了不好的影响，这才造成史蒂夫出现这类兴奋的现象，想到这她开始害怕起来。维罗克先生在散步时，肯定会遇到许多的人并交谈。实际情况就是如此。交谈是他户外活动的一部分，他的妻子从来没有深究过。维罗克夫人觉得自己处境微妙，但她采取令人不解的镇定态度，这让许多店铺的顾客都吃惊，来她家的客人总是故意与她保持着距离。不行！她害怕史蒂夫听了一些内容不好的谈话，于是把这个想法说给丈夫听。这些谈话只能使史蒂夫兴奋，因为他无力自拔。没人能自拔。

温妮是在店铺里对维罗克先生说这番话的，但维罗克先生没有评论。他没有反驳，但很想反驳。他忍住没有向妻子指出，让史蒂夫陪他出去散步，是她的主意，不是别人的。此时此刻，维罗克先生是个公正的旁观者，比普通人更加宽宏大度。他从货架上取下一个小纸盒，查看了一下里面的内容是否正确，又轻轻地放在柜台上。小纸盒还没有放稳当，他便打破了沉默，他的大意是说，把史蒂夫送到乡下可能是最有利的，但他觉得妻子没有史蒂夫便不能生活。

"没有史蒂夫便不能生活！"维罗克夫人缓慢地重复道，"如果史蒂夫能生活得好，我自然能生活。这才是我的看法！没有他，我当然能生活，但他没有地方可去。"

维罗克先生拿出一张棕色的纸和一卷绳子，他一边做事一边咕哝说，米凯利斯在乡下有一栋小别墅，米凯利斯愿意给史蒂夫一间房子住。那里没有访客，没人谈话。米凯利斯正在写书。

维罗克夫人说她喜欢米凯利斯；又说她讨厌卡尔·云特，称他是个"讨厌的老头"；她没有对奥西彭做评论。对史蒂夫来说，他肯定会高兴的。米凯利斯对史蒂夫总是很和蔼、很亲切，他似乎喜欢这个孩子。没错，史蒂夫是个好孩子。

"你最近也喜欢上了史蒂夫。"她在停顿了一下后继续说道，语气既顽强又自信。

维罗克先生把纸盒包装好准备邮寄，不小心拉断了绳索，低声骂了几句只有他自己才理解的诅咒语。然后，他把声音提高到平时的嘶哑腔调后宣布说，他愿意亲身领史蒂夫去乡下，并把他安全地交给米凯利斯。

第二天，他就按照这个计划实施起来。史蒂夫没有反对，他似乎很有热情，但有点疑惑。他每隔一小会儿便用迟疑的眼光盯着维罗克先生阴沉的脸，如果他的姐姐没有看着他，他就会更频繁地看维罗克先生。他的表情中同时具有得意扬扬、焦躁忧虑、全神贯注这三种成分，就像一个小孩子第一次被允许划火柴一样。维罗克夫人看到弟弟温顺的样子很满意，要求他不要在乡下把衣服弄脏了。也就是在这个时候，史蒂夫看了自己的保护人一眼，眼神中是他生命中第一次没有了小孩子那种天真无邪的信赖感，拥有的是一种骄傲的阴郁。维罗克夫人微笑了。

"天哪！史蒂夫，你别生气。你知道你自己会不小心把衣服弄脏的。"

维罗克先生已经走到街上去了。

先是她的母亲采取勇敢的行动走了，接着又是她的弟弟去了乡下，结果维罗克夫人发现自己比平时更加孤独，不仅在店铺了，在家里也一样。原因很简单，维罗克先生要去散步。格林尼治公园爆炸案发生那天，她孤独地在家的时间更长，因为维罗克先生早晨走得很早，到了黄昏时分才回来。她不怕孤独，她不想外出。天气太坏了，店铺里比街上舒服。维罗克先生进门的时候，门铃大振，她正好在柜台后面做编织，她甚至连眼都没有抬一下。她早就分辨出走在人行道上的脚步声是维罗克先生的。

维罗克先生走进家，他把礼帽的边缘压得很低，盖住前额。当他径直走向会客室的大门的时候，她虽然没有抬一抬眼睛，却沉着地说：

"天气真坏。你应该是去看史蒂夫了吧?"

"我没有。"维罗克先生温柔地说，然后"砰"的一声关上身后会客室的大门，力量出乎寻常地大。

维罗克夫人把编织活放在膝盖上，平静了一小会儿。然后，她把编织活放在柜台下面，起身去把煤气灯点亮了。点亮了灯，她走过会客室，向厨房走去。维罗克先生该喝茶了。温妮对自己的魅力是有信心的，所以没有要求丈夫每天都献殷勤。丈夫向妻子献殷勤是一种古老的习俗，虽然很好，但已经不流行，即使在上流社会也被遗弃了，更何况根本不符合她这个阶级的标准。她不期待他献殷勤。不过，他是个好丈夫，她很尊重他的权利。

维罗克夫人对自己的女性魅力很有信心，以非常平静的心情走过会客室，去厨房完成家庭主妇的责任。但她这时听到轻微的敲打声，这声音非常奇怪，令人不解，吸引了维罗克夫人的注意力。随着响声越来越明显，她停下脚步，既好奇又担心。她点着一根火柴，点亮了会客室桌子上的两盏煤气灯中的一盏，这盏灯最初工作不正常，仿佛像受了惊吓似的吹着口哨，过了一会儿才恢复了正常，像一只猫一样舒服地发出轻柔颤动的声音。

维罗克先生与往常的习惯不同，把大衣脱了下来，然后躺在沙发上。他的帽子肯定也脱了下来，扔在了沙发边上。他拖过一把椅子，放在壁炉前，脚已经伸进炉围里。他双手抱头，头低垂到炉火上。他的牙齿猛烈地战栗着，嘎嘎地响个不断，这导致他的整个巨大的身躯都跟着在战栗。维罗克夫人看到这里惊呆了。

"你浑身都湿了。"她说。

"不太湿。"维罗克先生支支吾吾地说，浑身战栗着。他用最大力气压制住了牙齿的战栗。

"我扶你上床吧。"她说道，心里感到非常不安。

"不用。"维罗克先生用带着鼻音的嘶哑声音说道。

他从早晨 7 点到下午 5 点一直在外面，这简直就是故意要生重感冒。维罗克夫人看着他弓着的腰。

"你今天去哪里了?"她问道。

"没有去哪儿。"维罗克先生回答，语调很低，鼻音很重。他的态度表明他此时内心很恼火，或者是头很痛。他的回答既不充分，也不坦率，屋里的气氛陷入死一般的寂静中。他用重鼻音道歉，并说："我去银行了。"

这话引起了维罗克夫人的注意。

"你去了银行!"她冷静地说，"为什么要去银行呢?"

维罗克先生把鼻子靠近壁炉，极不情愿地咕哝道：

"取钱!"

"你什么意思? 把所有的钱都取出来?"

"是的，所有的钱。"

维罗克夫人把那块小桌布摆平，从餐桌的抽屉里拿出两把餐刀和两把叉子，接着又突然停下手中的程序说道：

"你取钱干吗？"

"或许马上就要用钱了。"维罗克先生用鼻音含糊地说道，他此时似乎就要露馅了。

"我不理解你说的。"妻子评论道，语气很随便，却在餐桌和橱柜之间突然停下了脚步。

"你应该信任我。"维罗克先生用嘶哑的声音对着壁炉说。

维罗克夫人缓慢地转向橱柜，深思熟虑地说：

"是的，我信任你。"

她继续按程序布置餐具。她摆出两套盘子，放置了面包和黄油，在餐桌和橱柜之间来回走动，既和睦又沉默。她刚拿起果酱，又寻思道："一天没吃东西了，他一定饿了。"于是她再次回到橱柜前，拿出一块冷牛肉。煤气灯仍然像猫一样在叫唤着，她把牛肉放在煤气灯下。她看了一眼正在烤火的丈夫后，再次走进厨房（下两级台阶）。当她手里拿着一把切肉的刀和叉子返回餐桌后，她才再次说话。

"如果我不信任你，是不会跟你结婚的。"

维罗克先生坐在壁炉上的饰架下，双手抱头，似乎睡着了。温妮沏好茶，低声地叫他：

"阿道夫。"

维罗克先生立即起身，踉跄了几步，坐在了餐桌前。妻子检查了一下切肉刀的刃，放在盘子上，告诉他有冷牛肉。他听了妻子的话仍然无动于衷，下巴低垂在胸前。

"感冒了，要吃饭。"维罗克夫人武断地说。

他抬眼看了看，摇了摇头。他的眼睛里有血丝，脸涨得通红。他的头发被他挠得散乱不堪。他的样子很邋遢，像是一次猛烈的纵欲后遗留下的难受、愤怒、消沉。但维罗克先生不是个放荡的人，他的举止受人尊敬。他的样子可能是感冒发烧所致。他喝了三杯茶，但没有吃饭。维罗克夫人劝他吃饭，他的反应既阴沉又厌倦。维罗克夫人最后说：

"你的脚湿了吧？最好穿上拖鞋，今晚你就不要出去了。"

维罗克先生情绪低沉地咕哝了几句，暗示自己的脚不湿，而且即使湿，他也不在乎。穿拖鞋的建议甚至于都被他忽略了。但晚上外出的问题却出乎意料受到了重视。维罗克先生没有想晚上出去，他有个更大的想法。从他的只言片语中，他显然正在考虑移民的事。不过，到底是去法国或加利福尼亚，还不是很清楚。

太出乎意料了，太不可能了，太不可想象了，由于这些因素的作用，维罗克先生的想法失去了所有应有的效果。维罗克夫人感觉丈夫好像是在用世界末日吓唬自己，但她依然能冷静地说：

"这仅是个想法！"

维罗克先生说他病了，对一切都感到疲倦，就在这时她打断了他。

"你感冒很严重。"

维罗克先生显然处于非正常状态，无论是体力上或是精神上都不正常。他情绪低落，陷入了犹豫不决的状态。过了一会儿，他低声谈论起移民的必要性，为此他泛泛地罗列了充满恶兆的理由。

"为什么必须移民？"温妮再次提出这个问题。她此时面对着丈夫坐着，身体仰靠在椅子背上，双手交叉放在胸前。"我想知道谁在指使你，你不是奴隶。这个国家没有奴隶——你别把自己当奴隶看。"她停顿了一下，态度既平静又坦率，似乎无往而不胜。"咱们的生意并不太坏,"她继续说,"你还有个温馨的家。"

她环视了一下会客室,从放橱柜的角落到壁炉里旺盛的炉火。这间店铺的生意虽说不怎么好,但躲在店铺里相当惬意,那神秘的阴暗窗户,那阴暗街道上半敞开的大门,这些都是一个令人尊敬家庭的必备财产和家庭生活条件。弟弟史蒂夫去肯特郡的乡下接受米凯利斯先生的照看,她的感情就有了缺失。她非常想念弟弟,因为她内心里充满了要保护弟弟的热情。这是弟弟的家,也包括这屋顶、这橱柜、这大壁炉。想到这里,维罗克夫人站起来,走到餐桌的另一端,衷心地说道:

"你没有对我厌倦吧?"

维罗克先生一声不吭。温妮从背后靠着他的肩膀,又转身用嘴唇亲吻他的前额,她沉醉了。他俩连外界瑟瑟的风声都听不见。屋外人行道上的脚步声渐渐远去了,只有餐桌上的煤气灯在寂静的会客室中还是像猫一样发出低沉的颤音。

在这个出乎意料、缠绵的激吻中,维罗克先生双手抓着椅子的边缘,保持着僧侣般的静止不动。当前额上的压力消失了以后,他手放开椅子,站了起来,走到壁炉前。我没转身背对着屋里。他看上面目有些浮肿,好像刚服过毒品一样,他的双眼紧紧跟随着妻子在运动。

维罗克夫人安详地收拾起了餐桌。她用平静的声音评论着那个新抛出的想法,她的语气是通情达理的、家庭式的。这个想法经不起推敲,她从各个角度加以批评。但她真正关心的是史蒂夫的幸福,在她眼里,弟弟的情况太"特殊",不宜草率地带出国,这才是她的本意。为了把这点谈清楚,她使用了最激烈的言辞。她一边说,一边鲁莽地穿上围裙,要去洗茶杯。由于没有遭遇反驳,她似乎激动起来,她用近乎尖刻的语调说道:

"如果你要出国，你就自己去吧，我不去。"

"你知道我是不会自己去的。"维罗克先生嘶哑地说道。他在家里说话的声音不洪亮，颤颤巍巍，似乎有一种神秘的隐情。

维罗克夫人马上就后悔自己的话了。她本不想说如此不友善的话，这样不友善是完全没有必要的。实际上，她根本不是这个意思，这是一股歹毒的邪念选择的语言。但她知道补救，就好像没有说过一样。

她回头看一眼那个使劲地在壁炉前站稳脚跟的男人，这道发自她那双大眼睛的目光，一半是嬉戏，另一半是残酷——换了在贝尔格莱维亚区出租公寓时期的温妮，是绝对无法有这样的眼光的，因为她那时品行端正、天真无邪。但眼前的这个男人是她的丈夫了，她也不再天真。她盯着他足有一秒钟的时间，面部表情呆滞，如同戴了面具一般。这时他开玩笑地说：

"你不能，你会很想我的。"

维罗克先生向前走了一步。

"正是。"他大声说道，伸出手臂，向她前进了一步。他的表情中出现了一些野性的不确定成分，有可能他是想去扼死妻子，也有可能是想去拥抱妻子。就在这个时候，门铃响了，维罗克夫人的注意力被门铃的响声所吸引。

"店铺，阿道夫，你去。"

他停下了脚步，手臂缓慢地放了下来。

"你去，"维罗克夫人又说了一遍，"我还穿着围裙。"

维罗克先生笨拙地服从了，他双眼呆滞，像是个涂着红脸的机器人。由于表面太像机器人了，这使得他产生了一种荒谬的感受，好像自己体内有机械装置似的。

他把会客室的门关上，维罗克夫人迅速把餐具拿进厨房。她把茶杯和其他餐具都洗干净，然后静下来听外面的声音，她听不见什么。顾客在店铺里的时间很长，肯定是顾客，因为如果不是顾客，维罗克先生会把他带进屋里的。她猛拉开围裙的绳子，把解下的围裙丢到一把椅子的背上。然后，她慢慢地走回会客室。

这时维罗克先生也从店铺走进会客室。

他去迎门铃的时候满脸通红，但回来时脸色如同白纸。他脸上已经没有了那种吃过毒品的狂热的麻木表情，而在短时间内变成为一种迷惑和厌烦的表情。他直接向沙发走去，眼睛盯着放在那里的大衣，仿佛不敢去摸。

"出了什么事？"维罗克夫人用柔和的声音问道。从半敞开的门里，她看见顾客还没有走。

"我今天必须出趟门。"维罗克先生说，但没有走过去拿外衣。

温妮一句话没说，走进店铺，把身后的门关上，接着走到柜台后面。她在坐稳了椅子后，才敢看看面前的顾客。面前站着个男人，又高又瘦，胡子向上翘。当时那人正好在把胡须捻得更加陡峭一点。在竖起的衣领里，露出那人一张瘦骨嶙峋的长脸。他受了点雨淋，身上有点湿。他皮肤黝黑，在微微下凹的太阳穴下面，颧骨明显突出来。一个从来没有见过的陌生人，他不是顾客。

维罗克夫人平静地看着他。

"你从欧洲大陆来的？"她等了一会儿后终于开口了。

这位瘦高的陌生人没有仔细端详维罗克夫人，仅是用微微一笑做了回答。

维罗克夫人好奇地盯着他看。

"你懂英语，对吧？"

"是的，我懂英语。"

他没有一点外国口音，只是发音似乎很费力。维罗克夫人遇见过各种各样的人，她有个结论，有些外国人的英语比英国本土人要好。她眼盯着会客室的门，嘴里说道：

"你是不是想永久在英格兰居留呀？"

陌生人再次用默默的微笑作答。他的嘴很友善，眼睛却在四处搜寻。他摇头的时候似乎有点忧郁。

"我丈夫会帮你渡过暂时的难关的。不过，你在最初几天最好寄宿在古哥廉尼先生那里，名字叫大陆饭店，私立的，很僻静。我丈夫会带你去那里。"

"好主意。"又瘦又黑的男人说，突然他目光变得冷酷起来。

"你以前就认识维罗克先生吧？在法国？"

"我听说过。"这位访客用他那缓慢、艰难的语调说道，语气中透露出不想深入谈论这事的意图。

在沉默了一会儿后，他又开口了，谈话方式变得轻松了一些。

"你丈夫不是偶然才在街上等着我的吧？"

"在街上！"维罗克夫人重复道，语气显得很吃惊，"不会吧，这栋房子只有这一个门。"

她冷淡地坐了一会儿，然后便起身，走到玻璃门前窥视。突然，她打开了门，走进会客室消失了。

穿上大衣，他却把身体靠着桌子，用两只手支撑着身体，好像是头晕或恶心了。她感到不解，"阿道夫。"她低声叫道，而此时他也站直了。

"你认识那人？"她快速地问道。

"我听说过他。"维罗克先生小声艰难地说，眼睛恶狠狠地看了门一眼。

维罗克夫人漂亮的、冷漠的眼睛里闪过一丝憎恶的目光。

"他是卡尔·云特的一个朋友——那个老头真可恶。"

"不是！不是！"维罗克先生表示反对，说着又去找帽子。但当他从沙发下拿出帽子，却只是抓在手里，仿佛忘记帽子的用途。

"嘿，他在等你，"维罗克夫人最后说道，"我明白了，阿道夫，他不是最近烦扰你的来自大使馆的人吗？对不对？"

"烦扰我的大使馆的人？"维罗克先生重复说了一遍，一阵惊异和恐惧极大地惊动了他。"谁告诉你大使馆的事了？"

"你自己。"

"我！我！我把大使馆的事说出来了！"

维罗克先生似乎极度害怕和迷惑。他妻子解释道：

"你近来在睡梦中说了一点，阿道夫。"

"我都说什么了？你都知道了什么？"

"不多。似乎大部分是瞎说，但让我觉得你很忧虑。"

维罗克先生猛地把帽子扣在头上。他的脸因气愤而涨得通红。

"瞎说？大使馆的人！我要把他们的心脏一个接着一个挖出来。我是要他们小心，我还能说话。"

他被一阵怒火控制了，在餐桌和沙发之间走来走去，他敞开的大衣不时刮到餐桌角。红色的怒潮退去了，他的脸上恢复了惨白，鼻孔却仍然在颤抖。维罗克夫人为了生活的需要把这些都当做感冒的症状。

"好吧，"她说，"尽快摆脱那人，然后赶快回家跟我在一起，我要好好照顾你一两天。"

维罗克先生逐渐安静下来，苍白的脸上表现出坚定的信心。他刚把门打开，这时他妻子又低声叫他回来：

"阿道夫！阿道夫！"他吃惊地走回来，"你从银行里取出的钱在哪里？在衣袋里？是不是最好把钱……"

维罗克先生愚蠢地呆望着妻子伸过来的手掌好一会儿，然后拍了一下自己的脑门。

"钱！是！是！我不明白你的意思。"

他从胸前的衣袋里掏出猪皮钱包。维罗克夫人没有说一句话就接了过来，站在那里一动不动，直到维罗克先生和顾客出门的门铃声渐渐安静下来之后，她才打开钱包，抽出钱来看了看。检查完钱包，她若有所思，四顾而望，这整栋既寂静又孤独的房子里充满了不信任。她结婚后的住所，对她来说非常孤寂和不安全，就好像坐落在森林深处一样。在家里那些坚固的家具中，对她想象中的盗贼来说，似乎没有一件是不脆弱的、不诱人的。这是个完美的幻象，因为她具有天生的出众思考力和奇迹般的远见。根本不用去想抽屉，那盗贼首先下手的地方。维罗克夫人匆忙解开了几个钩形扣，把钱包塞入她的紧身胸衣中。在保存好丈夫的资金之后，她高兴地听到门铃响了，有人来了。她走到柜台后，仍然保持着她那副对待普通顾客的冷漠态度，用不害羞的眼光死盯着。

店铺的中央站着一个男人，他迅速地、冷静地扫视店铺里的一切。他的目光爬上了墙，横扫了天花板，查看了地板——所有这一切都是在瞬间完成的。他的黄色的长胡须落在了下巴以下。他像一个远道而来的老朋友似的微笑着，维罗克夫人记得曾经见到过此人。他不是顾客，她不再像盯"顾客"那样盯着他，但仍然维持着冷漠的态度，隔着柜台面对着他。

他小步迈向柜台，摆出一副很亲切的样子，但又做得不十分明显。

"维罗克夫人，你丈夫在家吗?"他轻松地问道，声音洪亮。

"不在，外出了。"

"遗憾。我来是想私下向他了解点情况。"

这是真的。总巡官希特实际上回到了家里，甚至都快穿上拖鞋了。他当时的想法很简单，我被赶出这桩案子了。想到这，他脑子里充满了轻蔑和气愤的念头，对自己的工作感到很不满，于是决定到外面散散心。什么都无法阻拦他去友好拜访维罗克先生，特别是偶尔去一次。公民为私事出门，可以选择自己喜欢的交通工具，这是符合其公民身份的。他的大方向是朝着维罗克先生家在走。总巡官希特非常尊重自己的公民身份，为了避免遇见布雷特街上的巡警，他特意多走了许多弯路。与无人知晓的副局长相比，这种谨慎的措施对他这样具有社会知名度的人来说，显得更为必要。公民希特走进了那条街，他躲躲闪闪地走，如果他是罪犯，肯定会被诬为潜逃犯。他在格林尼治公园获得的残破衣服就在衣袋里。不过，他一点并不想以私人的身份公开展示它。相反，他就是想看看维罗克先生能多么主动地交代。他希望维罗克先生的谈话具有指控米凯利斯的性质。他抱有这个希望主要是职业方面的需要，当然也有道德方面的需要。总巡官希特是正义的仆人。现在他发现维罗克先生不在家，这使得他很失望。

"如果他不久就能回来，我就等一会儿。"他说。

维罗克夫人既没有肯定，也没有否定。

"我希望了解一些很私密的事，"他又说道，"你理解我说的吗？我猜你能告诉我他去哪里了。"

维罗克夫人直摇头。

"不知道。"

她转身去整理柜台后面货架上的盒子。总巡官希特若有所思地看了她一会儿。

"我猜你知道我是谁。"他说。

维罗克夫人回头看了他一眼。总巡官希特很吃惊她如此冷静。

"好了，让我告诉你，我是警察。"他说道，语气锐利。

"我不太关心你是谁。"维罗克夫人说，回身又去整理纸盒去了。

"我的名字是希特。警察局特警部的总巡官希特。"

维罗克夫人在巧妙地调整了一个小纸盒的位置之后，转过身，面对着他，目光呆滞，闲着的手下垂着。屋里一片寂静。

"你丈夫一刻钟前走了，他难道没说何时回来吗？"

"他不是单独一个人。"维罗克夫人无意中说了出来。

"是位朋友吗？"

维罗克夫人伸手去梳理脑后的头发。她的头发其实非常整齐。

"一个陌生人来找他。"

"我明白了。那个陌生人是个什么样的人？你能告诉我他的样子吗？"

维罗克夫人没有反对。当总巡官希特听到那人又黑又瘦，大长脸，胡子向上翘，他显得受到了惊扰，惊呼道：

"果然不出所料！他可真是一点时间都不浪费。"

他内心里对自己顶头上司微服私访极度厌恶。但他不是堂吉诃德，他不想再等待维罗克先生回来了。他俩出去的目的不得而知，但他知道他俩可能会一起回来。这个案子没有按正常程序执行，被破坏了，他痛苦地思考着。

"我怕没有时间等你丈夫了。"他说。

维罗克夫人冷淡地听着。她的超脱给总巡官希特留下深刻的印象。此时此刻，她的超脱还引发了他的好奇心。总巡官希特现在是犹豫不决，像大多数普通公民一样感情用事。

"我认为，"他凝视着她并说道，"你能讲清楚发生了什么，当然条件是你要愿意讲。"

面对他的凝视，维罗克夫人用美丽但呆滞的双眼做回报，她低声说道：

"出事啦？出了什么事？"

"就是我来与你丈夫要谈的那件事。"

那天早晨维罗克夫人像往常一样看了看早报，但一直没有出门，而报童从来不来布雷特街，他们在这条街上没有生意，他们的叫卖声，只能在人口稠密的大街上传递，还没有传递到店铺的门口，就被肮脏的砖墙吞食尽了。她丈夫也没有买晚报带回家。总之，她没有看到相关新闻。维罗克夫人不知道都发生了什么，于是她只能说不知道，但在她平静的声音里透露出好奇心。

总巡官希特不相信她一点都不知道。他简短地、丝毫不友善地说明了事情。

维罗克夫人赶快避开了他的视线。

"真笨。"她缓慢地说。停顿了一会儿，她又说："我们在这儿不是受压迫的奴隶。"

总巡官渴望地等着她说更多的话，可她没有。

"你丈夫回家后难道没有说什么吗？"

维罗克夫人只是把头从右到左摇了一下表示没有。整个店铺处于疲惫、沉闷的寂静之中。总巡官希特忍不住恼怒起来。

"另有一件小事，"他又冷漠地开口说话了，"我想与你丈夫说。我们得到一件大衣，我们认为是偷来的。"

维罗克夫人那天晚上特别关心小偷的事，于是用手轻轻地摸了一下胸前的衣服。

"我们没有丢大衣。"她镇定地说。

"这很有趣，"总巡官希特继续说道，"我发现你保存了大量不褪色墨水。"

他拿起一小瓶，在店铺中央的煤气灯下仔细查看。

"紫色的，是吧？"他说完又把墨水瓶放下，"我说过这事很奇怪。因为大衣内有标志缝在衣服内部，上面用不褪色墨水写着你们的地址。"

维罗克夫人身子靠在柜台上，低声惊呼起来。

"那应该是我弟弟的。"

"你弟弟在哪里？我能见到他吗？"总巡官问道，语气活泼。维罗克夫人身子更加靠在柜台上。

"他不在这里，标志是我写的。"

"你弟弟现在身在何处？"

"他与一个朋友住在一起，在乡下。"

"那件大衣就来自那个地方。那个朋友的名字是什么？"

"米凯利斯。"维罗克夫人诚实地低声说了，语气中充满了胆怯。

总巡官吹了一声口哨，目光闪烁。

"太好了。你弟弟样子怎样——是不是很结实、皮肤黝黑？"

"哎哟，不是，"维罗克夫人热诚地惊呼道，"那人肯定是小偷。史蒂夫瘦小，皮肤白净。"

"很好。"总巡官希特满意地说。他继续挖信息，而维罗克夫人则一会儿陷入惊慌中，过一会儿又陷入惊奇中，双眼紧盯着他。为什么要在大衣内缝这样的标志呢？他从谈话中知道了那天早晨的真相，当时他怀着极度恶心的心情去检查死者的残体，那残体是一个年轻人的，这个年轻人情绪焦虑，神情恍惚，行为古怪。他如今还知道了，死者自婴孩时就被面前这位与自己说话的女人照看。

"他是不是很容易兴奋？"他提示道。

"是的，他是很容易兴奋。但他是怎样丢失大衣的……"

总巡官希特掏出一张粉红色的报纸，这份报纸是他在半小时前买的。他对赛马感兴趣。在本国公民的质疑下，总巡官希特被迫把多年来养成的轻信毛病释放出来，那就是从内心里无限度地那份晚报上的体育预测栏目。他把那份晚报的号外丢在柜台上，然后把手插入衣服口袋中，拿出那块碎布，虽然这块碎布好像是从卖废品的破碎衣服堆里拣出来的一样，他仍然拿给维罗克夫人看。

"我相信你认识这个东西。"

她用僵硬的双手捧着看，越看眼睛瞪得越大。

"是的。"她低声说道，然后抬起了头，摇摇晃晃地后退了一点。

"为什么要撕成这样？"

总巡官伸手越过柜台，从她手里把那块布抢了回来，而她则重重地坐在了椅子上。他心想：身份鉴别完美无缺。这时他已经看出了令人震惊的真相。维罗克就是"那另一个人"。

"维罗克夫人，"他说，"我感到，你还没有意识到自己对这宗爆炸案有多么的了解。"

维罗克夫人静静地坐着，被淹没在无穷无尽的惊愕之中。这些事情之间有联系吗？她的身体变得异常僵硬，甚至门铃响了的时候，她都无力转动脑袋。总巡官希特看到这里，马上转身。维罗克先生进屋后把大门关上。屋里的两个男人凝视着对方。

维罗克先生没有看妻子一眼，而直接走向总巡官，而总巡官看到他回来了，松了一口气。

"你在这里！"维罗克先生咕哝道，语气沉重，"你在追踪谁？"

"没在追踪谁，"总巡官希特低声说，"我想跟你说一两句话。"

维罗克先生此时仍然面色苍白，但浑身有一股坚定劲儿。他没有看妻子一眼便说：

"跟我来。"他领着希特走进了会客室。

会客室的门刚关上，维罗克夫人便鱼跃而起，就好像要把门撞开似的，但她实际上是跪在了地上，耳朵对着钥匙眼。那两个那人肯定是一进门便停下了脚步，因为她能清楚地听到总巡官的声音，却看不见希特用手指有力地抵住她丈夫的胸脯。

"你就是那另一个人，维罗克。"有人看见两个人同时走进了公园。

另一个声音是维罗克先生的，他说：

"那好，现在抓我吧。有什么妨碍你吗？你有这个权力。"

"不！我知道你把秘密透露给了谁，他要亲自处理这件事。但别搞错了，是我发现了你的踪迹。"

此后，她仅能听到低声的咕哝。总巡官希特肯定是把那片碎布展示给维罗克先生看，因为史蒂夫的姐姐兼保护者听见丈夫稍微提高了嗓门儿。

"我从来没有注意到她有可能找到这个办法。"

这时维罗克夫人听不清他俩的对话了，只能听到低声的咕哝。对她的大脑而言，咕哝的神秘感虽然令人不快，但比不过那些朦胧词汇的暗示。过了一会儿，总巡官希特在门的那边提高了声调。

"你一定是疯了。"

接着是维罗克先生回答的声音，声音中充满了阴郁的狂暴：

"我已经疯了一个多月了，但我现在不疯了。事情结束了，我要把脑袋里的东西都说出来，接受其后果。"

会客室里一片寂静。过了一会儿，公民希特低声说：

"脑袋里的什么东西？"

"所有东西。"维罗克先生在郑重地说，然后语调又低了下去。

过了一会儿，维罗克先生的声音又提高。

"你认识我有几年时间了，你觉得我有用。你知道我是坦率的人，对，我很坦率。"

这种利用老关系求情的方式，肯定是让总巡官感到极度厌恶。

他的声音里带着警告的味道。

"不要太信赖别人曾经给你的承诺。如果我是你，我就尽量开脱自己。我认为我们警察不会去抓你的。"

维罗克先生好像微微一笑。

"对了，你想让人除掉我，对不对？不对，你现在还不想抛弃我。我对那些人诚实的时间实在是太长，所以我必须说出一切。"

"那就说吧，"总巡官希特用冷漠的声音表示同意，"当时你如何能逃走呢？"

"我当时在切斯特菲尔德路上走，"维罗克夫人听到丈夫的声音，"这时我听到了爆炸声，我就跑开了。当时有大雾，我跑到乔治街的尽头后才遇到第一个人。我觉得此前没有遇到任何人。"

"太容易了，"总巡官希特惊奇的声音，"那爆炸声吓坏了你了？"

"是的，来得太快了一点。"维罗克先生用阴郁、嘶哑的声音承认。

维罗克夫人把耳朵紧贴着钥匙眼，她的嘴唇变成了蓝色，手冰冷得如同冰块，脸上苍白，两只眼睛如同黑窟窿。她感觉自己像是被火焰包围着。

门里面的声音低沉下来。她仅偶尔能听到丈夫的声音，有时也能听到总巡官的平稳声音。她最后听到：

"我们认定他是被树根绊倒的，对吗？"

接下来是一段嘶哑的、流利的说话声。此后，总巡官好像是为了回答什么问题，加重语气说道：

"毫无疑问，他被炸成了碎片：四肢、沙土、衣服、骨骼、碎片——所有东西都混杂在一起了。让我告诉你当时的情况，他们是用铲子才把他收集在一起的。"

蹲伏着的维罗克夫人，突然直立起身子，捂着自己的耳朵，摇摇晃晃地在柜台和墙上的货架之间走向椅子。她那双疯狂的眼睛看到了总巡官留下的那张体育版报纸，她猛地去抓报纸，身体却撞到了柜台上。抓到报纸后，她再次跌坐在椅子上，然后把这份粉红色的娱乐报纸撕成两半，扔在地板上。在门的那一边，总巡官希特正在与间谍维罗克先生谈话：

"所以，你把所有坦白出来的东西都看作证词？"

"是的。我要讲出全部实情。"

"别人是不会像你期望的那样相信你的。"

总巡官陷入沉思之中。这件事会暴露出许多秘密的事——大量有用的情报将会被废弃，这些情报都是由一个有能力的人收集的，这些情报不仅对他个人有特殊的价值，对社会也有特殊价值。这样的干涉完全没有必要。这会使米凯利斯毫发无损；教授的家庭产业会被曝光；整个监控体系会崩塌；各家报纸会陷入无休止的争吵之中，这样的争吵突然在他的眼里有了新的含义，报纸就是傻子写给白痴看的。他在内心里同意维罗克先生在回答他的问题时说的一段话。

"也许他们不会相信我。但那会搅乱许多事情。我是个诚实的人，我在这件事上依然会很诚实……"

"如果他们让你说，"总巡官希特嘲笑地说，"他们会在把你送上被告席前，给你机会说。但最后你仍然会获得令你大吃一惊的判刑，我不会太信任刚才与你谈话的那位绅士。"

维罗克先生皱着眉听着。

"我建议你在有可能的情况下快逃走。我不是受命来这里，有其他人在附近。"总巡官希特继续说道，他重点解释了"其他人"这个词的意思。这些人以为你已经不在人世了。

"确实！"维罗克先生激动地说。他离开格林尼治公园后，大部分时间都躲在一间昏暗的小酒吧间里，他根本不知道还会有如此好的消息。

"这就是他们目前的印象。"总巡官向他点头示意，"逃走。销声匿迹。"

"我能去哪里？"维罗克先生咆哮道。他抬起了头，盯着会客室关着的门，情绪激动地说："我希望你今晚能带我走，我可以悄悄地走。"

"我猜只能如此了。"总巡官用讽刺的口吻表示同意,眼光也顺着维罗克先生凝视的方向。

维罗克先生的额头出现了一些细密的汗珠。他在不动声色的总巡官面前压低了自己嘶哑的声音。

"那个小子既蠢又不负责任。法庭立即就能看出来。他只配去救济院,但去救济院才是他最糟糕的……"

总巡官此时已经握住了门的把手,面对维罗克先生低声说:

"他也许很蠢,但你肯定是疯了。你当时想什么去了?"

维罗克先生想到了弗拉基米尔先生,他毫不犹豫地脱口说道。

"一头来自北冰洋的猪,"他极度鄙视地说,"就是你说的绅士。"

目光镇定的总巡官,点头称是,接着把门推开了。维罗克夫人仍然待在柜台后面,也许听到了他触发的猛烈门铃声,但没有看到他离开。在柜台后面,她僵硬地直坐着,两张肮脏的粉红色报纸平躺在她的脚下。她的双手痉挛性地捂住自己的脸,手指紧抓前额,仿佛她的脸皮是一副面具,她想要猛地撕下来一样。这种纹丝不动的姿势表达了愤怒和失望,暗示她在悲愤情感的刺激下可能采取任何暴力手段。这种姿势比那种尖叫着用头撞墙的浅薄的举动更具表达力。总巡官希特匆忙地大步走过店铺,扫视了她一眼。当挂在弯曲钢片上那个有裂痕的门铃停止战栗的时候,维罗克夫人仍然是纹丝不动,仿佛姿势拥有魔咒般的抑制力。那煤气灯 T 形喷嘴释放出的火焰,也在燃烧着,连颤抖都没有。这家卖不正经商品的货架被涂成暗棕色的,似乎正在吞噬灯发出的光芒,但维罗克夫人左手指的结婚戒指却闪耀着绮丽的光芒,就好像名贵的珠宝即使被丢弃在垃圾桶里仍然光芒依旧一样。

第十章

　　副局长乘坐者一辆双轮双座马车，迅速地从小商品聚集区向威斯敏斯特区赶路，那里是这个日不落帝国的心脏。有几个身材强壮的巡官似乎对看守宏伟的建筑不感兴趣，却注意到了他，并向他敬礼。穿过一道不怎么豪华的大门，他就来到了数百万人心目中最崇高之地英国下院。在下院，他终于见到了活泼的、富有革命精神的私人秘书"回头见"。

　　这位干净漂亮的年轻人在看到副局长后，心中暗自惊讶，因为他原先是让副局长在午夜前后来。他认为，副局长来得早，说明事情进展不顺利。漂亮的年轻人通常性情欢愉，容易同情人，既然事情不顺利，他自然会为被他称为"首领"的大人物感到遗憾，为副局长感到遗憾。在他看来，副局长的脸似乎比从前更加僵硬，这让人感到有一种不祥的预感。此外，他觉得副局长的脸庞实在是太长了，这让他感到相当惊奇。"他多像一个奇怪的外国人呀。"他一边心想，一边在老远的地方就给副局长送去友好的微笑。他俩刚走到一起，他便开始滔滔不绝地说开了，希望用大量的词语掩盖失败的难堪。来威胁那天晚上的大攻击告吹了。"野蛮人奇斯曼"的一位拙劣追随者拿着一些伪造的数据，在那天晚上的下院会议进行恶意的、令人厌烦的表演，幸好参加人数稀少。他"回头见"倒是希望那人把与会者都厌烦走，最后下院休会。但这样等于给那个吃货奇斯曼愉快吃饭餐的时间。无论怎样，首领是不会接受建议回家的。

"他想立即见你，这是我的感觉。他坐在屋里正在想海里所有的鱼类呢。"最后，私人秘书"回头见"说道，态度轻松愉快，"跟我来。"

尽管年轻的私人秘书（没有工资）天性善良，但仍有人类共同的弱点。他不想折磨副局长的感情，因为他觉得副局长可能已经把手头的工作搞得一团糟了。不过，他的好奇心太强烈了，靠同情心根本压制不住。他俩边走，他边忍不住回头轻松地问：

"你的小鱼抓到了吗？"

"抓住了。"副局长做了简洁的回答，他一点都不想让人感到厌烦。

"很好。你可不知道这些大人物是如何不喜欢为小事而感到失望的。"

在完成了这样意义深刻的观察之后，经验丰富的私人秘书"回头见"似乎陷入了沉思。不过，他在沉默了仅两秒钟之后便开口说话了。

"我很高兴。但我要说一句，这件事真的像你所说的那样微小吗?"

"你知道如何处理小鱼吗?"副局长反问道。

"可以放在沙丁鱼罐头盒里,"私人秘书"回头见"像母鸡一样咯咯笑着说,他在捕鱼业的渊博知识是最近才获得的,与他对其他产业的无知相比,这就算是巨大的进步了。"西班牙海岸有许多沙丁鱼工厂……"

副局长打断了这位见习政治家。

"是的,是的。但有时为了捕捉鲸鱼,可以把小鱼先扔掉。"

"鲸鱼。哦!"私人秘书"回头见"惊呼道,他的呼吸都急促起来了,"原来你要捕捉鲸鱼呀!"

"这个说法并不准确。我正在追捕一头狗鱼类的东西,你也许不知道这东西的样子。"

"我知道。我们要读很多专业书,书多得能淹没我们的脖子——整个书架上全是——书中都有整页插图……狗鱼有害,样子很卑鄙,有一张光滑的脸,脸上有胡子,总之是令人厌恶的动物。"

"你描述得丝毫不差,"副局长评论道,"我把这条鱼胡须全给刮掉了。你见过他,是一条聪明的鱼。"

"我见过他?"私人秘书"回头见"表示有疑问,"我想象不出我在哪里见过他。"

"在探索者俱乐部,这是我的推测。"副局长平静地给了给暗示。这是一家极为奢华的俱乐部,私人秘书"回头见"吓坏了,马上不说话了。

"这是瞎说,"他表示不同意,但语气中带着敬畏,"你是会员吗?"

"荣誉会员。"副局长从牙缝里低声说道。

"我的老天爷！"

私人秘书"回头见"好像被闪电击中了一样，副局长暗自微笑起来。

"这件事只有你知我知。"他说道。

"这是我曾经听到过的最令人厌恶的事。"私人秘书"回头见"郑重地说道，但声音很虚弱，仿佛惊愕使他在一秒钟内失去了所有精力。

副局长看着他，脸上一丝微笑都没有。在去大人物办公室的路上，私人秘书"回头见"满脸不高兴，一副严肃的沉默相，仿佛副局长透露的事实侵犯了他，使他感到极为厌恶和烦恼。这彻底颠覆了他对探索者俱乐部的看法，因为他一直以为这家俱乐部在挑选会员时要求极高的社会纯洁度。这位秘书仅在政治领域比较富有革命精神。他被派遣到这个地球上生活以来，他的社会观点和个人感情一直都没有改变，他相信地球总体看是个很适合于生活的地方。

私人秘书"回头见"向旁边一闪。

"直接进入，不用敲门了。"他说。

屋里的灯都装上了压得很低的绿色丝绸灯罩，给整个屋子一种类似于森林深处的阴森感觉。大人物那双傲慢的眼睛，实际上是他的弱点，所以需要加以隐藏。一有机会，他就要有意识地休息双眼。副局长一进门，先看到的是一只大白手支撑着一个大脑袋，那手掌掩盖住了那张大白脸的上半部分。写字台上有一个收发文件箱，箱盖是打开的，附近桌面上摆着几张方形白纸，几支羽毛笔散落在桌面各处。平坦的桌面上仅有一个小黄铜雕像，雕像人物披着托加袍（古罗马男性公民在公共场合穿的宽松的由一块布制成的外衣），在朦胧的宁静中神秘地窥视着。副局长受邀坐下了。在昏暗的灯光下，他的特点变得更加突出，脸更长，头发更黑，身体更瘦，他变得更像个外国人。

大人物既没有表现惊异，也没有渴望，甚至可以说什么情绪都没有。他在休息他那双具有威胁力的眼睛，他休息的姿势说明他陷入了彻底的沉思之中。他丝毫没有改变姿势，他的语调却很不像在睡梦中。

"哦！你发现了什么？第一步就有出乎意料的发现吗？"

"并非出乎意料，埃塞雷德先生。我的发现主要是一种心理状态。"

大人物微微动了一动身体，说："请你把话说清楚。"

"是，埃塞雷德先生。你无疑知道，大多数罪犯有时会忍不住想要坦白——就是要把自己的心里话都说出来——说给任何人听都行。他们通常向警察坦白。维罗克就是那个希特想保护的人，我发现他就是处于这种特殊的心理状态下。让我打个比方，那个男人是主动投入我的怀抱的。我当时仅是低声告诉他诸如'我是谁'、'我知道你深陷此事中'这类的话。当他以为我们什么都知道的时候，似乎他感到不可思议，不过他终于还是和盘托出了。真正奇妙的是他坦白的时候没有任何停顿。我只问了他两个问题：是谁指使你？是谁干的？他在回答第一个问题时加重了语气。根据他对第二个问题的回答，我推断那个人是他的妻弟——很年轻——是个弱智儿……这是一件很令人好奇的事——由于故事太长，也许不适合现在说。"

"你都听说了什么？"大人物问道。

"首先，虽然那少年与前科犯米凯利斯临时住在乡下一直到今天早晨8点钟，但米凯利斯与此爆炸案无关。很可能米凯利斯现在仍然不知情。"

"你肯定?"大人物问道。

"相当肯定,埃塞雷德先生。维罗克那家伙今天早晨去了乡下,假装要带那个少年去街上散步。因为这不是第一次,米凯利斯似乎没有怀疑这次散步会有什么不寻常。埃塞雷德先生,愤怒无疑是维罗克的动机。由于一次特殊的见面,他被气疯了。如果换了你我,这样的见面根本不算什么,但他显然受到了极大的影响。"

此时,大人物仍然静坐着,在手的掩盖下休息眼睛。副局长借此机会向他透露了维罗克先生对弗拉基米尔先生做事和性格的评价。副局长似乎没有否定做这件事的手段。这时大人物开口评论道:

"整个事件都显得很荒谬。"

"果真荒谬吗?任何人都会觉得这是可怕的玩笑,但似乎只有我们警察很认真地对待此事。他感到受到了威胁,从前,他与老斯托特-瓦腾海姆保持直接联系,他提供的服务被认为是不可或缺的。他确实被极为无礼地震撼醒了。我推测他因此而失去了理智。他变得很气愤,感觉受到了威逼。用我的话说,我感觉他认为那几个大使馆的人不仅有能力把他赶走,还可能出卖他,而且有不止一种办法。"

"你与他待在一起多长时间?"大人物手背后打断了副局长的说话。

"大约40分钟,埃塞雷德先生。我们在名声很差的大陆饭店里随便找了一个房间进行了这次秘密谈话。我发现他是在那种心理反应的作用下去犯罪的。这个人不是个铁心罪犯。显然,他没有杀那个可怜少年的计划——这个少年就是他的妻弟。妻弟被炸死,他也很吃惊——这点我能看出来。或许他的敏感性很强,或许他仍然还喜欢那个少年——谁知道呢？他可能是希望那个少年能逃走，如果真是如此，这件事就不会被任何人发现踪迹了。无论如何，他知道自己会因此而被逮捕。"

副局长暂时停止了推测，开始沉思起来。

"不过，如果维罗克先生被捕，他会如何掩盖自己在罪行中的罪责，我无法预知。"副局长沉思一会儿后继续说道，但他此时仍然不知道可怜的史蒂夫对维罗克先生的忠诚（维罗克先生是好人），也不知道史蒂夫为人特别愚钝，比如在楼梯放烟花那件事之后，虽然史蒂夫深爱着姐姐，但姐姐使用了祈求、哄骗、生气等办法，花了好几年的时间都没有能让他坦白。史蒂夫是个忠诚的人……"不，我无法想象。很可能他没有想到这些。埃塞雷德先生，我有个说法听上去有点夸张，维罗克的精神状态处于沮丧状态，他的那副样子在我看来像是个有自杀冲动的人，他以为通过自杀可以结束烦恼，但发现自杀没有成功。"

副局长对情况的说明具有为罪犯做辩护的味道。不过，尽管他说得天花乱坠，但事实真相是很清晰的。大人物对此也没有感到有什么不快。大人物的身体，有一半被隐藏在绿色丝绸灯罩投下的阴影中，他那颗大脑袋仍然依靠在那只大手中。听了副局长的话，大人物的身体微微抽动了一下，并伴随着一阵阵低沉有力的声音。原来大人物大笑起来了。

"你怎样处置了他？"

副局长立即做出了回答：

"由于他似乎很想回到店铺他妻子身边，所以我让他走了，埃塞雷德先生。"

"你真这样做了？但那家伙是会逃跑的。"

"请原谅我，我不这样看。他能去哪里呢？此外，你要知道，他还必须为其他同志们的安危着想。他处在机关的位置上，他如何解释要离开的决定呢？即使他有行动的自由，但他哪里也不会去。目前，他没有勇气做出任何决定。请允许我指出一点，如果我拘留他，我们就必须采取一系列的行动。在行动前，我希望能先知道你确切的意图。"

大人物沉重地站了起来，在那绿色昏暗的屋子里，他那巨大的模糊身影能给人留下深刻的印象。

"我今晚要见总检察长。明早，我请你来见面。你现在还有什么要对我说的吗？"

副局长也站了起来，身材消瘦，行动灵活。

"我想没有了，埃塞雷德先生。不过，如果你想听细节……"

"不，请不要谈细节了。"

那个巨大的模糊身影似乎缩小了，仿佛是害怕细节的原因；接着，身影向前移动，扩张成为巨大有重量的庞然大物，那庞然大物伸出了一只大手。"你说这个男人有个妻子？"

"是的，埃塞雷德先生，"副局长说道，顺从地握着伸过来的手，"一个真正的妻子，有真正的、令人尊敬的婚姻关系。他告诉我，在那次大使馆会面之后，他想抛弃一切，卖掉店铺，离开这个国家，但他妻子反对去海外，他才作罢。没有什么比这样的受人尊敬的结合更加富有特点的了。"副局长继续说着，语气中透露出一股阴郁，因为他的妻子也拒绝去海外。"是的，他有个真正的妻子，但他又是真正妻弟的受害者。从某个角度看，我们在看的是一幕家庭悲剧。"

副局长笑了笑，但大人物的思想似乎已经走远了。或许已经去为国家考虑制定什么样的家庭政策了，或是去考虑如何与邪恶奇斯曼展开正义的斗争了。副局长安静地退下了，似乎没被注意到，似乎早就被遗忘了。

副局长也有要展开一场正义斗争的冲动。这件事让他对总巡官希特产生了厌恶，如今似乎是展开一场正义斗争的天赐良机。他要展开这场斗争需要进行很多思考。他缓慢地走回家，一路上都在思考这件事，仔细思考着维罗克先生的心理状态，他一会儿感到厌恶，过了一会儿又感觉很满足。他是走路回家的。他发现客厅是黑着的，于是走上楼梯，在卧室和化妆室之间消磨了一些时间，把衣服给换了，在屋里走来走去，样子好像是个梦游症患者。但他为了摆脱这种心态，再次离开家，去米凯利斯的女施主家与妻子会合。

他知道自己在那里会受到欢迎的。他走进两个会客室中较小的那个，他看见妻子正与一小群人拥在钢琴旁边。一名快要成名的作曲家正坐在钢琴矮凳上与两名身材粗壮的人交谈，从背后看这两个人年纪很大了，另外还有3个身材苗条的女子，从背后看她们很年轻。在屏风的后面，那贵妇人旁边只有两人陪着：一个男人，一个女人，这两人都坐在她沙发尾部的椅子上。贵妇人把手伸给了副局长。

"我没有想到今天能见到你。安妮告诉我……"

"对。我也不知道我的工作能这么快就完成了。"

副局长又低声说："我高兴地告诉你，米凯利斯被排除在本案之外了。"

这位前科犯的女施主听到这个消息反而被激怒了。

"为什么你们这些人这么愚蠢竟然把他也牵扯进去？"

"不是愚蠢，"副局长打断了女施主的话，用谦恭的语调表达不同意见，"他们是很聪明的——能相当聪明地完成任务。"

跟着是一阵沉默。那个坐在沙发尾部的男子停止跟身旁的女子说话，微笑着看着。

"我不知道你们是否曾经见过面。"贵妇人说。

弗拉基米尔先生和副局长被介绍相互认识了，他俩用准确的和谨慎的礼仪向对方问候。

"他吓唬我。"弗拉基米尔先生旁边的那位妇人突然郑重地说，而她的头却侧向他。副局长认识这位妇人。

"你好像没有受到惊吓呀。"副局长用疲惫的眼光，平静地、认真地审视了她之后断然说道。

他边说边暗自想到，屋子里的人早晚都会相遇。弗拉基米尔先生那粉红的脸上堆着笑容，虽然看上去很机智，但他眼睛里露出的严酷的表情却如同罪犯一般。

"即便如此，但他至少是企图吓唬我。"那妇人修正说。

"或许是说话习惯的原因。"副局长说道，好像是被一股不可抵御的灵感所触动。

"他一直在采取各种恐怖手段威胁社会，"那妇人继续说，态度很亲切，语速很慢，"譬如在格林尼治公园的爆炸案。如果不在全世界范围内镇压那些坏人，似乎我们遇事只能浑身发抖。我真的不知道这件事有这么严重。"

弗拉基米尔先生假装没听，身体倾向沙发，与贵妇人亲切地交谈着，语气相当柔和，这时他听到副局长说：

"我毫无疑问地相信，弗拉基米尔先生非常准确地知道这件事的真正重要性。"

弗拉基米尔先生暗自寻思，这个可恨的警察插话不知有何用意。他家几代人都是专制政权的受害者，他不仅怕其他种族或国家的警察，还怕孤身一人站在他面前的警察。这是一种遗传下来的弱点，与他的判断力、理智、经验无关。他是生下来便具有了这种弱点。虽然这种情感如同某些人怕猫那样基本，却没有妨碍他对英国警察抱有无穷无尽的蔑视。他把对贵妇人说的那句话说完，然后在椅子上稍微转动了一下身子。

"你是说我们与那些人打过很多交道。是的，我们深受他们活动的侵害，而你们——"弗拉基米尔先生犹豫了片刻，疑惑地笑了，"而你们却高兴地包容他们。"他把话说完，在他那胡子刮得精光了的面颊上露出两个酒窝。然后，他又严厉地补了一句："我甚至想说，他们能存在是因为你们的缘故。"

弗拉基米尔先生说完话，副局长垂下自己的目光，谈话就此结束了。弗拉基米尔先生立即起身离开了。他刚背离沙发，副局长也起身了。

"我以为你要再待一会儿，把安妮带回家。"米凯利斯的女施主说道。

"我发现今晚还有工作要做。"

"是与那宗爆炸案有关吗？"

"是的，有某种关联。"

"告诉我，此事到底有多恐怖？"

"很难说，但可能是一宗大案子。"副局长说。

他匆忙离开客厅，发现弗拉基米尔先生仍然在大厅里，正在仔细地把一条大丝绸围巾围在脖子上。他身背后有一名男仆拿着大衣，正在等待着。另一名男仆站在门口，随时准备开门。副局长在别人的帮助下，很快穿上了大衣，立即走出了大门。他走下大门口前的台阶，停下了脚步，好像在考虑应该走哪条路。弗拉基米尔先生从门缝里看到这种情况，便在大厅里徘徊起来，拿出一支雪茄烟，请人给他点烟。一位热心的老侍从，平静地为他上雪茄烟，但火柴的火被吹灭了。于是男仆把门关上了，弗拉基米尔先生点燃了他的大号哈瓦那雪茄烟，悠闲地享受起来。当他终于能走出那栋房子的时候，他看见那个令人厌恶的"讨厌警察"仍然站在人行道上。

"他是在等我吗？"弗拉基米尔先生暗自推测，他四下看了看是否有双轮双座马车往来的迹象。他没有看到。几辆四轮马车在路边等待着，车灯平静地闪着光芒，拉车的马匹寂静地站着，仿佛是雕刻的一般，躲在大皮斗篷下的马车夫一动不动地坐在马车上，白色的马鞭连一丝抖动都没有。弗拉基米尔先生刚迈开脚步走，那个"讨厌的警察"就跟上来了。弗拉基米尔先生什么都没有说，继续走自己的路。这样走了四步，弗拉基米尔先生感到很气愤，心神不安。他无法继续忍耐。

"令人厌恶的天气。"他粗野地咆哮道。

"这算温和的。"副局长毫无表情地说。说完，他陷入了一会儿沉默，"我们抓住了一个叫维罗克的人。"他用轻松的口吻宣布。

弗拉基米尔先生没有摔倒，没有摇摇摆摆，没有改变步伐的大小。但他禁不住惊呼道："你说什么？"

副局长没有复述一遍。"你认识他。"副局长用相同的口气继续说。

弗拉基米尔先生停下了脚步，说话声音变得刺耳起来：

"你怎么能这样说？"

"我没有这样说，是维罗克这样说的。"

"一条赖狗。"弗拉基米尔先生用有点东方味道的词汇说，但他内心里却对英国警察的机智赞叹不已。由于事情变化得太快，他感到有点恶心，于是扔掉雪茄烟，继续走路。

"这件事有一点最让我感到快活，"副局长继续说道，但语速很慢，"这是个极好的工作起点，我觉得我们要把握好，那就是，彻底清理这个国家内部的外国间谍、警察、那种赖狗。在我看来，他们不仅极为讨厌，还是危险的根源。但我们无法逐个清除他们。唯一的方法就是让他们的雇主感到难受。这件事变得很猥亵，也危险，这是我们的看法。"

弗拉基米尔先生再次停下了脚步。

"你什么意思？"

"起诉维罗克，不仅能使公众看到危险，还能让他们看到那些人有多猥亵。"

"没有人会相信那些人的话。"弗拉基米尔先生轻蔑地说。

"大量的确凿证据能说服公众。"副局长优雅地发动进攻。

"所以这就是你要认真做的。"

"我们抓住了那家伙，我们别无选择。"

"你只能助长一伙革命流氓的撒谎热情，"弗拉基米尔先生反驳道，"你利用这桩丑闻到底是为了什么？是为了道德吗？或是其他什么？"

弗拉基米尔先生的焦虑是明显的。此时，副局长已经确定了维罗克先生说了某种程度的实话，于是冷漠地说：

"我们还有一些实际工作要完成。在表面文章之后，我们有许多工作要做。你不能说我们没有效率。我们不想给任何人羞辱我们的可能性。"

弗拉基米尔先生的语气变得高尚起来。

"从我这方面看，我不能同意你的观点。这是自私的。我对自己国家的感情是不容置疑的，但我总是觉得我们应该是文明的欧洲人——包括政府和个人。"

"是的，"副局长简单地说，"实际上，你仅是从欧洲的另一端看欧洲。然而，"他和蔼的语气继续说，"外国政府不能抱怨我们警察的效率问题。就拿这总爆炸案来说，它是一场骗局，案子很难破。在不到 12 小时内，我们确定了那个被炸成碎片的人的身份，已经找到了犯罪组织者，追踪到了幕后教唆者。我们还能做得更多，不过，我们不能逾越本国领土。"

"所以，这桩具有教育意义的罪行是在国外策划的，"弗拉基米尔先生飞快地说道，"你不认为它是在国外策划的？"

"理论讲，是外国领土，国外是误解，"副局长说道，他这话实际上暗指大使馆是外国领土。"但这仅是细节。我与你谈此事，因为你的政府对我们警察抱怨最多。你看我们并非很差。我特想告诉你我们的成功之处。"

"我真是很感谢你。"弗拉基米尔先生从牙缝里低声说道。

"我们能跟踪这里所有的无政府主义分子，"副局长继续说，仿佛总巡官希特在说话，"唯一要做的就是干掉那些对安全有威胁的破坏分子。"

弗拉基米尔先生举手招呼一辆驶过的双轮双座马车。

"你不想进去坐坐？"副局长指着一栋看上去既庄严又好客的大厦提出建议。那栋大厦有一个宏伟的大厅，大厅的灯光照耀在门前宽阔的台阶上。

但弗拉基米尔先生没有去，他目光呆滞，坐在双轮双座马车上走了。

副局长自己也没有进入那栋宏伟的大厦，这栋大厦就是探索者俱乐部所在。他想到，虽然弗拉基米尔先生是探索者俱乐部的荣誉会员，但未来很难在俱乐部里看到他了。他看了看手表，已经 10 点半了，这一晚上真是够忙的。

第十一章

总巡官希特离开后，维罗克先生便在会客室里走来走去，并不时地从门缝里窥视妻子的情况。"她都知道了。"他暗自说。看到妻子很悲痛，他很同情。不过，他对自己的所作所为也给予了某种程度的满意。维罗克先生没有一颗伟大的心灵，却能拥有一份温柔。过去，每当他想到必须要把噩耗告诉妻子时，他就感到浑身滚烫。如今，总巡官希特帮助他完成了这项任务，就目前的情况而言，结果是不错的。如今他要做的是去抚慰妻子的悲伤。

维罗克先生从来没有想到自己会对付死亡，死亡是灾难，没有高超的思辨能力或流利的口才是难以说清楚的。维罗克先生从来没有想到史蒂夫会突然死亡，他根本不想让他去死。史蒂夫死了，比活着更加讨厌。

维罗克先生为自己的行为找了一个好理

由，他不打算把理由建立在史蒂夫的智力缺陷上，因为谈论智力问题有时很容易误导人。他的理由是这孩子太顺从、太虔诚。虽然维罗克先生不是什么心理学家，但他对史蒂夫的盲信程度是有正确估计的。他竟然希望史蒂夫按照指示从天文台的围墙走开，然后去与他的好姐夫维罗克先生会合，会合地点在公园外面。这条路线维罗克先生事先教史蒂夫走了几次。史蒂夫有 15 分钟去完成这个任务，这么长的时间足够让一个十足的笨蛋放置好雷管并逃走。此外，教授也保证至少有 15 分钟的时间。但史蒂夫单独走后 5 分钟就摔倒了，维罗克先生的精神也被震碎了。他预想了所有可能情况，就是没有想到史蒂夫会摔倒。他预想史蒂夫迷路了，结果史蒂夫找到了警察岗哨或救济院。他预想史蒂夫被警察逮捕了，但他不怕这种情况，因为他十分相信史蒂夫的忠诚。他在许多次的散步中仔细地灌输给史蒂夫保持沉默的必要性。维罗克先生像个逍遥派哲学家，在带着史蒂夫在伦敦走街串巷，在谈话中用微妙的推理，成功改变了史蒂夫对警察的看法。从来没有一个智者有这么听话的学生。维罗克先生开始喜欢上这个男孩子，因为他表现出非常明显的顺从和崇拜。无论如何，他没有预见到警察能如此快地追踪到家里。他根本没有想到妻子会出怪招，把家庭地址缝在那孩子大衣的领子里。人不可能预见到所有事情，这就是妻子为什么说不必担忧史蒂夫走失的原因。她向他做出了保证，史蒂夫肯定会回来的。不错，史蒂夫确实回来了，而且是回来复仇的。

"她为什么要那样做呢？"维罗克先生疑虑地低语道。她是不想麻烦他照看史蒂夫？她很可能是好意。只不过她应该告诉他都采取了怎样的预防措施。

维罗克先生在店铺柜台后面来回走动着。他不想用刺耳的责备压倒妻子，因为他心中没有责备之意。最近发生的这一系列事件，使他皈依成了一名宿命论者，再做什么也于事无补。他说：

"我不想害那孩子。"

丈夫的声音让维罗克夫人浑身发抖，她仍然捂着脸。这位深受已故斯托特－瓦腾海姆男爵信赖的间谍，用阴郁的、凝固的、迟钝的眼光望着她。那撕碎的报纸仍然丢弃在她的脚边。报纸告诉不了她多少情况。维罗克先生感到有必要告诉妻子一些情况。

"是那个该死的希特的缘故吧？"他说，"他让你烦恼了。他是个畜生，随便跟女人说话。我都不敢想如何告诉你实情。我在柴郡奶酪的小营业厅里待了几个小时，一直在想最好的方式。你知道我绝对不会伤害那孩子。"

维罗克先生这个间谍，此时确实在讲实话。炸弹提前爆炸，给他的夫妻感情带来最大的冲击。

"我坐在那里想念你，一点都不快乐。"

他又看到妻子的肩膀在微微抖动，这使得他深受感动。由于她一直捂着脸，他觉得最好让她单独待一会儿。想到这，维罗克先生又退回了会客室，会客室的煤气灯仍然像一只心满意足的猫一样发出这轻柔颤动的声音。维罗克夫人是个好妻子，特意在餐桌上留下冷牛肉、切肉刀、叉子、半条面包，供维罗克先生作为晚餐。他马上就看到了这些东西，切了一片面包和牛肉，开始吃晚餐。

他在这种情况下还能有食欲，并非因为他为人残酷无情。维罗克先生那天早晨就没有吃东西，空着肚子就走了。他不是个很能干的人，那天他感到忐忑不安，好像有什么东西卡住了喉咙，他吃不下任何食物。米凯利斯居住的小农舍就跟监狱一样缺少食物，这位假释犯只靠牛奶和面包屑生存。另外，当维罗克先生到

197

了小农舍的时候，米凯利斯已经吃完了简朴的早餐，上楼去了。他深深陷入写作的辛劳和愉快中，连维罗克先生在小楼梯上的大喊大叫都没有理会。

"我要带这个小家伙回家住一两天。"

实际上，维罗克先生没有等米凯利斯回答，立即就离开了小农舍，后面跟着顺从的史蒂夫。

如今，行动结束了，意外事故迅速剥夺了他掌握自己命运的权力，维罗克先生感觉自己体力极度空虚。他切了牛肉和面包，站在餐桌旁边就狼吞虎咽起来，不时偷看一下妻子的情况。她还是一动不动，这让他无法舒服地思考。他再次走进店铺，站到距离她很近的地方。她那种被悲愤笼罩的脸使维罗克先生心神不安。他当然知道妻子会非常烦恼，但他希望她能重新振作起来。在眼前这次证明了的自己宿命的危机中，他非常需要她的帮助和忠诚。

"我无能为力，"他说道，语调中带着阴郁的同情，"温妮，我们要为明天着想。在我被捕后，你需要多保重自己。"

他停顿了一下，看到维罗克夫人的胸脯痉挛地隆起来。这让维罗克先生感到不安。在他看来，目前的这种新情况对他俩影响最大，所以他俩必须要保持镇定、果断等心理状态，不能过度悲伤，那是不符合目前情况的心理紊乱。维罗克先生是个很善良的人，他能回家，就是打算任凭妻子发泄对弟弟的感情。但他不理解妻子对弟弟的那份感情的性质和深厚程度。不过，就这点而言，他是情有可原的，因为他只有放弃自我才能理解。他感到震惊和失望，他的言语传递出某种粗野的语气。

"你应该看我一眼。"他等了一小会儿后说道。

维罗克夫人回答仿佛是钻过她捂着脸的手才发出来的声音，

声音像死人发出来的一样，差不多到了令人可怜的地步。

"只要我活着，就不想再看到你。"

"什么!"维罗克先生吓了一跳，因为这番话仅听字面意思就够吓人的。这显然是不理智的，只是在夸大悲伤的程度。他用夫妻间的宽容掩盖了妻子的不理智。维罗克先生的思维缺少一定的深度。他有一种错误的观点，他认为人的价值是自身固有的，所以他不能理解史蒂夫在维罗克夫人眼里的潜在价值。他认为她对史蒂夫的死反应太过分了。都是该死的希特惹的祸，他干吗要惹恼这个女人？但不能再让她这样了，这样对她不好，她会因此而发疯的。

"喂!你在店铺里不能老是这样待着。"他假装严厉地说，语气中确实有一定成分的真气愤，因为他有重要的事今晚要做决定。"随时可能有人来。"他补充了一句，然后继续等待。一看没有效果，他甚至想到一死了事。他改变了语调。"嘿!这样不能使死人复活。"他轻轻地说，心想把她抱在怀里。他对妻子既感到不耐烦，但同样又有同情心。这时维罗克夫人又战栗了一阵，但那可怕真相的力量仍然无法感动她。最后，维罗克先生本人却被感动了。他想得很简单，以为只要强调自己的人品，妻子就能情绪缓和下来。

"要讲道理，温妮。如果你失去我，那将会如何?"

他似乎觉得妻子此时应该大哭才正常，但她没有任何动静。她身体向后靠了靠，平静得让人难以理解。维罗克先生心跳开始加快，变得恼怒起来，就是那种想提出警告的样子。他把手放在她的肩膀上说:

"别傻了，温妮。"

她没有任何表示。如果看不见女人的脸，根本无法跟她谈任何事。维罗克先生抓住妻子的手腕，但她的双手似乎被胶粘上了。他使劲一拉，她则身体向前一扑，差点从椅子上跌落。他吃惊地发现她竟然如此虚弱，于是企图把她拉回椅子上，可这时她却突然挺直了身子，摆脱了他的手，跑出店铺，穿过会客室，跑入厨房。这一切发生得很快。他仅隐约看到她的脸和眼睛，他发现她没有看他一眼。

这场争斗看上去是为一把椅子，因为妻子刚走，维罗克先生就坐在了椅子上。维罗克先生没有用手去捂着脸，但脸上笼罩着阴沉的沉思。蹲监狱恐怕不可避免，他并不希望逃避。监狱像坟墓一样可以逃避非法的报复，考虑到这个优势，监狱是充满希望的地方。按照他的预想，在服刑一段时间后，争取早释，然后去海外的什么地方，由于行动有可能失败，他已经有所考虑。果然失败了，但不是他害怕的那种失败。当时已经很接近成功了，具有不可思议的效率，可以用来吓唬一下弗拉基米尔先生，制止他的凶狠嘲笑。至少维罗克先生是这样看的。那么他在大使馆内的声望就会提升得极高——无奈，他的妻子很不幸地想到了在史蒂夫的大衣里缝上了家庭地址这个办法。维罗克先生不是傻瓜，很快就发现自己对史蒂夫有影响力的突出特点，不过他并不理解这种影响力的根源——两位焦虑的妇女向史蒂夫反复灌输说他具有过人的智慧和善良。在维罗克先生所做的所有预见中，他正确地预见了史蒂夫的忠诚本性和盲目的判断力。那个他没有预见到的结果真的把他吓坏了，因为他是个善良的人、多情的丈夫。从其他角度看，这是个优势。没有什么比永恒的死亡考虑得更周全。坐在柴郡奶酪店的小业务室里，维罗克先生感到迷惑和害怕，他只能承认这点，因为他的感受力无法抵挡他的判断力。史蒂夫被残暴地炸碎了，虽然让人感到烦恼，但确实是个成功。道理很简单，虽然把一堵墙炸塌不是恶毒的弗拉基米尔先生的目标，但能产生精神效应。考虑到维罗克先生所遭受的麻烦和悲痛，可以肯定地说效果已经有了。然而，最让他不可思议的事发生了，当他回到布雷特街准备休息的时候，他就像一个在噩梦中挣扎着想保住自己地位的人，以信奉宿命论者的精神状态接受了这次打击。他失去自己的地位，并非因为什么人犯了错误，而是因为发生一件小事。这就好像在黑夜里走路，踩在一块橘子皮上，结果把腿给摔断了。

维罗克先生疲惫地喘了一口气。他没有怨恨妻子。他想到，他们把我关起来以后，她仍然需要照看这间店铺。他还想到，妻子可能最初会很思念史蒂夫，他非常担心她的身体和精神健康。她如何才能抵御孤独呢？那时她在家里会是绝对的孤独。当他被关起来的时候，感情崩溃对她不利。店铺会怎样？店铺是财富。虽然他认为自己做间谍的事业无法挽救地完蛋了，但不认为自己彻底毁灭了。这间店铺必须为妻子保护好。

妻子躲在厨房里，既看不见，也听不见声音，这让他感到害怕。如果她母亲在身边该有多好啊！但那个愚蠢的老女人走了——维罗克先生对此感到既生气又沮丧。他必须要与妻子谈一谈。他要告诉她，男人在某些情况下会变得绝望。不过，他没有把这点说给妻子听，因为他还有控制力。

无论怎样，他很清楚，晚上无法正常经营了。他起身把临街的大门关上，又把店铺里的煤气灯熄灭了。

在确保了家庭安全之后，维罗克先生走进会客室，向厨房内张望。这时维罗克夫人正坐在可怜的史蒂夫平时晚上画圆圈时坐的地方，就是坐在这个地方，才华横溢的史蒂夫用纸和笔画出无数个圆圈，暗示着混乱和永恒。她趴在桌子上，头枕着合拢的双臂。维罗克先生站在她背后沉思着，替她整理了一下头发。过了一会儿，他走出厨房的门。对现实世界缺少好奇心，是维罗克夫人的生活态度，这种态度几乎能达到鄙视现实的地步，但她的家庭和谐却建立在这个态度之上。她的这个态度使别人极难与她联络感情，但这个悲惨的必要性如今真的产生了。维罗克先生痛苦地感觉到了这个困难。他像往常一样围着会客室的桌子走起来，如同笼子里的一头老虎。

好奇是展示自我的形式，一贯不好奇的人总是留给别人神秘的感觉。维罗克先生每次走过房门，都要焦虑地看妻子几眼。这并非他怕她。维罗克先生幻想着他仍然被那个女人爱着，但他俩之间没有形成袒露心声的习惯。在他的心理顺序中，袒露心声被安排得很靠后。即使有袒露心声的意愿，他需要袒露给妻子的是自己隐约感到的东西：他心中有了致命的念头；那念头在他的脑海里逐渐地膨胀，最后变成了脑海里一种真实的存在；接着又变成一股不受约束的力量，甚至能向他提出心理暗示。他无法告诉她，有一张肥胖、机智的、胡子刮得精光的脸不断地在折磨着一个男人，为了摆脱这种折磨，这个男人想出了一条最野蛮的权宜之计，竟然是利用一个孩子的智慧。

当维罗克先生再次走到门口的时候，脑海中一下浮现出那个大国使馆的一等秘书的形象，他怒气冲冲地向厨房里望去，拳头紧握着，对着妻子说：

"你不知道我要对付的是怎样的一个畜生。"

他又围着桌子走了一圈，当他再次走到门口时又停下脚步，站在两级台阶上怒目而视。

"那是头愚蠢的、喜欢吵闹人的、危险的畜生，毫无理性——我为他们干了这么多年了！像我这样的人，我甚至冒着生命危险去为他们干。你不知道，好吧，让我告诉你。如果我告诉你，在我们结婚的这 7 年里，时刻有一把匕首插入我身体的危险，那样好吗？我不是一个让爱我的女人担忧的男人。你完全没有必要知道这些。"

维罗克先生又愤怒地在会客室里走了一圈。

"这头恶毒的畜生，"他再次站在门口了，"看着我掉进阴沟饿死，他哈哈大笑。我知道他把这看作一场该死的笑话。像我这样的人！喂！这个世界上最有地位的人，今天还能用两条腿走路，那要感谢我。姑娘，那才是你跟他结婚的人！"

他看到妻子坐起来了，维罗克夫人把手臂仍然平放在桌面上。维罗克先生看着她的后背，仿佛他能看见他说出的辞藻有了效果。

"在过去 11 年里，没有一桩谋杀案不是我冒着生命危险参与其中的。我曾经派出十几名衣袋里带着炸弹的革命者，但都在跨越国境线时被抓住了。那位老男爵知道我对他的国家的价值，但突然冒出了一头蠢猪——这头无知的、傲慢的蠢猪。"

维罗克先生缓慢地走下两级台阶，走进了厨房，从碗柜上拿起一个平底玻璃杯，抓在手里，走向水池，没看妻子一眼。

"那位老男爵绝对不会恶毒到让我早晨 11 点钟去见他。这座城市里肯定有几个人，如果他们看见我走进大使馆，早晚会毫无顾忌地敲碎我的脑壳。在没有什么理由的情况下，用这种办法暴露像我这样的人，简直是既愚蠢又危险。"

维罗克先生打开水龙头，连喝三杯水，水从喉咙而下，平息了他心中的怒火。弗拉基米尔先生的举止就像一把热烙铁，把他的机体烧焦。他不能容忍这种背信弃义的举止。这个从来不愿去做社会下层艰苦工作的人，却不知疲倦地用尽全身力气去工作了。维罗克先生身体里有的是忠诚。他一直对自己的雇主很忠诚，因为这样社会才能稳定——也为了他的爱情——当他把水杯放在水池里的时候，这点此时变得非常明显，他转过身子说：

"如果我不是为了你的话，我会勒住那畜生的脖子，让他的脑袋撞壁炉。我打败那个粉脸、没胡子的家伙就如同……"

维罗克先生没有把话说完，仿佛已经没有必要说最后的结论。这是他一生中第一次向这个从来不过问他的事的女人祖露心声。由于眼前的这件事太奇异，加之祖露心声被唤起的热情既有力量又重要，于是史蒂夫的命运就被赶出了维罗克先生的思维。过去，在维罗克先生的思维里，那个口吃孩子的一生充满了恐惧和愤恨，他生命的结局非常暴力。如今，这幅思维图像暂时消失了。也就是因为这个原因，当他看到妻子那怪异的凝视眼光时，他感到了惊骇。妻子的凝视并不野蛮，也并不盲目，但凝视点很奇怪，妻子的凝视令他感到不满，因为凝视点似乎是在维罗克先生身后的什么地方。这点让维罗克先生感受强烈，他回头看了看。他的身后没有什么，只有一堵白墙。温妮的好丈夫没有看到白墙写着字（根据《旧约》，伯沙撒王宴请群臣，宴会厅的白墙上突然出现了几个字，预示伯沙撒王的命数已尽）。他又把目光转向妻子，带着某种强调的口吻重复说：

"我会勒住他的脖子。听我说实话，如果不是我想起了你的话，我不把那个畜生勒个半死，我绝不会放手的。你以为他会急得叫警察吗？他不敢。你知道他不敢，对吧？"

他故意向妻子眨了眨眼。

"不知道，"维罗克夫人用低沉的声音说，没有看他一眼，"你在说什么？"

一股强大的挫折感涌向维罗克先生，这是因为他身心疲惫的缘故。他这一天非常繁忙，精神紧张到了极点。一个月以来，他一直处于极度的忧虑状态，结果仍然是出乎意料的灾难，维罗克先生那深受暴风雨折磨的心灵渴望休息一下。他的间谍生涯就此结束了，没人能预见到这点。如今，他终于可以睡一觉了，但看到妻子的样子，他开始怀疑他是否真能入睡。她对这件事的反应异常强烈——这不像她平时的风格。他努力地想说点什么。

"亲爱的，你必须振作起来，"他说，语气中充满了同情，"过去的事无法挽回。"

维罗克夫人稍稍一怔，但她那惨白的脸上却没有任何动静。维罗克先生没有看着他，继续说着笨拙的话。

"你快上床睡觉吧，大哭一场就好了。"

这不是什么建议，是人类的经验。有一个广泛认同的观点，女人就是水蒸气，情绪一来准下雨。如果史蒂夫躺在自己的床上，维罗克夫人怀抱着他，眼睁睁地看着他死去，那么很可能她会悲痛欲绝、泪如雨下。维罗克夫人像普通人一样，在大部分悲剧结局下都能逆来顺受。她"不想太上心"，她知道这件事"禁不住推敲"。但如今的情况不同了，虽然在维罗克先生眼中史蒂夫仅是这幕悲剧中的一个插曲，但史蒂夫令人哀痛的结局榨干了她所有的泪水。结果就好像是她眼前有一块极热的烙铁在烘烤；与此同时，她的心冰冷得变成一块冰，使她的身体内部发生战栗，她的面容变得冰冷、沉静，紧盯着一堵没有写着字的白墙。一旦维罗克夫人放弃了她往日矜持的生活态度，就变得急躁起来，充满了雌性本能的暴力，虽然她的脑袋一动不动，但一系列想法却一直在思维里转悠。这些想法仅是浮现在脑海里，不是用来表达的。维罗克夫人平时无论在公共场合或家里，说话都不多。此时，她觉得自己被欺骗了，所以既愤怒又沮丧。在她眼中，在史蒂夫还是个小孩起，她生活的主要目的就是关心生存有困难的史蒂夫。这样的生活目的非常单纯，与神灵感应形成崇高的统一，像为数不多的几个圣人一样给人类的思想和感情产生影响。但维罗克夫人没有高贵和宏大的想象力，她看到自己身在一栋"商业大厦"已被遗弃的顶楼上，在一根蜡烛的照耀下，她把那孩子放到一张床上。顶楼的屋顶下一片黑暗，但楼下街上的路灯和雕花玻璃却闪耀着光芒，如同仙境一般。在维罗克夫人的幻想中，只有这里才能看到庸俗华丽的景象。她记得给史蒂夫梳头和戴围裙的情形——她自己当时也戴着围裙，这是一个小生命对另一更小、更容易受惊的小生命的抚慰。她看到了自己替史蒂夫挨打的情景（经常打在她头上），还看到了自己绝望地把门关上去抵挡怒气冲冲男人的情景（没能坚持很久）。有一次还扔过来一根拨火棍（没能扔太远），那是在一次雷鸣般的发怒之后扔过来的，紧接着是一片无语的可怕寂静。当这些时隐时现的暴力场面浮现在她脑海里的时候，还伴随着粗俗的叫骂声，叫骂声来自一个做父辈的自尊心受辱的男人，他在诅咒自己的孩子时称"一个是淌口水的白痴，另一个是邪恶的女魔鬼"。这是她父亲几年前骂她的话。

像遇到鬼了一样，维罗克夫人又听到了这些骂人的话，接着贝尔格莱维亚区那栋大房子的可怕阴影降临在她的肩膀上。那是个令人心碎的记忆，她仿佛又看到有数不清的早餐盘子需要在楼梯里搬上或搬下，为了一便士的小钱无休无止地争吵，有无数的垃圾要扫，掸土，擦洗，从地下室到阁楼。行动不便的母亲，拖着肿胀的双腿，摇摇晃晃地在肮脏的厨房做饭，可怜的史蒂夫，忙着在洗涤室为绅士们擦皮鞋，他似乎意识不到他们这一家的所有辛劳都是为他，他才是家里的小皇帝。她的记忆里还有伦敦炎热夏季的气息，核心人物是一个年轻男人，他穿着自己在星期日才舍得穿的好衣服，黝黑的头上戴着草帽，嘴里衔着一个木制烟斗。他有和蔼欢愉的性格，幻想着在生活的绚丽航程中寻找到一位伴侣，但他的船太小了。小船上只有划桨的位置可供女伴坐，没有剩余位置供旅客坐。他没能走进贝尔格莱维亚区的那栋大房子的门槛，只能继续随波逐流，而温妮只好把充满泪水的双眼转移到别处。他不是房客，是维罗克先生。维罗克先生，懒散，起床很晚，非常善于躲在被褥下说笑话，但那双缀着笨重眼睑的眼睛中流出令人痴迷的闪光，并且他衣袋里总是有钱。在他懒散的生命河流中，没有任何类似于火花的闪耀。那河流穿过的都是些诡秘之处。但他的船似乎是个宽敞的地方，他的沉默寡言和宽宏大量很容易接受要上船的旅客。

维罗克夫人继续着她的回忆。她忠实地为史蒂夫这 7 年的安定生活付出着代价；从安宁变成亲密，再变成家庭氛围，她的家庭氛围就如同一潭平静的水库，既静止又深厚，即使奥西彭偶尔来打扰，那平静的氛围仍然不会出现抖动。这位身材健壮的无政府主义者，有一双不知羞耻的诱惑人的眼睛，他的眼光中有一股引人堕落的清晰欲望，只要女人不是绝对的傻子，都获得足够的暗示。

自从维罗克夫人在厨房里听到最后一句话至此刻，才过去了几秒钟的时间，而她已经开始回忆近两周来的情形。她的瞳孔大张，看着丈夫和可怜的史蒂夫并肩从店铺走向布雷特街。这一幕并非真实，完全是维罗克夫人依靠自己的才华创造出来的。这幕幻象中的现实，既不优雅，也没有魅力，没有美丽，几乎不符合普遍的艺术标准，但体现出来感情的连续性和坚韧的目的性，这点很值得人钦佩。这最后的一幕就像是塑料浮雕一样逼真、细致，重新复现了她极度虚幻的生活，维罗克夫人被这一幕压迫得发出一阵痛苦的咕哝声，那令人胆寒的咕哝声逐渐消失在她苍白的嘴唇上。

"本该是一对父子。"

维罗克先生停下脚步，抬起痛苦万分的脸。"你在说什么？"他问道。没听到回答，他又开始踏着沉重的脚步徘徊起来，听上去给人一种不祥的预感。突然，他恶狠狠地挥动了肉墩墩的大手，咆哮道：

"是的，就是大使馆的人，就是那帮人！不用一周的时间，我要他们中的几个宁愿到地下 20 英尺的地方躲着。怎么样？"

他低着头看着两侧。维罗克夫人凝视着白墙。一堵白墙——墙上什么都没有，是个非常适合于用头撞墙的地方。维罗克夫人仍然坐着，一动不动。她保持一种寂静状态，这种寂静状态只存在于绝对的震惊和绝望的人身上。比如，夏日的太阳背信弃义突然熄灭了，地球上一半人就会处于这样的寂静状态。

"大使馆，"维罗克先生又开口了，此时他的脸上已经显露出饿狼一般龇牙咧嘴的凶相。"我希望能拿着一根棍子钻到大使馆里待半小时，我把他们打得不剩一根好骨头。不用担心，我是想给他们点教训，别想把我这样的人丢弃在街边饿死。我还能说话，我要告诉全世界我为他们做的事。我不怕，我无所顾忌。真相会大白于天下，他们得留神。"

维罗克先生渴望报仇的心理，从这几句话中可以看出来。他要报仇合情合理。报仇非常符合维罗克先生的天性。他不仅有能力报仇，还能很容易地适应他的生活方式，因为他无时无刻地在用秘密的、非法的手段背叛他的同胞。无政府主义者和外交官对他来说都一样。维罗克先生在本性上就不尊重他人，他蔑视周围的所有人。作为一个革命无产阶级分子——他确实是——他养成了一种极端的阶级仇恨。

"世上没什么能拦得住我。"他又补充了一句，接着停顿下来看着妻子的反应，而她仍然盯着那堵空旷的白墙。

厨房里的沉寂仍然在继续，维罗克先生感到失望。他盼望妻子能说点什么。但维罗克夫人的嘴唇沉着得就像往常一样，保持着雕塑般的固定，就如同她脸上其他部分一样。维罗克先生确实是失望了。不过，他意识到眼前的情况不要求她说什么。她是个话很少的女人。由于几个涉及他心理本质的原因，他倾向于信任委身于他的女性。所以，他信任他的妻子。他与妻子之间的关系很协调，但并不细致。那是一种默许出来的协调，非常符合维罗克夫人的自闭和维罗克先生的思维习惯，就是那种既懒散又诡秘的习惯。他俩总是避免深入追究事实真相和行为动机。

从某种程度看，这种谨守反映了他俩之间的相互信任，但同时也说明他俩之间的亲密具有一定不明确成分。任何亲密的关系都不是完美的。维罗克先生假定妻子了解他，但此刻他希望听一听她的真正想法。妻子的话肯定有抚慰作用。

维罗克先生没有能得到他希望的抚慰，其中的原因有几个。有生理方面的原因：维罗克夫人已经不能控制自己的声音。她分辨不出尖叫与沉默之间的区别，她本能地选择了沉默。温妮是性情沉默的人。此时，她整个人都瘫痪了，因为她被思绪霸占着。她的面颊惨白，嘴唇是灰色的，她的寂静令人惊讶。虽然她没有看着维罗克先生，但心里却在想："这个男人把那孩子带走杀死了。他把那孩子从家里带走杀死了。他把那孩子从我身边带走杀死了！"

此时维罗克夫人的身心，就是被这些似是而非的、令人疯狂的思绪折磨着。那些折磨她的思绪，她的血管里有，她的骨骼里有，甚至她的头发根部也有。她在精神上采取了《圣经》的悲恸方式——用手捂着脸，衣服凌乱，头脑里充满了哀悼和悲叹声。但她的牙齿在激烈地战栗着，无泪的双眼燃烧着愤怒的烈火，因为她不是百依百顺的附庸。她给予弟弟的保护，究其根源，包含了凶猛和愤慨的成分。她必须像个武士爱弟弟，她要为弟弟而战——甚至跟自己做斗争。失去了弟弟是痛苦的战败，战败包含了非常痛苦的感情。这不是普通的致命一打击。把史蒂夫从她身边夺走的不是死神，而是维罗克先生。她眼看着维罗克先生把史蒂夫带走，维罗克先生也看到了她，连手都没有扬一下。她竟然让他把史蒂夫带走了，当时她就像个傻瓜，而且是一个瞎了眼的傻瓜。可是，在他杀害了那孩子后，他竟然还回家了，就像其他男人回家找妻子一样……

从她紧锁的牙关里，维罗克夫人对着墙壁说："我还以为他感冒了呢。"维罗克先生听懂了妻子说出的这几个字。

"没事，"他生气地说，"我很心烦。我心烦都是因为你的缘故。"

维罗克夫人缓慢地转动着头颅，把凝视的目光从墙壁转移到丈夫身上。维罗克先生把指尖放在嘴唇间，正看着地面。

"我无能为力。"他喃喃而语，并让手垂了下来，"你必须振作起来。你需要彻底恢复理智。是你把警察引到家里来的。算了，我不打算再说这件事，"维罗克先生宽宏大量地说道，"你不了解实际情况。"

"我没有把警察引来。"维罗克夫人用喘气一样低的声色说，就好像尸体在说话一样。维罗克先生抓住这个话题继续说下去。

"我不想指责你，我要让他们大吃一惊。一旦把门锁好，我就能安全地与你说话了——你明白啦。你必须让我离开你两年时间，"他继续说着，语调中有一种真诚的关切，"你的生活会比我容易一些。你有事可做，而我——哎，温妮，你必须保证这个店铺继续运作两年时间。你有足够的能力做到这点，你很聪明。如果到了该把这间店铺卖出的时候，我会通知你的。你要非常小心谨慎，警察会时刻监视你。你必须尽可能地狡猾行事，像坟墓一样封闭。不要让任何人知道你要干什么，我不想一出门便被人敲碎脑袋或尖刀插入背部。"

维罗克先生说这番话，是为了应对未来的问题，为此他发挥了自己的聪明才智和深谋远虑。他的声音很冷静，因为他对局势有正确的判断。他不希望发生的事都逐一发生了，未来必须小心谨慎。他此前出现的判断失误，很可能是暂时的，因为他是被弗拉基米尔先生刻薄的蠢话吓怕了。年纪四十以上的人，因为害怕丢失工作，出现精神紊乱现象是情有可原的，对政治间谍来说，这点具有特殊意义，因为他们的职业安全来源于别人的价值判断或大人物的尊重。维罗克先生的判断失误情有可原。

如今事情败露了。维罗克先生仍然很冷静，但他很不高兴。如果一名间谍不顾自己秘密工作的性质，竟然想去报仇，并想把自己的成就在公众面前展示，他实际上就变成了绝望和残暴的典型。维罗克先生并没有过度地夸大危险，他试图把实情告诉妻子。他重复说他不想让革命分子弄死他。

他紧盯着妻子的双眼。那女人的瞳孔张得大大的，并把他投射过来的眼光统统吸入深不可测的深空。

"我太喜欢你的眼睛了。"他说道，并紧张地笑了一下。

维罗克夫人那苍白的、呆滞的脸上泛起淡淡的红晕。在完成了对过去的追忆后，他不仅能听到丈夫的说话声了，还能理解话的意思了。由于丈夫的话与她的精神状态不匹配，所以她只感到稍微有点窒息。维罗克夫人的精神状态很简单，这是个优点，但这个状态很不稳定，因为仅受控于一个固定想法。她头脑中的每一处隐蔽处和每一道裂缝都充斥着一个想法，这个与她贴身生活了 7 年的男人，从她的身边把"那个可怜的孩子"带走了，目的就是杀死那孩子——她无论在肉体上和心灵上都已经习惯于这个男人了。那个她信任的男人把那个孩子带走杀死了！一个静止不动的想法，虽说其形式、存在的物质基础及其影响有普遍性，甚至能改变死气沉沉事物的外部特征，但这个想法本身才是奇迹的根源所在。维罗克夫人静止地坐着。维罗克先生的肉体正不断在她的想法前走来走去（仅局限于厨房里），他戴着熟悉的帽子、穿着熟悉的大衣，他皮靴子混乱践踏着她的思维。他可能在说话，但维罗克夫人的想法在大多数时间内屏蔽了那说话声。

然而，她有时能听见那说话声。几个相关的词能浮现在她的脑海里。这几个词的含义是给她希望的。一旦出现这种情况，维罗克夫人的瞳孔就不会聚焦在远处的固定点，而是跟着丈夫在运动，并伴随着忧郁和令人费解的关注。维罗克先生对自己所从事的秘密职业是很了解的，所以他很成功地为自己的行为做辩解。他真的相信他能很容易地躲过革命分子愤怒的匕首。他以前夸张了这些人的愤怒的程度和势力范围（因为他的职业原因），致使他产生了很多幻觉。为了避免过度夸张，就必须开始仔细评判。他知道，再过两年，谁也不会再记得他的功绩和败绩——这需要漫长的两年时间。他非常乐观地对妻子做了第一次袒露心声，因为他很信任她。他还认为发誓是个好办法，要把能发的誓言都发出来。这有助于帮助那个可怜的女人恢复信心。从监狱里释放出来，这可是一件与他的一生经历相符合的事，这件事会是相当秘密的，他俩立即就会销声匿迹。至于如何掩盖行踪，他请妻子信任他。他知道如何做这件事，因为**魔鬼本人……**

他挥舞着手，他似乎在自夸。他就是希望能重新给她信心。这是个良好的心愿，但维罗克先生很不幸，因为他的听众并不想听他说的。

但他的大部分言辞，都在维罗克夫人的耳朵边流逝掉了，只剩下他那越来越自信的腔调。如今她听进去了什么呢？由于她保持着固定的想法，她听进的话能有好处或坏处吗？她用忧郁的眼神跟随着那个断言自己无罪的男人——就是这个男人，他把可怜的史蒂夫从家里带到某处杀害。维罗克夫人不记得确切的地点，但她开始感觉到自己的心脏在激烈地跳动。

维罗克先生用夫妻间那种柔和的语调，坚决地表达了自己的信念，他俩未来有很长一段好日子要过。他没有谈及具体的实现方式。未来的生活肯定是安静的，仿佛是在树荫下相互依偎着，躲藏在人群构成的草丛中。非常中庸，类似于紫罗兰。用维罗克先生的话说："低调生活。"当然，要远离英格兰。不清楚维罗克先生心目中的地点是在西班牙还是南美，但肯定是要去海外。

最后这个词，传进了维罗克夫人的耳朵里，在她的脑海里留下了一个确切的印象。

这个男人想去海外。这个印象与她脑海中的其他印象之间是完全隔离的；由于维罗克夫人思维习惯的作用，她立即机械地问道："那史蒂夫怎么办？"

这类似于一种遗忘症，但她立即意识到不必再为这段冤情感到焦虑。永远不必了。那可怜的孩子被带走杀害了，那可怜的孩子死了。

意识自己竟然把一件震撼人心的事给遗忘了，这刺激了维罗克夫人的理智。她开始形成一些能让维罗克先生吃惊的结论。她如今没有必要再留在这里，留在那厨房，留在这栋房子里，完全没有必要与这个男人住在一起——因为那孩子已经永远地走了，没有任何必要了。想到这里，维罗克夫人站了起来，仿佛是个弹簧。但她看不出这个世界有什么东西值得她留恋。她被万事皆空的思想控制着。维罗克先生用丈夫般关切的目光看着她。

"你现在比较正常了。"他紧张地说，但他的这种乐观马上就把妻子眼睛中的某种特殊的阴暗所打破。此时此刻，维罗克夫人觉得自己已经摆脱了与世俗世界的所有联系。她获得了自由。她与现实生活的联系，是由站着的那个人实现的，如今这个联系终止了。她是个自由的女人了。如果她的这个看法让维罗克先生察觉到，他肯定会大吃一惊的。在情感问题上，维罗克先生是很粗放的，只要有人爱他就行。在这个问题上，他的道德观是与他的虚荣心保持一致的。在贞洁和法律方面也应该如此。他变老了，变胖了，变沉重了，变得不那么具有爱情的魔力。当他看到维罗克夫人站起来，一言不发地走出厨房，他失望了。

"你要去哪里?"他用尖锐的声音问道，"上楼吗?"

维罗克夫人此时已经走到了门口，听到这句话，立即转过了身子。这是一种因害怕而产生的谨慎，她害怕那个男人赶过来抓住他，于是她微微点头（站在两级台阶之上），嘴唇微微动了动。对自己婚姻关系仍然表示乐观的维罗克先生还以为那是一记惨淡的微笑呢。

"这才对，"他生硬地鼓励道，"你就是需要安静地休息。去吧，我马上就会去找你。"

维罗克夫人这个自由的女人此时仍然不知道要去哪里，只好僵硬地服从他的建议。

维罗克先生看着她消失在楼梯上。他失望了。如果她走过来投入他的怀抱，他会更满意一些。但他是慷慨大方的人，温妮总是很含蓄、沉默。维罗克先生本人也不太喜欢爱抚和情话，但这个晚上很特别。此时此刻，男人最需要女人用明确的同情和爱情给予支持。维罗克先生叹了口气，把厨房的煤气灯熄灭了。他对妻子的同情是真挚的、强烈的。站在会客室里，他想到了她未来会异常孤独，想到这，他几乎要流下泪来。在这样的心境下，维罗克先生思念起已经脱离尘世的史蒂夫。他对史蒂夫的死是悲伤的。那个小家伙如果不是愚蠢地炸死自己的话，那该多好啊！

他感到饥饿难忍。即使是比维罗克先生更加健壮的探险家在完成了一趟危险的探险活动后，照样会饥饿难忍。那块烤牛肉，摆在桌子上似乎是史蒂夫葬礼上的祭品，终于让他看见了。维罗克先生要吃掉那块牛肉，他粗野地吃了起来，肆无忌惮地，没有风度地，用锋利的切肉刀切成几大块，不配面包，直接把牛肉块吞下去。吃着吃着，他突然意识到没有听到妻子在卧室里的脚步声，他本该能听到那脚步声才对。他想到，妻子可能摸黑坐在床上。这个想法不仅破坏了他的食欲，还使他跟她上楼睡觉的欲望都没有了。放下切肉刀，维罗克先生焦虑地听着动静。

最后，他终于听到她的走动声，这下他满意了。突然，她穿越了卧室，推开了窗户。接着楼上出现一阵寂静，他推测她正把头探到窗外观看。过了一会儿，他又听到窗框被缓慢放下的声音。此后，她走了几步，坐下了。维罗克先生熟悉这栋房子里所有的声音，因为他就是个彻头彻尾的宅男。当他再次听到妻子在他头顶上发出的脚步声时，就好像亲眼看见一样，他知道她穿上了走路的鞋。这是个不祥的征兆，他的肩膀微微颤动了一下，从桌子旁边走开，背靠着壁炉，头歪向一边，痛苦地嚼着手指头。

他根据脚步声跟踪她的运动。她急躁地在屋里走来走去，有时又突然停下来，一会儿在抽屉柜前，过了一会儿又在衣橱前。维罗克先生此时感到极度疲劳，内心中积攒了大量的震惊，他确实精疲力竭了。

直到他妻子从楼上走下来，他才抬起双眼。就像他推测的那样，她穿着外出的衣服。

维罗克夫人是个自由的女人。她打开卧室的窗户，有可能是想大声叫喊"这里有杀人犯！救命！"也可能是想向窗户外纵身一跳。她也可能是不知道如何使用自己的自由。她的人格似乎被撕成两半，这两半各自都有思维活动，但相互之间不协调。街上，从头到尾，既寂静又冷清，逼着她回到那个自认为无罪的男人身边。她害怕即使叫喊出来也没有人来。很显然，无人敢来。她的自我保护的本能阻止了她跳入那泥泞的深深堑壕之中。维罗克夫人把窗户关上，穿好了衣服，准备从另一条路上街。她是个自由的女人。她彻底地打扮了一下，脸上甚至戴了黑纱。当她在会客室的灯光下出现在维罗克先生面前时，她的左手腕上甚至挂着一个小手袋——很显然，她想去找她母亲。

女人真是一种令人生厌的动物，这个想法立即就出现在维罗克先生疲惫的思维里。但他是个慷慨的人，这个想法只存在了一小会儿时间。虽然这个男人的虚荣心受到残酷的伤害，但仍然保持着宽厚的举动，只许自己痛苦地笑了笑，或做一个轻蔑的手势。他真正表现出心灵伟大的举止，是在看了看墙上的钟表后，用绝对镇定的、有力的声音说：

"温妮，现在是8点25分了。这么晚出去不理智，你今晚肯定赶不回来。"

维罗克夫人看到他把手伸出来，就停下了脚步。他深沉地又说："你妈在你到她那里之前就上床了。这个消息可以等等再告诉她。"

维罗克夫人根本不是想去看母亲。听到他的话，她退缩了，摸到身后有一把椅子，便坐了下来。她就是想永远地离家出走。如果她确实有这个想法，这个未加修饰的想法非常符合她的出身和社会地位。她曾经想："我宁愿这一生每天都在街上走。"她这个人，她的精神已经承受了比历史上最猛烈的地震还要猛烈的震动，如今却因为一些鸡毛蒜皮的小事而懦弱地投降了。她坐着，戴着帽子和面纱，在维罗克先生的眼里，她就像是一名访客。看到她突然变得温顺，他感到振作。然而，他发现她的样子仅是一种临时的默许，这不免又使他有点恼怒。

"温妮，听我说，"他用权威的口吻说道，"你今晚只能待在这里。真该死！你把大大小小的警察招来折磨我，但我不怨你——不过，你自己应该知道你确实做了。你最好把这可恶的帽子摘掉。""我不许你出走，我的老姑娘。"他用比较温和的语气最后说道。

维罗克夫人的思维仍然被那个判断牢牢控制着，几乎牢固到了病态的程度。那个从她眼皮底下把史蒂夫带走杀害的男人，此时不许她外出，他的名字甚至都没有出现在她的脑海里。他自然不会放她走。如今，他已经把史蒂夫谋杀，他肯定会永远不让她走的。他没有任何理由就想留下她。就是在这种特殊的推理下，维罗克夫人获得了疯狂的逻辑所具有的所有力量，她丧失了正常的理智。她可以绕过他，打开大门，跑出去。但他会跟着追出去，搂住她，把她拽回店铺里。她可以抓他，踢他，咬他，也可以用刀刺他——要想刺他，她需要一把匕首。维罗克夫人仍然戴着黑面纱，而且是在自己的家里，就像一个心怀叵测的神秘访客。

维罗克先生是人，他的宽宏大度是有限的。她终于激怒他了。

"你能说点什么吗？你躲躲闪闪，这让男人很烦。是的！你知道装聋作哑的鬼把戏。我见你用过，但今天不管用了。你先给我把这该死的面纱摘掉。我不知道是在跟一个木乃伊还是个大活人讲话。"

他走上前，伸手扯下了面纱，面纱下露出一张令人不解的脸，这张脸引发了他的勃然大怒，就好像把玻璃摔在一块大石头上。"这样好些了。"他说道，这话其实是为了掩盖他刹那的紧张情绪，并回退到当初壁炉旁的位置上。他脑袋里从来没有产生过妻子会抛弃他的想法。他为自己感到羞愧，因为他是个温柔和大方的人。还能做什么呢？该说的都说了，也激烈地抗议过了。

"天啊！你知道我到处寻找合适的人。我冒着暴露自己身份的风险寻找能做那份可耻工作的人。我再对你说一遍，我无法找到一个合适的疯子或流浪汉。你管我叫什么——谋杀犯？或是其他什么？那孩子已经死了。你认为我想把他炸成碎片？他死了。他的麻烦结束了。我们的麻烦刚刚开始，听我说，这就是因为他把自己炸碎了的缘故。但这纯属一次事故，就跟过街时被车撞了一样的事故。"

他的慷慨是有限的，因为他是个人，而不是个魔鬼，但维罗克夫人认为他是。他停顿了一下，接着又咆哮起来，胡子都跳到了闪着光的白牙上面，就好像是一头会思考的畜生一样，不过不太危险的那种——运动速度很慢，有个滚圆的脑袋，颜色比海豹还要黑，而且说话声音嘶哑。

"换了你，你也会像我一样那样干的。就是这样……你愿意怎样瞪着我就怎样瞪。我知道你能怎样做。如果我曾经想让那个小家伙去做这件事，你可以把我杀死。当我正在考虑如何使我们远离麻烦的时候，是你不断把他推到我面前。你到底在想什么？任何人都会以为你是有目的的。如果我知道你不是那个意思，我是根本不会那样去做的。你不说自己在想什么，我怎么知道你在想什么……"

他的嘶哑的、家庭式的说话声停止了一小会儿。维罗克夫人没有回答。在沉默前，他对自己说的感到很羞愧。就像经常发生在家庭争吵中的那样，一旦心平气和的男人感到羞愧了，他们会另找一个话题争吵下去。

"你有时不说话这种方式很可恨，"他又开口了，但没有提高声音，"这足以让某些男人变得疯狂。你很幸运，我跟其他男人不一样，我对你的装聋作哑不那么容易生气。我喜欢你，但你别做得太过分。现在不是时候。我必须思考我们必须做的事。我不许你今晚外出，不许你狂奔着去告诉你母亲一些疯狂的故事或有关我的事。我不许你这样。你不要在这个问题上再犯错误了，如果坚持说是我杀了那孩子，那么你也像我一样也参与杀那孩子了。"

这番袒露心声的话中，包含了真挚的感情。像这样的话，在这个家庭里从来没有出现过，因为这个家庭是依靠出售不正经的产品过活的，之所以不正经，是因为这些产品是平庸的人类出于私利发明的，目的是让这个不完美的社会不至于陷入精神和肉体堕落的危险中。维罗克先生说这番话，是因为他感到自己真的生气了。但这个家庭的生活特征是沉默寡言，他的这番话明显没有触动这间坐落在肮脏街道上、永远照不到太阳的小店铺。维罗克夫人很有礼貌地听着他说，然后从椅子上站起来，她戴着帽子，穿着外衣，就好像是一个访客结束访问了一样。她走向丈夫，伸出一只手，仿佛要做一次沉默的告别。她的网状面纱摇晃地悬挂在左脸上，样子好像是为她的行动不便而做的杂乱礼仪。当她走到炉前的地毯上时，维罗克先生已经不在壁炉前了。他向沙发走去，根本没有抬眼看看自己长篇大论的效果。他很疲倦，像个好丈夫似的服输了。但他感到自己一直极力隐瞒的弱点被刺痛了。如果她想沉浸在那过度的沉默中，她就应该这样做。她是这种家庭艺术的大师。维罗克先生沉重地倒在沙发里，像往常一样他根本没有照顾一下自己帽子的命运，那帽子似乎已经习惯于自己照顾自己，在桌子底下找到了一个安全去处。

他累了。一个月的策划工作使他深受失眠的折磨，折磨终于在今天结束了，但充满了惊人的失败，失败的困惑和懊恼消耗掉了他最后一点精神力量。他累了。男人不是石头做成的。一切都见鬼去吧。维罗克先生又用他那奇怪的方式睡下了，穿着外衣就躺下了。大衣敞开着，有一侧的大衣铺在了地上。他辗转反复，希望快点入睡，从而能美美地把痛苦忘掉几个小时。美好的睡眠肯定会回来的，现在只是临时休息一下。他想道："我希望她会放弃那该死的无理取闹，那真让人生气。"

维罗克夫人重新获得了自由，但她对自由的感受肯定有些不完美的地方。她没有从门口走出去，而是背靠着壁炉，像个旅客靠着栅栏在休息。她的样子透露出一股野性，这不仅可以从挂在她面颊上像块破布一样的黑纱上看出来，还可以从她敢在伸手不见五指的漆黑屋子里发愣看出来。这个女人本是有能力做一次交易的，她只需稍微表示一下怀疑，就能给予维罗克先生的爱情理想以无穷大的震动。但她此时仍然犹豫不决，仿佛她正在忧心忡忡地考虑这笔最后交易的沉重代价一样。

沙发上的维罗克先生，扭动着肩膀，想让自己更舒服一些。心满意足的他，衷心地表达了一个非常虔诚的愿望，这也是他那颗心所能表达的最虔诚的愿望。

"我有个美好的愿望，"他用嘶哑的声音嘟哝道，"我希望我从来没有去过格林尼治公园，从来没有看到过属于那公园的一切东西。"

这句嘟哝在这间不大的房间里显得相当大，与他那不大的愿望很匹配。他发出的声音，具有相当合适的波长，按照正常的数学表达式向四周传播开来，在屋里的静物周围飘荡着，舐着维罗克夫人的脸庞，就好像她的脸庞是一块石头。似乎令人难以置信，维罗克夫人的眼睛好像随之变得越来越大。维罗克先生的声音，流入了妻子记忆中存放着敌对信息的地方。格林尼治公园，那个孩子就是在这个公园里被杀死的——被炸碎的树枝、撕碎的树叶、沙土、弟弟的嫩肉和嫩骨，这些东西都像是烟花一样喷射出来。此时，她回忆起曾经听到过的东西，那些东西就像是浮现在眼前一样。他们用铲子收集弟弟的遗体。她好像看到眼前有一把铲子，那铲子正在一铲一铲地收集起来一堆的可怕东西，这幅图景使她浑身战栗得难以控制。维罗克夫人绝望地闭上了眼睛，想用眼帘的夜幕去覆盖住那幅图景，那可真是一幅可怕的图景，断臂残肢像雨滴一样落下来，史蒂夫的头颅孤独地悬浮在空中，正在缓慢地消失在夜空，就好像是烟花表演中最后一颗星星。维罗克夫人睁开了眼睛。

她的脸不再像一块石头了。任何人都能注意到她面部的微妙变化，她凝视的方式也改变了，这给予她一种惊人的新表情。即使是有见识的人，在很安宁的环境里，要想对这种表情进行分析也是很困难的，但任何人只需看一眼就能无误地领会其意义。维罗克夫人做交易的疑心没有了，她又恢复了理智，整个人都在她的意志下开始活动了。但维罗克先生看不到这一切变化，他正在休息，休息的样子快乐得令人同情，这全是因为他过度疲劳的缘故。他不想有更多的麻烦了，不仅与妻子之间不再有更多的麻烦，还要与世界上所有人之间不再有更多的麻烦。他为自己做的辩护是无邪的，他爱自己。他对妻子目前的沉默状态给予对自己有利的解释。到了与妻子讲和的时候了。他俩之间的沉默延续了太长的时间。他小声地称呼她的名字，希望打破沉默。

"温妮。"

"是。"已经获得自由的维罗克夫人顺从地回答。此时，她的理智又重新获得控制权，可以控制发声器官了。她感到自己能以近乎超自然的方式控制身体的每一根神经。她又是自己的了，因为交易就要完成了。她能看见远处的东西了。她变得机智起来。她迅速回答他的问题是有用意的。他不希望那个男人改变躺在沙发上的姿势，因为她觉得目前的这个姿势令她满意。她成功了。那个男人没有动一下。做出回答后，她身体随便地倾靠在壁炉上，姿势很像一个正在休息的旅客。她不急于做什么。她的眉头是舒展的。维罗克先生的头部和肩部被沙发突出部挡住了。她紧盯着他的双脚。

她一直保持这种神秘的姿态。突然，她听到维罗克先生用丈夫的口吻发话了。维罗克先生一边说，一边挪动身体为她能坐在沙发边上腾出了一块地方。

"过来。"他用一种奇怪的声音说道，或许这种声音里带着野蛮劲，但维罗克夫人知道这是他求爱的信号。

她立即向前走去，仿佛她仍然是个忠诚于夫妻关系的妻子。她的右手在桌面上轻轻地扫过，当她向沙发走去的时候，桌子上的切肉刀不见了，切肉刀旁边的盘子没有发出一丝响声。维罗克先生听着地板的叽叽嘎嘎声，感到十分满足。他等着她。维罗克先生走过来了。仿佛史蒂夫无家可归的灵魂猛然飞入了他姐姐的胸中，姐姐是史蒂夫的保护者，她的脸每向前走一步就变得越发像她的弟弟，她的下嘴唇开始像弟弟一样低垂着，左右眼微微地发散。但这些维罗克先生看不到。他正仰卧着，双眼向上凝视着。他隐约在天花板上看到一只紧握着切肉刀的手。那刀上上下下地闪着光。那刀从容不迫地运动着。维罗克先生终于看清了从容不迫运动的手臂和武器。

那手臂和武器的运动非常从容不迫，他完全理解了其中的含义，他的喉咙里也品尝到了死亡的滋味。他的妻子疯了——正在进行疯狂的谋杀。那手臂和武器的运动是从容不迫的，但他仍然有时间从最初的麻痹状态恢复正常，做出决断与那个手拿武器的疯子进行异常可怕的搏斗，最终取得胜利。那手臂和武器的运动是从容不迫的，允许维罗克先生制订出一个详细的防守计划，他可以跑到桌子背后，用椅子把那女人打翻在地。然而，手臂和武器从容不迫的运动却没能让维罗克先生有时间移动他的手和脚。那把刀已经插入了他的胸膛。那刀锋所到之处没有任何阻力。致命的危险总是有很高的准确性。维罗克夫人是在沙发旁边发力的，在这记向下的猛刺中，她汇集了她所继承的所有古老的、卑微的血统，有洞窟人时代的简朴凶猛，还有酒吧间时代不正常的精神狂暴。间谍维罗克先生，借着猛刺的用力，稍微扭转了一下身体，四肢连动都没有动就死去了，仅低声说了声"不要"做抗议。

维罗克夫人放开了手中那把刀，这时她与死去的弟弟也不像刚才那么相像了，她又恢复成了一个正常的人。她深深地喘了一口气，这是自总巡官希特向她展示带着标记的史蒂夫的残破大衣之后第一次轻松地呼吸。她探身向前，两臂交叉倚在沙发背上。她采取这个姿势不是为了观察维罗克先生的尸体或对结果沾沾自喜。她这样做是因为感到会客室在晃动，就好像是在大海上航行遇到了风暴。她的头有点晕，但很镇定。她已经变成了一个彻底自由的人，既没有什么东西想得到，也绝对没有任何事想去做，因为史蒂夫发出的迫切情感要求已经不存在了。维罗克夫人的思维里有许多画面，可眼前的这画面并没有使她困扰，因为她的思维停止了思考。她一动不动。她是个享受着没有任何责任而只有无穷快乐的女人，就好像死尸一般。她一动不动，脑子里一片空白。维罗克先生的尸体躺在沙发上睡觉，也是一动不动。如果不是维罗克夫人还能呼吸，夫妻两人真是处于完美的一致之中：他俩的一致是谨慎保守的结果，没有多余的话，没有多余的暗示，这是他俩令人尊敬的家庭生活的基础。他俩的生活确实是令人尊敬的，他俩用沉默寡言掩盖了他俩从事的秘密职业和不正经的买卖。总之，他俩礼貌待人，从不尖叫恼人，也没有其他不诚信的举止。这一记猛刺之后，这种值得人尊敬之处仍然依靠静止不动和沉默寡言维持着。

会客室里静悄悄的，直到维罗克夫人缓慢地抬起了头，用怀疑的目光看着屋里的钟表。她意识到屋里有钟表的声音，因为那声音越来越响。她清楚地记得，墙上的钟表是不响的，发不出嘀嗒的声音。突然听见这么响的嘀嗒声意味着什么呢？钟表的指针在差10分钟9点上。维罗克夫人一点都不关心时间，可那嘀嗒声仍然继续着。她判断那声音不是来自钟表，她开始用阴沉的目光扫视四周的墙壁。过了一会儿，视线开始抖动，眼前变得模糊起来。与此同时，她努力去听那声音的位置。嘀嗒，嘀嗒，嘀嗒。

听了一会儿，维罗克夫人低下头，仔细地查看丈夫的身体。他躺着的姿势很自在、很熟悉，所以她的查看并非她家庭生活中的新鲜举动，自然不会感到有什么尴尬之处。像往常一样，维罗克先生正在安逸地休息。他看上去很舒服。

由于维罗克先生身体的姿势的缘故，已经是寡妇的维罗克夫人看不见他的脸。虽然她感到了困倦，但她那双细致的手仍然追踪着那嘀嗒的声音。当她看到沙发边缘伸出一个扁平的物体时，她开始沉思起来。这是一把家庭用切肉刀的手柄，没有什么好奇怪的。但这把刀的位置是在维罗克先生的马甲上，刀的手柄上有东西滴下来。黑色的液体一滴接着一滴地落在地板布上，嘀嗒声变得越来越快，激烈得就如同一块疯狂的钟表。速度达到最快的时候，嘀嗒声变成了连续的流淌声。维罗克夫人观察着那变化，脸上的焦虑也随之发生着变化。什么东西在流淌着，是黑色的，涓涓细流，快速流淌着……那是人血！

看到这意想不到的情景，维罗克夫人放弃了她那懒散的、不愿承担责任的态度。

她猛地撩起自己的裙子，轻轻地尖叫了一声，便跑到了门口，仿佛这涓涓细流是大洪水的前兆。跑动中，她碰到了桌子，她便用双手推那桌子，好像桌子是活人一般，由于她用力很大，桌子滑行了一段距离，桌子的四条腿刮得地板发出喧嚣声，而桌子上的大盘子沉重地摔在地板上碎了。

此后一切又变得寂静起来。维罗克夫人此时已经站到了门口，停下了脚步。地板的中央有一顶圆礼帽，那是移动桌子暴露出来的，她奔跑时带起的风，吹得那顶圆礼帽轻微地晃起来。

第十二章

温妮·维罗克，维罗克先生的遗孀，史蒂夫（已经死去，在无知的情况下去完成一项人道主义任务，被炸成了碎片，他很忠实于姐姐）的姐姐，没有跑出会客室。她是看到血流后才跑的，但那是本能的反应。在门口，她停下了，低着头发起了愣。会客室虽小，维罗克夫人仿佛觉得自己好像花费了几年时间才跑过去，站在门口，此时的她与刚才站在沙发旁边的那个她截然不同了，她当时有点眩晕，但感到异常的镇定，因为她觉得自己无牵无挂，不必负担任何责任。现在，维罗克夫人不再眩晕，思维也稳定下来了，但镇定感没有了。她害怕了。

虽说她在避免朝躺着的丈夫的那个方向看，但这不是因为她害怕的缘故。看看维罗克先生并不令人感到害怕。他看上去很舒服。此外，他已经死了。维罗克夫人不对死人抱有什么幻想。什么都救不了死人，不仅爱情不行，连仇恨都不行。死人无法伤害你，死人什么都不是。她对那个轻易就被她杀死的男人还有一种蔑视的心理。他曾经是家庭的主人，还是一个女人的丈夫，再后来成为了杀死她的史蒂夫的凶手。如今他在所有的方面都变得毫无价值。他比他身上的衣服、外套、靴子更没有价值，甚至他的价值比不上地面上的那顶帽子。他什么都不是了，他不值得再看一眼。他甚至不再是杀害史蒂夫的凶手。当人们来找维罗克先生的时候，屋里唯一能找到的凶手就是她本人！

她两次试着想把面纱戴好，却两次都因手在颤抖而失败了。维罗克夫人不再是一个从容不迫的人，身上也有责任要承担了。她害怕了。她一下子就刺死了维罗克先生。那一记猛刺，减轻了郁积起来的极度痛苦：她的喉咙中有喊叫不出的痛苦；她的眼中有流干了泪水的痛苦；她心中有因对那个人所犯的暴行感到愤慨而生的痛苦。这个男人抢走了她的男孩子，如今什么都不是了。那一记猛刺的动机很隐晦。血顺着刀柄流到了地板上，那一记猛刺已经变成了性质极为清晰的谋杀案。维罗克夫人对任何事情都不愿深究，但她不得不对这件事刨根问底了。在那里，不见了令人不安的脸，不见了责备的愁容，不见了痛悔的场面，不见了类似于理想的东西。她隐约看到那里有个物体。定睛细看，原来是绞架。维罗克夫人害怕绞架。

她一想到绞架就害怕了。她从来没有观摩过司法程序的最后一道情节，只是在某类故事书的木版画插图上见过，在她第一次看到的绞架插图上，竖立绞架的背景是暴风雨的黑暗，绞架用锁链和骨骼做装饰，有鸟在周围盘旋，啄食死人的眼珠。这样的插图是很可怕的。虽然维罗克夫人不是个博学的人，但她对这个国家的司法制度略有了解，她知道绞架不再以浪漫的方式竖立在阴沉的河岸边或荒凉的海角里，而是监狱的院子里。执行绞刑通常在黎明时分，谋杀犯被带到刑场，刑场周围被四面高墙包围着，就像在深渊里，场面寂静得令人感到害怕，新闻报道中总会出现"有关当局在场"这样的描述。她低头盯着地板，苦恼和羞愧使她的鼻孔微微发颤，她幻想着自己孤单地被一群陌生的戴丝绸礼帽的男人簇拥着，他们正镇定地按部就班地把绞索套在她的脖子上。绞刑？我不要！我不要！但绞刑怎样执行呢？想象无法给出如此安静的绞刑的所有细节，这增添了令她发疯的恐惧心理。报纸往往仅是在贫乏的报道的最后才提供一个带着某种感情色彩的细节。维罗克夫人记得那个细节。想到这个细节，她就感到脑袋像被火烤一样疼痛，仿佛"绞架的落差是 14 英尺"这几个字像烧热的铁针一样刺痛着她的脑袋。"绞架的落差是 14 英尺。"

这几个字还影响到了她的血肉之躯。她的喉咙出现一阵阵的痉挛，就如同在抗拒正在收紧的绞索；她非常害怕绞索猛地向上拉扯时把自己的脑袋撕掉，于是双手紧紧抓住自己的脑袋。"绞架的落差是 14 英尺。"不！绝对不能上绞架。她无法忍受绞刑的痛苦。仅是想到绞刑就让她难以忍受。她无法忍受绞刑的想法。于是维罗克夫人下定决心立即离家出走，从一座大桥上投河自尽。

这次她终于戴好了面纱。她的脸上好像是戴了面具，从头到脚都是黑色的，除了帽子上有一朵小花。她呆板地看了看屋里的钟表。她觉得钟表好像是停了。她无法相信从上次看钟表到现在只过去了两分钟的时间。这不对，钟表肯定早就停了。实际上，自她用刀猛刺之后第一口深呼吸，到她下定决心跳入泰晤士河，只过去了 3 分钟的时间。但维罗克夫人不相信这点。她好像听人说过，谋杀发生的时候，钟表总是停在谋杀发生的时刻，这样就能抓住谋杀犯了。她对此已经没有顾虑。"到了桥上，我就纵身一跳……"但她的行动速度很缓慢。

她痛苦地走过店铺，抓住了门把手，可没有勇气打开门。等了一会儿，她才找到打开门的勇气。这条街让她害怕，因为这条街要么带她去绞架，要么带她去跳河。她站在台阶上挣扎着向前走，双臂张开，就好像从大桥的栏杆上跳下去一样。室外的空气让她有溺水的预感；潮湿的空气包围着她，钻进她的鼻孔，滞留在她的头发上。当时天没有下雨，但每盏煤气灯都有一个因薄雾形成的黄褐色的小光晕。四轮马车已经走了，街道上很黑暗，那家马车夫吃饭的小饭馆还亮着灯，窗户上挂着窗帘，灯光映照到人行道附近的地方，形成一个散发着淡淡血红色的方块补丁。维罗克夫人艰难地向那小饭馆走去，她觉得自己变成了一个非常无依无靠的女人。她确实是无依无靠，所以她渴望看到一张熟悉的脸。想了想，她只想到了小时工尼尔夫人。她自己不认识任何人。社会上没有人会想起她。不要盼望着寡妇维罗克夫人会忘记她的母亲。她不会的。温妮一直是个好女儿，因为她一直是个好姐姐。她的母亲一直在依靠她的支持。可她在母亲那里也得不到任何安慰和建议。如今史蒂夫已经死了，她与母亲之间的纽带就断了。她不能跟那个老妇人讲这个可怕的故事。此外，母亲距离她太远了。泰晤士河仍然是她当前的目的地。维罗克夫人尽量不去想母亲。

每一步都在消耗着她的意志，似乎每一步都是她的最后一步。维罗克夫人已经走过了小饭馆那泛着红光的窗户。"一到桥上我就跳下去。"她极度顽固地对自己不断重复着。她伸手扶了一下煤气灯的灯杆，这才站稳了。"我在早晨之前是赶不到河边了。"她心想。一想到死，她就要瘫痪，这妨碍了她逃避绞架的努力。她感到自己在这条街上已经走了好几个小时了。"我永远也走不到河边，"她想着，自语道，"他们会发现我在街上瞎逛。路途太远了。"她继续走着，在黑色面纱下喘着气。

"绞架的落差是 14 英尺。"

她猛地推开灯杆，又继续走起路来。但另一波的晕厥迎面而来，就好像大海里的浪潮一样，让她心灰意冷。"我永远也走不到河边，"她低声咕哝道。突然，她站住了，微微地摇晃起来，"我是永远走不到河边了。"

维罗克夫人觉得自己根本走不到距离最近的大桥上，于是想起可以逃亡国外。

这个想法来得很突然。谋杀犯逃跑了，跑到国外去了。西班牙或加利福尼亚。她脑子里还有许多地名。世界之大，是为男人们的荣耀而创造的，对维罗克夫人来说，世界仅是个巨大的空白。她不知道朝着哪个方向走。谋杀犯有朋友、关系人、帮忙者——他们有知识，而她却什么都没有。她是世界上所有谋杀犯中最孤独的。她在伦敦是孤身一人：在这座充满了奇迹和烂泥的城市里，有迷宫一样的街道和大量的路灯，此时正处在无法逃避的黑夜中，在这个黑暗深渊的底部，一个无依无靠的女人是休想逃脱的。

她摇晃着又开始向前走了，心里非常害怕摔倒。刚走了几步，出乎意料地，她感到有什么很稳固的东西在支撑着她。抬起头，她看到一个男人的脸，正在近距离盯着她的面纱看。奥西彭同志不怕陌生女人，遇到醉酒的女人，他会不顾礼仪上前拉近乎。奥西彭同志对女人感兴趣。此刻他正用两只大手抱住眼前这个女人，镇定地端详着，直到他听到她微弱地说了一声"奥西彭先生"，他这才放手，这一放手几乎让她摔倒在地上。

"维罗克夫人！"他惊呼道，"你在这里！"

他认为维罗克夫人不可能喝醉，但谁也不能保证。他没有继续深究，但他不想让缘分失望，仍然想把维罗克同志的遗孀抱在怀里。他惊讶地发现，她很轻松地就接受了拥抱，甚至靠在他的胳膊上休息了一会儿，然后她才想脱离。奥西彭同志不想对缘分无礼，于是顺势收回了手臂。

"你还能认出我？"她断断续续地说。此刻，她已经双脚落地，稳稳地站在他的面前。

"我当然能认出你，"奥西彭非常敏捷地说，"我怕你跌倒。我最近不常见到你，所以害怕认不出你。我从第一次见到你之后，就一直在想念你。"

维罗克夫人似乎没有听见这句话。"你是要来店铺？"她紧张地问道。

"是的，"奥西彭回答，"我看了报纸后马上就来了。"

实际上，奥西彭同志在布雷特街周围躲藏两个多小时，一直没敢采取大胆的行动。这位粗壮的无政府主义者并非是个大胆的征服者。他记得维罗克夫人从来没有对他的眼光给予过一丝鼓励。此外，他认为那店铺可能已经被警察监视了。为了不让警察夸大他的革命倾向，奥西彭同志这才没敢贸然前往。他甚至现在也不知道该做什么。与过去的爱情冒险不同，他面临着一次严肃的大行动。他不知道这次行动能捞到多少好处，也不知道为获得他的那份必须冒多么大的风险——他仅是相信自己有机会。这些困惑扫了他的兴，他只好用很冷静的语气说话，因为他觉得这样比较符合现实情况。

"我可以问问你想去哪里吗？"他用很谦卑的声音询问道。

"不要问我！"维罗克夫人大叫道，那暴躁的声音中带着颤抖和压抑。一想到死，她的强大的生命力就会退缩，"不要问我想去哪儿……"

奥西彭断定，虽然她很兴奋，但极为镇定。她站在他身旁沉默了一小会儿，然后做出了一件出乎他意料的事。她把手伸到他的胳膊下面。他显然被这一举动震动了，这一举动还有另外一点给予他同样大小的震动，那就是她伸手的动作坚决得能让人察觉到。但这事很微妙，奥西彭同志的反应也很微妙。他甘心情愿地把她的手压在自己强壮的肋骨上。与此同时，他感到有一股力量在推自己，便顺着那股力量向前走了。到了布雷特街的尽头，他感到自己被带着向左转。他顺从了。

街头的那家水果摊已经把照亮橙子和柠檬的耀眼灯光熄灭了，布雷特广场一片黑暗，只剩下几盏有迷雾光晕的路灯标示出那个三角地带，广场的中央立着一根灯杆，上面有一组三盏灯在亮着。这一对男女的黑色身影手挽着手沿着墙壁悄悄地走着，步履很缓慢，就像一对热恋中的情人，还像在这个痛苦的夜晚一对无家可归的人。

"如果我说我出门就是想去找你，你会怎么说？"维罗克夫人问道，用力地紧紧夹住他的胳膊。

"我要说你找不到任何比我更愿意帮助你排忧解难的人。"奥西彭回答道，心里有一种长驱直入的感觉。事实上，他俩间的微妙情感发展如此之快，完全出乎他的意料。

"帮我排忧解难！"维罗克夫人缓慢地重复了一遍。

"是的。"

"你知道我的难处是什么吗？"她低声说道，但说话用力之大令人奇怪。

"看完晚报后 10 分钟，我就知道了。"奥西彭热情地解释道，"我遇到一个朋友，你也许在店里见过他一两次，我与他谈了一会儿，这时我才知道了事实真相。然后，我就朝这里走，想看看你的情况——自从我第一次见到你，我就喜欢得无法用语言表达。"他大声地说，仿佛他无法控制自己的感情。

奥西彭同志有个感觉是对的，没有女人能对他的表白完全置之不理。但他不知道维罗克夫人之所以带着强烈的求生本能接受他的表白，部分原因是她像溺水者那样要抓紧他。对维罗克先生的遗孀而言，这位身材健壮的无政府主义分子是个散发着光芒的生命使者。

他俩缓慢地一步一步地走着。"我当时也是这么想的。"维罗克夫人低声说道，声音相当微弱。

"你是从我的眼睛里看出来的。"奥西彭信心十足地提醒。

"是的。"她低声地对着他凑过来的耳朵说。

"我的爱无法在你那样的女人面前隐瞒住。"他继续说。不过，他试图把自己与物质因素分离开来，比如，他对店铺生意的价值、维罗克先生留在银行里的存款。他极力强调自己只看重感情因素。在他内心深处，他对自己的成功感到有点震惊。维罗克是个好人，显然是个好丈夫，每个人都能看出这点。然而，奥西彭同志不愿为了那个死人去破坏自己的运气。他态度坚决地压制住了自己对维罗克灵魂的同情，并继续说：

"我无法隐瞒我的感情，我太想你了。我敢说你能从我的眼睛中看出来，但我不想猜测感情。你总是那么冷漠……"

"你期望我做什么？"维罗克夫人突然说，"我是个受人尊敬的女人……"

她停顿了一下，然后继续说，仿佛是对自己说，语气中带着恶意的愤怒："后来他把我弄成今天这个样子。"

奥西彭没有理睬这点，而是继续说自己的事。

"我觉得他不配你，"他又开口说，把对朋友的忠诚抛到云霄之外去了，"你本该有更好的生活。"

维罗克夫人痛苦地打断他说：

"更好的生活！他骗走了我 7 年的生活。"

"你似乎跟他一起生活很幸福。"奥西彭试图解释自己的过去一段时间里对她的冷漠态度。"这使我在你面前感到羞怯。你似乎爱他。我感到吃惊——或者说是嫉妒。"他继续说。

"我爱他？"维罗克夫人低声地呼喊起来，语气中充满了蔑视和怒火。"你认为我爱他，认为我是他的好妻子，认为我是个受人尊敬的女人。你竟然有这样的看法！喂，汤姆……"

奥西彭听到她叫他的这个名字，竟然骄傲得浑身发抖。他的名字是亚历山大，最亲近的人叫他汤姆。这是个表示友好的名字——表示要提升关系。他不知道她曾经听到别人用过这个名字。显然，她不仅听到了，而且还珍藏在记忆里——或许是心里。

"喂，汤姆！我是个年轻姑娘。我毁了。我累坏了。我有两个人要养活，而且好像我还能养更多。两个人——母亲和那孩子。那孩子更像是我的孩子，而不是母亲的。我整夜坐着把他放在我的膝盖上，楼上只有我一个人，那时我才 8 岁。所以，他是我的，听我说……你不明白这点，没有人明白这点。我能怎样做呢？曾经有个年轻人……"

那段与年轻屠夫的浪漫回忆，又在她的记忆里顽强地复活了，仿佛是在令人恐惧的绞刑或对死亡的反抗之前又一次看到了理想。

"当时我爱的就是那个男人，"维罗克先生的遗孀说道，"我希望他也能从我的眼神中看出爱情。他每周能挣 25 先令。他的父亲威胁把他赶走，如果他打算娶一个抚养着残废的母亲和一个傻弟弟的女孩。但他继续与我交往。后来，我终于有了勇气，断绝了与他的关系。我必须这样做。我非常爱他。每周只有 25 先令！这时出现了另一个男人——他是位好房客。女孩会怎样选择呢？我能住大街吗？他似乎很善良。总之，他想要我。我怎样抚养我的母亲和可怜的弟弟呢？我同意了。他似乎很和蔼，很大方，有钱，从来不抱怨。7 年了——我给他做了 7 年的好妻子，他很善良、很好、很大方——他是爱我的。是的，他爱我，有时我就是这么想的——7 年。我给他做了 7 年的妻子。可你知道你的朋友是什么吗？你知道吗？……他是个魔鬼！"

奥西彭同志听得目瞪口呆，那低声的耳语中包含着超人般的激情。温妮转过身子，双臂抱住他，他俩面对面站着，站在黑暗的、孤寂的、雾霭迷茫的布雷特广场上，这里有生命的声音都消失了，就好像是一座由沥青、砖头、死气沉沉的房屋、没有感情的石头构成的三角形深井。

"不，我不知道。"他郑重地说，样子看上去既软弱又愚蠢，他的欢愉表情被面前的这个怕绞架怕得要命的女人驱赶走了。"但我现在知道了。我，我理解了。"他笨拙地说，因为他心里正在琢磨着维罗克会对自己睡梦中的、样子安详的妻子做出何等残忍的暴行。肯定是相当恐怖的。"我理解了。"他重复说道。突然，他似乎有了灵感，脱口说道："不幸的女人！"与他常挂在嘴边的那句"可怜的宝贝！"相比，他刚说的这句代表一种比较高等级的同情。他意识到眼前的情况有点不正常，但他仍然不愿让眼前的战利品跑掉，于是又改口说："不幸但大胆的女人！"

他很高兴找到了那个语义差异，但除此之外他一无所获。"哈，但他现在死了。"这是他能找到的最好的表达。在这句小心翼翼的惊叹语中，他加入非常显著的敌意。维罗克夫人疯狂地抓住了他的胳膊。"你猜到他死了。"她低声咕哝道，仿佛好像丈夫的死与她无关似的。"你，你猜到了我必须做的，我必须做的！"

她说这些词汇的语气飘忽不定，但包含了胜利的喜悦、焦虑的缓释、获救的感激这几种不同的感情。她的感情吸引了奥西彭的全部注意力，致使他没有很好地理解她话中的真实含义。他非常想知道她遇到了什么事，为什么会如此的兴奋。他甚至开始推测，格林尼治公园爆炸案的潜在原因并不复杂，就是维罗克的婚姻生活不幸福。他甚至怀疑维罗克先生是选择了一种极端的自杀手段。天啊！这能解释为什么这宗爆炸案显得那么的愚蠢和没头没脑。在目前情况下，无政府主义者根本不用出来做声明。想反，维罗克和那些地位与他相当的革命分子都了解实情。维罗克开的这个大玩笑把整个欧洲、世界革命运动、警察、新闻界、独往独来的教授都愚弄了。虽然奥西彭感到惊讶，但他肯定这件事是维罗克做的！这个可怜虫！他突然想到，在维罗克夫妇中，还说不定谁是真正的魔鬼。

亚历山大·奥西彭，绰号"医生"，他总是倾向于纵容他的男性朋友。他看到维罗克夫人正挎着他的手臂。对他的女性朋友，他的想法特别实际。当他表示知道维罗克先生已经死了，为什么维罗克夫人会惊叫起来呢？维罗克先生的死已经不是猜测了，他就一点都不感到惊扰。女人说话都像疯子一样，但他想知道她了解多少底细。报纸只能告诉她基本的事实：格林尼治公园被炸碎的那个人还没有查明身份。无论维罗克的企图是什么，难以想象他会把自己的企图告诉她。这个问题让奥西彭同志产生了极大的兴趣。他停下脚步，他俩已经走完了布雷特广场的三个边，又到了布雷特街的街口了。

"你最初是怎样听到这个消息的？"他问道，他故意用一种符合当时气氛的语气，他希望身边的女人能透露点什么给他。

她猛烈地颤抖了一会儿，然后用死气沉沉的声音做了回答。

"从警察那里。总巡官来了，他说他是总巡官希特。他给我看了……"

维罗克夫人发出了哽咽声："汤姆，他们是用铲子把他的残余碎片收集起来的。"

她的胸脯一起一伏，欲哭无泪。这时奥西彭找到了说话的机会。

"警察！你是说警察已经来过了？那个总巡官希特是亲自来通知你的？"

"是的，"她用冷漠的声音回答，"他来了，就像现在你这样，他来了。我不知道，他给我看一块大衣的碎片。就这样。你知道这个吗？他说。"

"希特！希特！他来干吗？"

维罗克夫人低下了头。"没什么，他没有做什么。他走了。警察跟维罗克是一边的，"她悲痛地咕哝道，"另外还有一个。"

"另外还有一个。你是说另外还有一个巡官？"奥西彭问道，样子异常兴奋，语气就好像一个被吓坏的孩子。

"我不知道。他来了，他像个外国人。他可能是大使馆里头的人。"

奥西彭同志又被吓了一跳，几乎要瘫在地上。

"大使馆！你知道你在说什么吗？什么大使馆？你说大使馆到底是什么意思？"

"在切舍姆广场，他诅咒的人就在那里。我不知道，我不关心。"

"那家伙对你说了什么或做了什么吗？"

"我不记得了……没什么……我不关心。别问我。"她疲惫的声音恳求道。

"好吧，我不问了。"奥西彭同意，语气温和。他确实没有再问，这不仅是因为他被那恳求声音中的痛苦所打动，而且因为他感觉自己在这件晦暗的事中变成了局外人。警察！大使馆！呸！由于事情变得太复杂，他不敢冒险继续追究，害怕走入歧途，于是立即放弃所有假定和推测。他面前有个女人，绝对正在向他求爱，这是最要紧的事。没有什么能比他刚才听到的更加使他惊奇的了。突然，维罗克夫人好像从一个安宁的睡眠中惊醒了，她开始大胆地要求立即逃往欧洲大陆，但他丝毫没有发出惊叹声。他从容不迫地表示抱歉，最早一班火车要等到明天早晨，然后开始在薄雾笼罩的煤气灯下端详起她那戴着黑纱的脸。

在他的身边，她的黑色身影与黑夜融为一体，就像是用一尊黑色石头雕像的半成品。她到底知道多少情况，到底身陷警察和大使馆的乱局有多深，根本无法说清楚。但如果他要离开，不应该由他提出反对。他正急于摆脱此事。他觉得，他不应该涉足这个与警察和大使馆牵扯在一起的店铺。应该抛弃这间店铺，但店铺里还有其他东西。有存款，那可是钱啊！

"你必须找个地方把我藏到明天早晨。"她说，声音显得惊慌失措。

"亲爱的，事实是我不能把你带到我的住处去，因为我与一位朋友住在一起。"

他自己也变得惊慌失措起来。明天早晨，警察会到所有火车站站岗，这是毫无疑问的。如果他们抓住了她，她会因为某种原因不再归他所有。

"但你必须帮助我。你难道不关心我吗？你在想什么？"

她说话时情绪激动，但失望使她松开了抓紧他的双手。

双方陷入了沉默，周围仍然被薄雾笼罩，黑暗镇定地统治着布雷特广场。他俩面对面站着，没有人来打扰，甚至连流浪汉、罪犯、正在求爱的猫都不来近处打扰他俩。

"也许能找到一个安全的住处，"奥西彭最后说道，"但真实情况是这样的，亲爱的，我没有足够的钱去办这件事，我身上只有几便士。我们这些革命分子都不富裕。"

他说话时衣服口袋中就有 16 先令。他继续说：

"我们还有很远的路要跑——这是明天早晨的第一件事。"

她没有挪动，没有发声，奥西彭同志感到有点失落。

显然，她没有什么可贡献的。突然，她向胸部抓了一把，仿佛她的胸部出现剧烈的疼痛。

"对了，我有钱，"她喘息地说，"我有钱。我有很多钱，足够你用。汤姆！让我们离开这里吧。"

"你有多少钱？"他询问道，而且没有让她把他拉动，因为他是个谨慎的人。

"听我说，钱在我这儿。所有的钱都在我这儿。"

"你这是什么意思？所有存在银行里的钱？是吗？"他问道，态度迟疑，但已经准备好接受任何惊喜。

"是的，是的！"她紧张地说，"所有的钱，我有所有的钱。"

"你是怎样得到这么多钱的？"他大为惊奇。

"他给我的。"她咕哝道，突然之间又变得顺从起来，而且浑身战栗。奥西彭同志大胆地放心了。

"为什么？那么——我们得救了。"他缓慢地说道。

她身体向前倾，投入了他的怀抱。他高兴地接受了她，她拿到了所有的钱。她的热情奔涌而出，可她的帽子显然是个障碍，她的面纱也是。他很恰当地表达了自己的感情，仅此而已。她没有抵抗，也没有放弃，方式是被动的，仿佛她的人只有一半有知觉。她没有遇到多大的困难就从他那松弛的拥抱中摆脱出来。

"汤姆，你必须救我，"她叫嚷道，并向后退让，但仍然抓住他穿得湿漉漉的大衣的领子。"救救我。把我藏起来，别让他们抓住我。你必须先把我杀了，我自己做不到——我做不到，就是做不到——这不是因为我害怕的缘故。"

她怪异得让人烦恼，他心想。她开始让他感到一种莫名其妙的紧张。他开始用粗鲁的声音说话了，因为他心里正忙着想重大问题：

"你到底害怕什么？"

"你应该能猜出令我害怕的东西！"那女人大叫道。

她仿佛看到了警察来逮捕她那可怕的一幕，警察的逮捕令在她脑海里回响，这让她感到自己处境恐怖。处于这样的心理状态，她竟然认为自己的语无伦次已经把真相说清楚了。她没有意识到自己说出来的仅是思想中的只言片语。她说完自己的话，马上就感到心里宽慰，同时赋予奥西彭同志说的每句话一种特殊的含义，实际上他知道的情况完全不同于她知道的。"你应该能猜出令我害怕的东西！"她的音调变低了。"你不需要多长时间就能猜出来，"她继续用既痛苦又阴郁的声音咕哝道，"我自杀不了，我做不到，我做不到。你必须答应先杀死我！"她晃动着他的大衣领子，"绝不能让我活着！"

他简略地做出保证，他没有必要做承诺，但他会尽量满足她提出的条件，因为他与兴奋中的女人有缘，而且他总是会利用自己的经验去选择合适的行动，用他的智慧处理好各种情况。在目前的情况下，他正忙于用智慧解决其他问题。温妮的话不必在意，但火车时刻表有问题。英国是岛国，这点让他感到很讨厌。"这跟坐牢差不多。"他焦急地想，心里感到很为难，就好像背着个女人要爬墙一样。突然，他拍了一下脑门。他绞尽脑汁，想到在南安普敦至法国的圣马洛之间有一趟船可坐。船出海的时间在午夜，10 点 30 分有火车。他变得愉快起来，准备动身。

"在滑铁卢站乘坐火车，我们有足够的时间。一切都会好转的……怎么了？咱俩走错了路了。"他反对道。

维罗克夫人用手臂钩住他的手臂，正试图把他再次拉入布雷特街。

"我出来时忘了关门了。"她低声说，样子极为不安。

此时奥西彭同志已经对店铺和店铺里的东西不感兴趣了。他知道如何抑制自己的欲望。他正要说"那有什么关系？随它去吧"，但又止住了嘴巴。他不想为小事争吵。等到他一想到她也许在抽屉里留有现金，甚至还加快了脚步。但他的这点主动精神仍然满足不了她的极度急躁心情。

他们刚到时，店铺里显得非常黑暗。大门是开着的。维罗克夫人身体斜靠在大门上，气喘吁吁地说：

"没有人来过。看！那灯光——会客室里的灯光。"

奥西彭探头一看，看见黑暗的店铺里有微弱的灯光。

"有灯光。"他说。

"我忘了关灯。"维罗克夫人在黑纱后面无力地说。他停下脚步，想让她先进家门，但她大声叫道："你去把灯关上，要不然

· 241 ·

我要疯了。"

他没有立即提出反对，不过他觉得她的动机很奇怪。"钱在哪里?"他问道。

"在我身上! 汤姆，快! 把灯熄灭……快进去!"她大叫道，并从背后抓住他的肩膀。

奥西彭同志没有想到她有这么大的力量，她还没有推他，他便跌入店铺里很远的地方。这个女人的力气之大让他吃惊，他对她的做法感到厌恶。但他没有退出店铺去斥责她，她的狂妄举动开始给他留下负面印象。

此外，现在也不是逗女人的时候。奥西彭同志在柜台的尽头一闪而过，镇定地走进会客室的玻璃门。窗户上的窗帘拉开了一些，他在旋转门把柄时，很自然地向屋里看了看。他向屋里看，没有任何意图，也没有任何好奇心。他向屋里看，就是因为他能向屋里看。他看到维罗克正在安静地躺着沙发上休息。

他的胸腔深处发出一声呐喊，还没出声就被压回去了，但在他的嘴唇上留下一种像猪油一样令人恶心的味道。与此同时，奥西彭同志的精神状态疯狂地向后跳了一大步。但这使得他的身体没有了精神指引，在缺乏思想的本能力的作用下依旧紧抓着门的把柄。这位粗壮的无政府主义者甚至没有跟跄一下。他脸挨近玻璃，死死地盯着屋里，眼睛都凸出来了。他本想不顾一切地逃跑，但理智又回归了，理智告诉他不能松手门把柄。眼前的这一幕是什么呢? 是疯狂? 是噩梦? 是被人施诡计欺骗了? 为什么? 为了什么? 他不知道答案。他知道自己没有犯罪，与周围的人也无冤无仇，那种维罗克夫妇为一些神秘原因要谋杀他的想法只是在脑海里一闪而过，但这个想法在消失前却在他的内心深处留下一丝淡淡的恶心感——就是那种厌恶的感觉。此时奥西彭同志又感到一种特殊的不舒服——这次是长时间的不舒服。他瞪大眼睛看着什么。维罗克先生仍然很安静，蓄意在装睡，而他的野蛮女人正守着门——在黑暗的荒凉街道上静静地躲着。这样的恐怖安排是警察想出来对付他的吗？这种解释使他更加心虚。

但奥西彭看到了那顶礼帽，通过思考，他这才理解了眼前的这一幕。那顶礼帽是个不寻常事物，一个不吉利的东西，一个符号。黑色的礼帽，帽缘朝上，躺在沙发前的地板上，好像是随时准备着接受那些来看正在沙发上酣睡的维罗克先生的人所捐助的小钱似的。这位身材健壮的无政府主义者，把视线从礼帽转移到了被推到一旁的桌子上，他盯着被打破的碟子看了一会儿，这时他的眼睛接受到一种白色微光的惊吓，那白色微光来自躺在沙发上的那个男人的半睁半闭的眼睛。维罗克似乎没有在睡觉，他的头微偏地看着自己的左胸。当奥西彭同志看清那把刀的手柄，他立即转身背对着玻璃门猛烈地呕吐起来。

邻街的大门猛地撞上了，吓了他一大跳。虽然这栋房子的主人已经无法害他，但这栋房子却仍然可以被用作一个可怕的陷阱。此时此刻，奥西彭同志还没有对眼前的情况形成固定的概念。他一转身，大腿撞到了柜台，他痛得大叫起来。这时，门铃令人不安地喧哗起来，他感到手臂被紧紧地抱住了，一个女人冰冷的嘴唇令人毛骨悚然地靠近他的耳朵，接着吐出几个字：

"警察！他看见我了。"

他不再企图挣脱，不过，她也绝对不会放手。她抱住了他，双手在他健壮的背后紧紧绞在一起无法分离。随着脚步声越来越近，他俩的呼吸都急促起来，胸贴着胸，艰难地呼吸着，仿佛他俩陷入一场殊死的搏斗中，但实际上他俩陷入的是极度的恐惧中。时间过得很慢。

正在巡逻的巡官看到了维罗克夫人的身影，当她正从布雷特街的另一头那条灯火通明的大街走进来，黑暗中她就是个黑影。那巡官甚至不能肯定看到的就是身影，他觉得没有必要大惊小怪。他走到店铺的对面，看到店铺的大门已经关上了，没有什么异常情况。执勤的巡官按照特殊指令处理这间店铺的情况，除非出现绝对的秩序混乱，否则不要干预，但要上报情况。目前还没有情况可上报，但出于责任心和良心，又看到了黑影，这位巡官走过街道，试图进入这间店铺的大门。弹簧门闩像往常一样锁上了，钥匙放在正在沙发上躺着的维罗克先生的马甲兜里。当负责任的巡官开始摇晃门的把柄的时候，奥西彭感觉到那女人冰冷的嘴唇再次爬到了他的耳朵边上：

"如果他进来，杀了我，汤姆。"

巡官走了，离开前用他的昏暗提灯照了一下橱窗，仅仅是走走形式。巡官走了好一会儿了，店铺里的那对男女仍然静静地站着喘气，胸贴着胸。过了一会儿，她松开了手指，手臂下垂到身体旁边。奥西彭斜靠着柜台，这位健壮的无政府主义者非常需要有个扶的地方。这太可怕了。他几乎厌烦得说不出话了，最后，他痛苦地说出了自己的想法，这说明他意识到了自己的处境。

"就那么几分钟的时间，你差点没有让我撞见那个手提该死的夜灯到这里探听情况的家伙。"

维罗克先生的遗孀静静地站在店铺的中央，态度坚决地说：

"去把灯熄灭，汤姆。那灯快让我发疯了。"

她隐约看到他拼命地表示反对。世界上没有什么东西能诱使奥西彭进入会客室。他不迷信，但地板上有太多的血，礼帽周围残忍地有一大摊血。他觉得不能让自己安宁的灵魂再靠近那具死尸了——或许是为了自己脖子的安全。

"那就关闭煤气表！看，就在角落里。"

奥西彭同志健壮的身影，粗暴地走过了店铺，顺从地在房间的一个角落处蹲了下来；虽说是顺从，但他仍然保持着风度。他紧张地摸索着——突然，在一声低沉的诅咒中，玻璃门内的灯熄灭了，接着又传来那女人喘息着发出的一声兴奋的叹息。夜晚，是男人诚实劳作的必然回报，如今终于降临到了维罗克先生身上。他是一名可靠的革命分子，被尊称为"老革命分子之一"；他是一名谦虚的社会卫士；他还是对斯托特－瓦腾海姆男爵极有价值的间谍，在斯托特－瓦腾海姆男爵发出的外交信函中，他的代号是"Δ"。他是法律和秩序的奴仆，为人诚实、值得信赖、做事准确、令人钦佩，但只有一个可爱的弱点：他幻想着自己正被人爱着。

周围的空气很闷热，漆黑得就如同墨水一样，奥西彭摸索着到了柜台。这时传来站在店铺中央的维罗克夫人的声音，她在做着绝望的抗争，声音在他的背后回荡。

"我不想被绞死，汤姆。我不想……"

她刚说完，奥西彭便从柜台那边警告说："别像这样大声叫喊。"说完就陷入沉思之中。"这事是你独自干的吗？"他用沉闷的声音询问，但透露出一种熟练的镇定，这种镇定使得维罗克夫人相信他有能力保护自己，因而内心里充满了感激之情。

"是。"她低声说道，黑暗中只能听到声音却看不见她的身影。

"不可能，"他咕哝道，"没人信。"她听到他在屋里走来走去。突然，他猛地把会客室的门给锁上了。奥西彭同志把已经处于长眠状态的维罗克先生锁在了屋里，他这样做不是出于内心的敬意或是其他的什么感情因素，而是怀疑这栋房子里可能躲着其他人。他不相信这个女人，或者说他无法判断这个惊人的世界里什么是真的、什么是可能的、什么是可做的。这件怪事，起始于巡官和大使馆，谁也不知道结局会如何，也许可能有人要上绞架。这个想法把他吓坏了，既不敢信，也不敢不信。他感到害怕，因为想到自己在 7 点钟之后这段时间里一直在布雷特街附近藏匿着，根本无法证明都干了什么。他对这个残忍的女人感到害怕，她把他拽入这件事中，一不小心，还有可能变成她的同谋。他对这件事发展速度之快感到害怕，这件事使他陷入了危险——他是被诱骗进来的。从他遇到她至现在，最多只有 20 分钟的时间。

又传来维罗克夫人那温顺、祈求可怜的声音："汤姆，别让他们绞死我！把我带出这个国家。我要给你干活，我要做你的奴隶。我爱你。我在这个世界上孤身一人……除了你，谁都不会为我考虑了！"她停顿了一下，接着她又陷入更深的孤寂之中。这时从那把刀的手柄处又滴答出少量的血，这给了她一种可怕的灵感——这个曾经住在贝尔格莱维亚区的大房子里的受人尊敬的女孩、受人尊敬的维罗克先生的妻子说："我不要求你跟我结婚。"她喘息着说出这句令人羞愧的话。

黑暗中她向前走了一步，这吓坏了他。如果她再次举刀刺向他的胸口，他不会感到奇怪的。他是肯定不会抵抗的，他已经没有勇气让她后退了。但他用一种低沉的奇怪腔调说："他睡着了吗？"

"没有，"她哭了，不过很快又继续说下去，"他没有睡着，他没有睡。他曾经告诉我什么都杀害不了他。他从我的眼皮底下把那个男孩子带走杀害了——那个可爱的、无辜的、从来不害人的孩子。听我说，他是我的。他非常轻松地躺在沙发上——在杀害了那个男孩子之后——我的男孩子。我本应该跑到街上去，不再见到他。他对我说我协助杀死了那男孩子，说完这话又对我这样说：'过来。'汤姆，你听见了吗。在把那男孩子在脏土里炸成碎片，又伤害了我的感情之后，他竟然说：'过来。'"

她停顿了一下，然后精神恍惚地重复两次说："泥和血，泥和血。"奥西彭突然茅塞顿开。原来是那个智力有缺陷的青少年死在公园里了。这真是天大的笑话，愚弄了周围所有的人。在极度的惊异之余，他用科学的语言惊呼道："我的天啊，他真是个精神变态者。"

"过来。"维罗克夫人的声音再次响起了。"他以为我是谁？汤姆，告诉我。过来！我！这样说！我早就看到那把刀了，我想，如果他真是这么想我，我就过去。对，我就过去——但这次会是最后一次……带着那把刀过去。"

他极为害怕她——她是精神变态者的姐姐——她本人是谋杀犯型的精神变态者……或者是撒谎型的精神变态者。除了其他各种恐惧之外，奥西彭同志又多了一种对科学的恐惧。科学给他的恐惧是巨大的、复杂的，这种过度的恐惧让他在黑暗中显得很镇定和足智多谋，但这是假象。因为他不仅行动困难，说话也有困难，仿佛他的意志和思维有一半已经被冻僵了——没有人能看见他那张可怕的脸。他觉得自己已经半死不活了。

就在这个时候，维罗克夫人尖叫起来，尖叫声把她家一直保留的幽静给打破了。他吓得蹦起来足有一英尺高。

"汤姆，救一救我。我不想被绞死！"

他赶紧跑上前去，摸索着用手捂住了她的嘴，这才制止了她的尖叫，但他用力过猛把她撞倒了。他觉得她紧紧地抱住了自己的腿，内心的恐惧达到了，甚至变成了一种类似于陶醉的感觉，

247 ·

他的脑海里涌现出许多让他感到愉快的幻觉，同时也让他患上了颤抖性谵妄症。他觉得自己看到了许多蛇，他看到那个女人像蛇一样缠着他，甩也甩不掉。她虽然不能咬死人，却代表了死亡——生命现象的忠实伴侣。

维罗克夫人已经不再那么吵吵闹闹了，就好像是火山爆发后的平静。她变得令人同情了。

"汤姆，你现在不能抛弃我。"她躺在地板上低声说道，"除非你用脚踢碎我的脑袋，我绝不离开你。"

"起来。"奥西彭说。

黑暗中，那朵小白花升高了。她已经从地板上站了起来，奥西彭很后悔自己没能早点跑到街上去。但他立即就感到这个办法不行，成功不了。她会追上的，她会大喊大叫，最后把警察引来，到时候天晓得她会说他什么。他非常害怕，害怕到了忽然产生了要在黑暗中勒死她的想法。这就使得他更加害怕！他上了她的当。他看到自己待在西班牙或意大利一个不起眼的小村庄里，过着恐惧的生活；最后，在一个天气晴朗的日子里，他被发现死了，胸前有一把刀——就如同维罗克先生一样。他长叹了一口气，他不敢移动。维罗克夫人此时正在安静地等着自己的救命恩人，她以为他正在高兴地进行沉思默想。

突然，他用近乎自然的声音说话了。他的沉思默想结束了。

"我们走，否则会耽误火车的。"

"汤姆，我们去哪里？"她胆怯地问。维罗克夫人已经不是一个自由的女人了。

"先去巴黎，这是我们最好的出路……你先出去看看外面有没有人。"

她服从了。大门被小心地打开了，传来了她压低嗓门儿发出的声音。

"街上没有人。"

奥西彭也走了出来。尽管他尽量小心翼翼，但那个破门铃在大门关上后在空荡荡的店铺里响了起来，仿佛是在无奈地告诉正在睡觉的维罗克先生，他的妻子就要永远地离开了——在他朋友的陪伴下。

不久，他俩坐上了一辆双轮双座小马车，这位健壮的无政府主义者开始解释这次行程。他的脸色仍然苍白，眼窝深陷足有半英寸。但他似乎极有系统地考虑到了所有可能的情况。

"当我们到达火车站后，"他用令人极不舒服的单调腔调讲解道，"你必须走在我的前头，仿佛我们不认识一样。我拿到车票后，在走过你身边时塞给你。然后，你去一等舱女士候车室等待，等待离开车还有 10 分钟时再起身，走出候车室，我在外面等着。你先上站台，假装不认识我。或许站台有人监视情况。你单独走，给人的感觉是一个女人要做火车。我能被他们认出来，与我一起走，他们会猜维罗克夫人想逃跑。亲爱的，你能理解吗?"他最后加重语气说道。

"好，"维罗克夫人说，她紧挨着他僵硬地坐在马车上，对绞架和死亡的恐惧仍然折磨着她。"汤姆，好。"她又对自己说了一遍，就好像是为赶跑那句折磨她的"绞架落差是 14 英尺高"一样。

奥西彭没有看着她，脸上像是一场大病之后抹了一层石膏，说:"再见，我应该有钱买今天的车票。"

维罗克夫人解开了女士内衣的吊钩，凝视着眼前的马车挡泥板，并把一个崭新的猪皮钱包交给了奥西彭。他一言不发，接过钱包，似乎将之放入胸前很深的某处。然后，他隔着大衣轻轻地拍了拍那钱包。

在完成所有这一切的过程中，他俩连一次眼色都没有交换过，就像他俩都希望抢先发现第一个目标一样。马车转过一个拐角，向大桥驶去，奥西彭这才再次开口。

"你知道钱包里有多少钱吗?"他问道，仿佛他在与坐在马耳朵之间的小精灵聊天。

"不知道。"维罗克夫人说，"他给了我，我没有数。当时我以为里面没有东西。后来……"

她动了动右手。她的这只手在一个小时之前给予了那个男人的心脏致命的一击，动一动这只手的意义重大，难怪奥西彭禁不住打了个寒战。他故意夸张地低声说:

"我感到冷，透心冷。"

维罗克夫人凝视着她要逃跑的方向。就像蒸汽机车喷出的蒸汽一样，"绞架落差是 14 英尺"这几个字有节奏地挡住她的视线。透过黑面纱，她大眼睛的眼白闪着明亮的光芒，就好像是假面具女人的眼睛。

奥西彭僵硬的样子有点像个商人，或是一种奇怪的官员的表情。突然，他的说话声又能听见了，仿佛是为了说话而故意吸引人似的。

"喂! 你知道不知道，你或者说他在银行开账号是用真名还是假名?"

维罗克夫人把她那张假面具转向他，大白眼珠子闪着光芒。

"用假名?"她若有所思地说。

"你务必说话要准确，"奥西彭在急速奔驰的马车上讲起了课程，"这极为重要。我要解释给你听。银行的纸币上有号码，如果银行用他的名字支付的纸币，那么当他的死讯广为人知的时候，那些纸币就能用来跟踪我们的行踪，因为我们没有其他的纸币。你有其他钱吗？"

她摇头否定。

"真的什么钱都没有了？"他顽固地问道。

"几个铜钱。"

"这种情况很危险。钱的问题需要加以特别的对待，非常特别的对待。我们可能会损失一半的钱，因为我们必须把钱拿到巴黎我知道的几个安全地点去兑换。如果是假名的情况，比如他的银行账号用了假名'史密斯'，我们就能安全地使用这些钱了。你听懂了吗？银行不知道维罗克先生和史密斯是否是同一个人。你有没有看出准确地回答我的问题的重要性？你能回答我的问题吗？"

她镇定地说：

"我记起来了！他没有用真名在银行存款。他告诉我存款用的名字是普罗佐尔。"

"你肯定？"

"肯定。"

"你觉得银行不知道他的真名字？或银行里有人……"

她耸了耸肩。

"我怎么能知道？可能吗？汤姆？"

"不，我觉得不大可能。知道多一点情况总是好事。我们到了，你先走，走直线进入。行动要机灵。"

他留在后面，用自己的零钱付了马车费。他的详细计划开始按部就班地执行起来。维罗克夫人拿着去圣马洛的车票，进入了女士候车室。奥西彭同志走入酒吧，在 7 分钟里喝下了三杯热的掺水白兰地。

"喝酒驱寒。"他向酒保解释道，并友好地点头、咧着嘴微笑。然后，他走出酒吧，脸上一副酒后的喜气洋洋。他抬眼看了看钟表。时间到了，他等着她。

维罗克夫人准时出来了，戴着面纱，从头到脚都是黑色的——黑得就跟死亡一样，帽子上有几朵便宜的白花。她走过几个正在大笑的男人，但他们的大笑只需有人说一个单词就能被停止。她的步履很懒散，她的背挺得很直。奥西彭心怀恐惧地看着她，过了一会儿才起步跟着走。

列车进站了，排队上火车的人很少。每年这个时候是淡季，再加上恶劣的天气，列车上只有很少的旅客。维罗克夫人缓慢地在一串空旷的车厢前走着，直到奥西彭从她的背后碰了一下她的胳膊肘。

"到了。"

她上了车，而他留在站台上观望。她向前弯腰低声说：

"汤姆，出了什么事？有危险吗？"

"等一等，列车员来了。"

她看见他与一个穿制服的人在打招呼。他们谈了一会儿话。她听见列车员说"先生，很好"，并看到那人摸了一下帽子。过了一会儿，奥西彭回来了，说："我告诉他别让其他人进入我们的车厢。"

她坐在座位上，身体向前倾。"你想得很周全……汤姆，你能救我吧？"她突然摘掉面纱看着自己的救命恩人，在一股痛苦的感情的催促下问道。

摘掉面纱，她的脸像岩石一样冷酷，眼睛看着前方，大大的、干涸的、无光泽的眼珠就好像是在闪光的白球上烧出了两个黑洞。

"没危险了。"他说，并用渴望得近乎全神贯注的眼神盯着她。对维罗克夫人来说，此时已经逃离了绞架，他的目光充满了力量和温柔。她被感动了——脸变得不那么僵硬恐怖。奥西彭同志像初恋情人那样凝视着情人的脸。亚历山大·奥西彭，绰号"医生"的无政府主义者，一本医学小册子的作者（并非正常的医学小册子），最近曾为工人俱乐部讲解卫生学的社会意义，丝毫不受传统道德的约束——但他服从科学规律。他是个讲科学的人，所以用科学的眼光盯着对面的女人，而她是一名精神变态者的姐姐，她本人也是一名精神变态者——谋杀犯类型的。他盯着她，心里却像意大利农民崇拜自己的圣徒那样崇拜起了犯罪学专家龙勃罗梭。他是用科学的眼光盯着她的，他盯着她的面颊、鼻子、眼睛、耳朵……劣等！……致命！在他热情的凝视下，维罗克夫人稍微放松了心情，苍白的嘴唇微微张开了。于是他就盯着她的牙齿看……毫无疑问……这是谋杀犯的类型……奥西彭同志没有引用龙勃罗梭的犯罪灵魂学说，因为他从科学角度看不相信自己有灵魂。但他有科学精神，这使得他在火车站台上用神经混乱的、愚蠢的语言进行科学论证。

"他是个极为特别的青少年，我是说你的弟弟。研究起来最有趣，典型，完美的典型。"

他是因为害怕才说这些科学的语言的。听到这些对自己死去弟弟的赞美之词，维罗克夫人身体向前倾斜，阴沉的眼睛里闪耀起一丝光芒，就好像预示着暴风雨将要到来前的一缕阳光一样。

"他确实是个典型，"她低声说道，声音温柔，嘴唇颤抖。"汤姆，你很注意他。我很爱你这点。"

"你们两个很相像，相像得难以置信。"奥西彭继续说，借以释放内心集聚的恐惧，并掩盖等待火车开动的令人生厌的烦躁心理。"是的，他很像你。"

这些话既不感人又没同情心。但强调相似性却足以对刺激她的感情起到强大的作用。维罗克夫人先是微微哭泣，接着伸出手臂，最后号啕大哭起来。

奥西彭走进包厢，急忙把包厢的门关上，然后向车外望去，看看车站大钟上的时间。还剩下 8 分钟的时间，在最初 3 分钟里，维罗克夫人一直在猛烈地、绝望地大哭。后来，她稍微收敛了一些，虽仅是呜咽但泪流满面。她试着与自己的救命恩人说话，他是她的生命的使者。

"哦，汤姆！他如此残忍地剥夺了我的感情，我怎么会怕死呢？我怎么能这样？我真是个懦弱的人！"

她大声悲叹自己对生活的热爱，她认为自己的生活缺乏优雅和魅力，过着不体面的生活，但夸耀自己有忠实的生活目的，甚至到谋杀前都是如此。人们在悲叹自己可怜的人生时，总是痛苦多，言语少，述说出真理——或者说呐喊出的真理——都是从表达虚假感情中挑选出来的掩饰性的词语。

"我怎么这样害怕死亡？汤姆，我做过努力，但我害怕。我试图自杀，但我做不到。我坚强吗？我想我遭受的苦难还不够。当你来了……"

她停顿了一下。这时她的内心感到涌上来一阵信赖和感激之情，于是边哭泣边说道："汤姆，我要与你度过余生！"

"去坐到包厢远离站台的那一个角落里。"奥西彭焦虑地说。她等待他的救命恩人坐好，又开始新一轮的哭泣，这一轮比上一轮更加猛烈，他只好看着。他用医生的眼光进行观察，仿佛是在数她一共哭了几秒钟。他终于听到列车员的哨子声了。他感到列车移动了，他的上嘴唇不知不觉地收缩起来，牙齿都露出来了，样子非常狰狞可怕。维罗克夫人，既没有听到什么，也没有感到什么，她身旁的救命恩人奥西彭静静地站着。他感觉火车越跑越快，火车发出沉重的隆隆声，与那女人的大声哭泣交织在一起。这时，他跨出两大步，蓄意地打开包厢的门，跳下了火车。

他差一点就落在站台的外面，这反映出他是下了多么大的决心才敢执行这个玩命的计划，他需要在空中把车厢的门关上，这几乎是个奇迹。他觉得自己像中了子弹的兔子一样在站台上滚了几个跟头。他被摔伤了，震晕了，脸色苍白得像死人，上气不接下气，但他站了起来。他很镇定，完全有能力应付围拢过来的铁路工人，他们把他围在中央。他向他们做了解释，他的语调很温和，语言很有说服力，他说妻子突然决定去法国布列塔尼看望快要死的母亲。很自然，她很伤心，他很担心她的状态，于是他试图使她振作起来，可他确实没有发现火车已经开动了。针对有人提出"先生，你为什么不送她到南安普敦"这样的疑问，他说不行，因为年轻的妻妹在家里照顾3个小孩子，如果他不回去，妻妹肯定会害怕，而此时电报局已经关门了。他一冲动，于是就跳下了火车。"但我永远不敢再这么干了。"他总结说。周围的人都笑了，他分给大家一些零钱，然后踏着完全看不出瘸拐的阅兵步伐走出了火车站。

在火车站外面，奥西彭同志拒绝一辆招呼他的马车，因为他发现自己身上有了他这一生中从来没有过的那么多的钱，而且花起来安全可靠。

"我能走。"他说，并向马车夫投以友好的微笑。

他能走，他也确实走了。他走过大桥，他走过了威斯敏斯特教堂，教堂的尖塔岿然不动，路灯照亮了他的黄色短发。维多利亚车站的灯光看着他走过，接着是斯隆广场，再接下来是海德公园的栏杆。奥西彭同志走上了一座大桥。桥下既黑暗又寂静的河水吸引了他的注意力，那险恶的河水奇迹般地把静止的阴影和流动的微弱闪光混合在一起了。他站在栏杆前很长一段时间，呆呆地望着河水。钟楼发出一阵粗糙洪亮的轰鸣声，他仰起低垂的头一看，疯狂的英吉利海峡已经是12点半了。

奥西彭同志再次上路了。那天晚上，他那健壮的身影出现在这座巨大城市的郊区。此时此刻，这座庞大城市已经进入睡眠状态，睡在一块巨大的烂泥毯子上，身上盖着阴冷的薄雾。他走过没有死气沉沉的大街，消失在庞大的住宅区里，住宅区里，一排排笔直地向地平线尽头延伸的房子看不到尽头，排排房子的周围都修建了空旷马路，马路沿线竖立着一串串的煤气灯。他穿过了广场、空地、椭圆板球场、公共活动区，还走过了无名的样子单调的小街，这里居住着被排除在主流社会之外的社会残渣，他们既没有希望又懒散。他走着，突然，他转弯走入一片肮脏草地的前花园，从衣袋里掏出钥匙进入一间小脏屋子。

他穿着衣服就一头栽在床上，在床上静静地躺了整整一刻钟。然后，他突然坐了起来，盘腿坐在了床上。天空破晓了，他仍然睁着眼保持着这个姿势。这个人在毫无目标的情况下走了这么远的路，竟然丝毫没有疲态，还能一动不动地保持一个姿势长达数小时。当太阳光逐渐洒在屋子里的时候，他松开了手，躺倒在枕头上。他凝视着天花板，突然，他的那双眼睛闭上了。奥西彭同志在太阳下睡着了。

第十三章

挂在碗碟橱门上的那把铁挂锁，是这间贫困丑陋的屋里唯一看过后不会产生厌恶感的物品。这把铁挂锁，由于已经无法正常买卖，一名在伦敦东部做海上贸易的人以几便士的价格让给了教授。屋子很大，也很干净，令人尊敬，但缺乏物品，说明屋子的主人除了面包之外，其他生活物品都买不起。墙上什么装饰都没有，只有纸，纸上涂了大量含有砷的绿色，到处是擦不掉的污迹，由于有这些污迹，墙看上去就像一幅褪了色的杳无人迹大陆的地图。

窗户附近有一个玩纸牌的桌子，奥西彭同志坐在那里，他用两只手支撑着脑袋。教授是屋里唯一穿着西服的人，西服是用粗劣的粗花呢制成的。他脚上穿着一双破得令人难以置信的破拖鞋来回走动着，破拖鞋不断拍打着没有地毯的地板。他的双手深深地插入已经绷得很紧的上衣兜里。他正向他的这位健壮的客人叙述他最近去拜访传道士米凯利斯的情况。这位彻底的无政府主义者说话竟然一点都不拘束。

"那家伙对维罗克的死毫不知晓。这是很自然的！他从来不看报纸。报纸让他感到悲伤，这是他的说法。不过，别信他说的话。我走进他的小农舍，一个人都没有。叫了他七八声，他才出来应答。我以为他在床上睡着了，但其实不是。他已经写了 4 个小时的书。他坐在那个小监狱里，里面到处是手稿。在他书桌离他不远的地方，有一根吃了一半的胡萝卜。这是他的早餐。他在节食，只吃胡萝卜、喝一点牛奶。"

"他对维罗克的死有何看法？"奥西彭同志无精打采地问道。

"他太可爱了……我顺手从地板上捡起几页他的稿纸。缺乏逻辑性到了令人震惊的地步。他根本没有逻辑，他的思维不连贯。但这不要紧。他把自传分三个部分，题目分别是'信念'、'希望'、'博爱'。他详细阐述自己的想法，世界未来是个美好的大医院，有花园和鲜花，在这里，强者努力地帮助弱者。"

教授停顿了一下。

"奥西彭，你能想到这么蠢的事吗？弱者！地球上的罪恶都是弱者干的！"他继续说着他的冷酷断言，"我告诉他，我梦想中的世界是个屠宰场，抓住弱者后统统消灭。"

"奥西彭，你理解吗？弱者是罪恶之源！他们是我们不祥的主宰——弱者、胆小鬼、傻子、懦夫、心肠软弱的人、具有奴性思维的人。他们有权力。他们的人数很多。他们统治着世界王国。灭绝他们，必须灭绝他们！这是社会进步的唯一途径。绝对是唯一！奥西彭，你要跟着我干。首先，要消灭大量的弱者，然后再消灭稍微强一点的。你明白吗？先是瞎子，跟着是聋子和哑巴，然后是瘸子和残废——就这样一步一步地去干。所有的污点，所有的恶习，所有的偏见，所有的习俗，全都要完蛋。"

"剩下的是什么？"奥西彭压低嗓子问道。

"我能留下来——如果我足够强壮。"面有菜色的小个子教授大胆地说，他的那双大耳朵，薄得如同薄膜，两只耳朵距离他那脆弱的脑壳都很远，说话间突然变成了深红色。

"难道我没有受够弱者的压迫吗？"他继续用有力的声音说道。然后，他拍着外衣胸前的衣袋说："我就是力量。"他继续说，"但我没有时间！时间！给我时间！哈！大量的人是很笨的，他们要么可怜，要么害怕。有时我在想，他们有所有的东西，包括死亡——这可是我的武器。"

"走，跟我去西勒诺斯酒吧喝杯啤酒去。"健壮的奥西彭说道，这话他是趁着那位彻底的无政府主义者那双破拖鞋拍地板声的间隙说出来的。这个邀请最终被接受了。教授那天特别高兴，他拍了拍奥西彭的肩膀。

"啤酒！走，喝啤酒去。让我们喝得高兴，因为现在我们还是强者，明天我们就死了。"

他一边穿靴子，一边用简洁而坚定的腔调说道。

"奥西彭，你怎么了？你看上去情绪低沉，甚至来找我为伴。我听说你经常被人看到酒后胡言。为什么？你难道放弃搞女人的习惯了吗？她们是抚养强者的弱者，你说对不对？"

他用一只脚跺地，捡起另一只系鞋带的靴子，靴子很重，鞋底很厚，没有上鞋油，修补了许多次。他狞笑地看着镜子中的自己。

"奥西彭，你这个可怕的男人，有没有女人为你自杀——或者你目前还远未成功过——因为见血的爱情才是伟大的？血。死亡。看看历史就知道了。"

"你是个该死的家伙。"奥西彭说道，连头也不偏转一下。

"为什么？那就是弱者的希望，他们的神学为强者发明了地狱。奥西彭，我对你有一种友善的蔑视。你不敢杀一只苍蝇。"

坐在摇摇晃晃的公共马车的顶层去赴酒会，教授的情绪低落下来。看到人行道上熙熙攘攘的人群，他内心产生了大量的疑虑，这些疑虑，如果他躲在他那与世隔绝的屋子里的时候，是很容易摆脱的，因为他在那屋子里只与一个挂着铁锁的大碗碟橱相伴。

"所以，"奥西彭同志坐在他后面的座位上说，"米凯利斯的梦想世界像是一座美丽的大医院。"

"正是如此。为救助弱者建立的庞大慈善团体。"教授用讽刺的语气表示同意。

"这是很愚蠢的，"奥西彭承认，"软弱是无法救助的。但米凯利斯可能没有错误到哪里去。两百年后，医生将统治世界。科学现在已经在统治世界了。虽说科学目前的统治是在暗中进行的，但毕竟在统治。科学的巅峰是康复学——不是去康复弱者，而是强者。人类希望生存下去——为了生存。"

教授的双眼在他那副铁边眼镜后面闪着半信半疑的光芒，他断言道："人类不知道自己想要什么。"

"但你知道，"奥西彭咆哮道，"刚才你叫喊着要时间。听着，如果你是强者，医生会给你时间。你说你是强者中的一个，因为你随时携带着炸药能把 20 个人送到来世。但来世是个该死的窟窿，你需要的是时间。如果你遇到一个人能给你 10 年的时间，你会把他视为主宰。"

"我的忠告是：不要上帝！不要主宰。"教授简洁地说，边说边站起来要下马车。

奥西彭跟着下马车，他在跳下踏足板时反驳说："等你平躺着快死的时候，你需要的是一点卑鄙肮脏的时间。"说完，他跨过马路，跳上了马路的镶边石。

"奥西彭，我认为你是个骗子。"教授说，熟练地推开著名的西勒诺斯酒吧的大门。他们找到了一张桌子坐下，然后继续讨论这个高雅的话题。"你根本不是什么医生。你很滑稽，你不愧是人类的先知啊，因为你想按照几个假正经的无耻之徒的建议让全世界人伸出舌头吃药丸。先知是什么？先知告诉我们未来是什么？"他举起酒杯祝酒道："为了打碎这个旧世界。"

他喝着酒，又恢复了他特有的自闭式的沉默之中。他想到了人类多得就像沙滩上的沙粒，根本无法消灭，难以处理。这个想法使他处于压抑的状态。把炸弹丢入巨大的无声无息的沙粒堆里，炸弹的爆炸声都会被吞灭。例如，现在有谁会想到维罗克这宗爆炸案？好像受到一股神秘力量的推动，奥西彭从衣袋里掏出一张折叠得很好的报纸。教授听到了报纸的沙沙声，抬起了头。"什么报？有新闻吗？"他问道。

这问题让奥西彭吃了一惊，就好像是被惊醒的梦游者。

"没有什么。10 天前的老报纸，我遗忘在衣袋里了。"

但他没有把这份老报纸丢掉。他在把报纸放回衣袋之前，偷偷地看了报纸上的几行字，这几行字是："一种令人费解的神秘感似乎命中注定会永远附着在这个可能是疯狂也可能是绝望的举动上。"

这是这篇报道的结束语，其标题是："女乘客在海峡渡轮上自杀。"这篇新闻的报道风格很优美，是奥西彭同志熟悉的。"一种令人费解的神秘感似乎命中注定会永远附着在……"他牢记住了这几个字。"一种令人费解的神秘感……"这位健壮的无政府主义者，脑袋耷拉到了胸前，陷入了一场漫长的梦幻之中。

他的生存受到这件事的威胁。他不再敢出去幽会自己的爱情俘虏，不仅包括那些在肯辛顿花园长椅上追求到的爱情俘虏，还包括倚靠栏杆追求到的爱情俘虏，因为他害怕自己一张口就要谈到那令人费解的神秘感……他科学地害怕那几行字中隐藏着的疯狂。"命中注定会永远附着在。"这简直是骚扰，是折磨。最近有好几次这样的约会他都践约了。过去他写情书，总是用富于感情的语言表达出无限的信赖和男人的温柔。各个阶层都有容易轻信的女人，她们不仅满足他的自私自利，还给他一些财物，供他生活所需，这是过去的便利。如果他不能利用女人们给他的便利，他就会遇到在精神上和肉体上都饥饿的状况……"这个可能是疯狂也可能是绝望的举动。"

对人类来说，"令人费解的神秘感"肯定"会永远附着在"行动上。但如果世界上只有他无法摆脱那可诅咒的神秘感则如何？奥西彭同志能像报社记者一样，从头到尾地叙述出"神秘感似乎命中注定会永远附着在……"

奥西彭同志掌握很多细节。他知道那轮船的舷梯值班员所看到的："一名穿着黑衣、戴着黑纱的女人，在午夜的码头上闲逛。'你要乘船吗？夫人，'他用怂恿的方式问她。'走这边。'她似乎不知道要干什么。他帮助她上了船。她似乎很虚弱。"

奥西彭还知道女乘务员所看到的：一名黑衣女人，脸色苍白，站在空旷的女士舱的中央。女乘务员引导她在那里躺下。那名女士似乎很不愿意讲话，仿佛陷入了可怕的困境。接着女乘务员看到她走出了女士舱。于是女乘务员到甲板上寻找她。奥西彭同志知道，这名好心的女乘务员看到那名女士躺在一个有棚子的座位上，表情很不愉快。她睁着眼，不愿回答任何问题，她似乎病得很重。女乘务员找来乘务员长，这两名乘务员站在那个有棚子的座位旁边，安慰起了这名奇怪的悲惨旅客。他们低声耳语，商量到了圣马洛后与当地领事联络，以便通知她在英格兰的亲人。虽然是耳语，但说话声仍然能听见（因为那名女士似乎已经听不见了）。然后，他们走开，去安排把她转移到甲板下的事。这很自然，他们确实觉得她要死了。但奥西彭同志知道，在那白色的绝望面具后面，她在与恐怖和绝望做斗争，因为她不仅有生活的勇气，还热爱生活，这使得她能抵御自己面临的极大苦恼，这种苦恼不仅曾经驱使她去谋杀，还曾经使她陷入对绞架的盲目恐惧中。奥西彭知道这些，但女乘务员和乘务长什么都不知道，他们只知道，等他们5分钟后回来时，黑衣女人已经离开那个有棚子的座位。她不知道去哪里了，她走了。这时是早晨5点钟，而且没有事故报告。一个小时之后，一名船员在那座位上放着一枚结婚戒指。戒指插在木头里，有点湿，戒指发出的光芒吸引了那名船员的视线。戒指里刻着1879年6月14日。"一种令人费解的神秘感似乎命中注定会永远附着在……"

奥西彭同志抬起了低垂的头，这位深受英伦诸岛上地位卑微女人热爱的男人，有一头活泼的乱蓬蓬的头发，他看上去就像是阿波罗太阳神。

"坐下，"奥西彭急促地说道，"你怎样理解疯狂和绝望？"

教授用舌尖舔了一下干枯的薄嘴唇，博学地说道：

"世界上根本没有这两种东西。激情如今消失了，世界变成了平庸之地，是残缺的，没有力量。疯狂和绝望是力量。在那些统治世界的蠢货、弱者、傻瓜的眼里，力量是罪行。你是个平庸的人。虽然警察成功地掩盖了维罗克的私事，但他也是平庸的人。警察谋杀了维罗克，所以他是个平庸的人。每个人都是平庸的。疯狂和绝望！把这个杠杆给我，我能撬动世界。奥西彭，你拥有我对你的诚恳的蔑视。你不能构想出任何被大腹便便的公民称之为罪行的东西。你不是力量。"他停顿了一下，在他那厚眼镜的可怕闪光下，他的脸上浮现出讽刺的微笑。

"他们说你继承了一份遗产，让我告诉你，你没有因此而变得聪明。他坐在这里喝啤酒像个哑巴。再见。"

"你要那份遗产吗？"奥西彭说，他仰望教授，咧嘴笑着，活像个傻子。

"要什么？"

"遗产，全给你。"

教授是个不易被收买的人，他只在笑。他的衣服全都快脱落了，他的靴子在多次修补后已经没有了形状，重得像块铅，每走一步都往外渗水。他说道：

"明天我要订购一下化学品，这批货的账单会寄给你。我急需这批货。明白？"

奥西彭缓缓慢慢地低下了头，他独自坐在那里。"一种令人费解的神秘感……"他眼前似乎浮现出一幕，他看见自己的脑袋在随着令人费解的神秘感有节奏地在跳动。这显然是病态。"……可能是疯狂，也可能是绝望的举动。"

酒吧门口的那架自动钢琴随便地演奏着。突然，钢琴停止了演奏，好像生气了一样。

绰号"医生"的奥西彭同志，走出了西勒诺斯啤酒厅。在大门口，他犹豫了一下，惊愕地看着并不太耀眼的阳光——那份有关自杀女人的报纸就在他的衣袋中。他的心为那份报纸在跳动。自杀的女士——"可能是疯狂也可能是绝望的举动。"

他沿着街道走着，丝毫不顾脚下路面的情况，他走的不是去约会另一位女士的方向（一名年纪很大的家庭教师喜欢上了他那阿波罗式的神圣头颅）。他在向相反的方向走。他已经无法面对女人了，一切都被毁了。他无法思考，无法工作，无法睡觉，无法吃饭。但他开始痛饮，带着期待和希望。一切都毁了。他的革命志向，曾经维持了许多女人对他的爱情和信赖，如今全被那个令人费解的神秘感给破坏了——他脑袋随着新闻报道词汇的节奏不协调地上下起伏的神秘感……"会永远附着在"——他向排水沟走了过去——"……可能是疯狂也可能是绝望的举动。"

"我病得很重。"他带着科学的态度低声对自己说。此外，他那健壮的躯体，携带着那家大使馆的秘密服务费（从维罗克先生那里继承来的），正向排水沟里冲去，仿佛在接受训练，以便迎接未来必须完成的使命。他弯下自己的虎背熊腰、太阳神一样的头颅，准备接受胸前和后背挂上用三合板制作的、包着皮革的广告板。就像一周前的那个晚上一样，奥西彭同志走着，丝毫不顾脚下路面的情况，没有疲惫的感觉，没有感觉，没有视觉，没有听觉。"一种令人费解的神秘感……"他走着，什么也不管不顾。"……可能是疯狂也可能是绝望的举动。"

那个不易被收买的教授也在走着，尽量躲避熙熙攘攘的人群。他没有前途，他蔑视前途。他是一股力量。他在脑海里爱抚着毁灭的情景。他步履虚弱、渺小，他衣裳褴褛、可怜兮兮——他把自己的疯狂和绝望称作世界的再生，这实在是既简单又可怕的念头。没有人注意到他。他走着，没有引起路人的怀疑，但他是致命的，如同熙熙攘攘人群中的害虫。

康拉德对本书的评注

　　《间谍》这本书的起源：我认为，可以追溯至一个特殊的时期，在这个时期内，无论是在精神上或是情感上，我都是处于一种叛逆的状态，吸引我动笔写此书的主题、情节梗概、艺术效果等要素均是在这个时期里形成的。

　　事实上，我是凭着一股冲劲开始写这本书的，而且是一气呵成。不久之后，这本书到了公众手里，我发现有人责备我根本不应该写这本书。有些人的谴责很严厉，而另外一些人表达了很悲伤的腔调。虽然我面前没有摆着他们的批评意见，但我知道他们批评的大意，大体看，他们的批评的理由是很简单的，这点让我也感到吃惊。这些都是过去的事了！不过，并非非常久远。我必须承认，在1907年的时候，我基本上还是原来的那个朴素的、单纯的人。如今在我看来，即使是一个没有艺术修养的人也能看出，由于那个故事的背景很肮脏，而故事本身也很不道德，把这样的故事写成书肯定会招致某些人的批评。

　　当然，他们的批评是严肃的，但并不普遍。事实上，理解和同情的占绝大多数，批评的是极少数，不记得这点是很不礼貌的。我相信读者不会匆忙对我下结论，说我是因为感到了自尊心受伤或为人寡恩才这么说的。我觉得，一个善良的人会认为，我之所以这样说，是因为我生性谦逊。不过，我并非仅是出于谦逊才选择用回击责难的方式来讲道理。不，确实不是因为谦逊。我敢肯定我不是个十分谦逊的人，但那些读完我的作品的人，会说我是个相当正派的人，不仅机智，还很圆滑，我怎么可能不去利用别人的话为自己唱赞歌呢？绝对不会！我写这本书的动机是格外特别的。我总是希望读者能理解我写作的正当性。我不是想为自己做辩解，而只是解释。我不会坚持说自己是正确的，而仅是想解释我没有不正当的企图。

在我内心深处，绝对没有隐藏着轻蔑人类感情的企图。

解释有使人变得乏味的风险，这也许可以看作解释的小缺点和小危险。世界对行动的动机不感兴趣，而对行动的后果却很感兴趣。只会笑脸相迎的人，肯定不知道如何去调查真相。他喜欢显而易见，他不喜欢听解释。不过，我现在就是要做解释。很显然，我并非真的需要写这样一本书。我没有任何压力必须触及这个主题；在这里，主题这个词有两个含义，一是在狭义上指这个故事，二是在广义上指人类生活的某种特殊展示。我完全同意这两种含义。但我从来没有想到过要用描写丑陋的方式去震撼读者，或用简单的改头换面的方式让读者吃惊。我这样说，是希望读者相信，无论是从人物特征或是从我引入这些人物的理由看，任何人都能看出，整个故事不仅充满了义愤，还包含了潜在的怜悯和轻蔑，这证明我超越了故事中原有的不道德和肮脏。

我是在一段为期两年的艰苦创造期之后，开始构想《间谍》这本书的。在那两年的创造中，我完成了描写遥远的南美洲风情的《诺斯特罗莫》，以及绝对关于我本人生活的《如镜的大海》。在这两部作品中，第一部涉及了大量创造性努力，我认为我再也不能去写那么大视野的作品了。第二部无保留地描写了我与大海之间的深厚关系，以及大海对我半辈子生活的影响。也就是在这个写作时期内，我真实的感受能力有了两个鼎力合作的伙伴，一个是极高的幻想能力，另一个是敏感的情感，这两者都很诚恳、很忠实于现实。然而，我仍然觉得自己好像被遗弃了一样，沦落在大量无用的感觉的芒麻壳中，迷失在另外一个充斥低劣价值的世界里。

我不知道自己是否真的需要做出改变，改变我想象力，改变我对未来的看法，改变我的精神状态。我倒是认为，我的情绪在不知不觉中已经发生了一种本质性的改变。我不记得到底发生了什么事。写完《如镜的大海》，我知道我已经把我对自己和读者的真诚写入了这本书的每一行，于是我很不情愿地封笔不写了。就在这段空闲的时期，我肯定没有主动想找点丑陋的东西去写作，但《间谍》这本书的主题——我是说那个故事——却来找我了。有一次，我的一个朋友偶然与我谈起无政府主义或者更确切地说是无政府主义者的活动。我们是怎样谈到这个话题的，我已经记不清了。

然而，我记得我们谈到了无政府主义运动是一场毫无益处的犯罪，而无政府主义的学说、行为、心理状态也同样毫无益处。我们还谈到了，无政府主义分子半疯狂、半无耻欺诈的可悲本性，他们利用人类的苦难和容易轻信的毛病总是渴望走上自我毁灭的悲剧结局。这让我无法宽恕他们的哲学假说。这样谈论了一会儿后，我们又谈起一桩具体的实例，我们回忆起有人想炸毁格林尼治天文台的事。这是一件浸透着鲜血的荒谬事，荒谬到无法用任何理性思维过程去理解起真相，甚至连非理性思维过程也无法办到。虽说不合理的事有其自身的逻辑过程，但这桩暴行却不然，事实是一个人把自己炸成碎片，而天文台的外墙只有轻微的裂缝。这无论如何也无法与某种理念相联系，既联系不上无政府主义理念，也联系不上其他理念。

我向我的那位朋友指出这点，他听了后沉默了一会儿，然后用他那典型的虽然随意但显得无所不知的方式说："那家伙比傻子还傻，他的姐姐后来自杀了。"我们当时确实就说了这么几句。这个消息让我感到极度震惊，半天说不出话来，而他则转去谈论其他事情了。后来，我也没有想过去问他是如何获得这个消息的。我敢肯定，如果他曾经有机会看到一位无政府主义者的私生活，那会使他与黑社会建立起联系。他是个喜欢与社会上三教九流聊天的人，这些发人深省的内幕消息可能是他的第二手或第三手资料，比如说，从一名马路清洁工那里，或是从一名退役警察那里，或是从俱乐部某些诡秘的人那里，甚至有可能是在公开或私下的场合从一名国务大臣那里。

毫无疑问，这条消息具有某种启发意义。这就好像一个走出了森林，来到平地——确实看不见什么东西了，但光线充足了。这条消息确实没有什么好深入看的，在相当长的一段时间里，我甚至没有想到要去再多看一眼。不过，启发性的印象却留在我的心中。虽然这个印象令我满意，但具有被动性。一周之后，我偶然遇到一位警察局副局长写的一本相当简洁的回忆录，据我所知，这本回忆录从来没有受到重视，这位副局长显然是个能人，性格中有很强的宗教色彩。伦敦在 19 世纪 80 年代发生过多起爆炸案，当时他担任伦敦警察局副局长。这本回忆录写得很有趣，也非常谨慎；不过，我现在已经忘记其中大部分内容。该书没有揭示什么真理，仅是浮光掠影地描绘事情。这本书中有一个小段落只有 10 行字，但很吸引我，不过我不想解释为什么我会受到吸引。作者（我记得他的名字叫安德森）在这段文字中记录了在英国下院大厅里与内务大臣进行的一次对话，当时发生了一系列无政府主义者暴行。我记得内务大臣是威廉·哈考特爵士，他很生气，而警官则连忙道歉。给我最大震动的话是哈考特爵士当时说的几句生气的俏皮话："这些都很好。但你所说的保密，似乎就是为了使内务大臣蒙在鼓里。"这话很能反映哈考特爵士的性格特点，但传递出的信息并不多。然而，这件事中肯定有某种特殊的气氛，因为我突然感到受到了启发。于是我就做起了思维化学实验，就像学化学的学生那样，在装有无色溶液的试管中滴入点合适的试剂，然后观察结晶过程。

对我来说，最初是我的思维发生了改变，我那已经安静下来的想象力被搅动起来，一些不成熟的形式和梗概出现在我的思维里，就像那些奇怪的出乎意料的结晶体一样吸引着我的注意力。在这样的结晶现象面前，任何人都会陷入沉思——甚至对过去的沉思：南美洲，那是个太阳光暴烈，充满野蛮革命的大陆，有大片的盐湖，盐湖就像一面镜子，映衬出天空的皱眉和微笑，是世界光明的反射镜。一幅巨大城市的图像浮现出来，这是个畸形的大城市，其人口比某些大陆的人口都要多，城市内部集聚着巨大的人造威力，仿佛可以漠视天空的皱眉和微笑，世界的光明都被这座城市吞噬掉了。在这座城市里，有足够的空间讲任何故事，有足够的深度描绘任何激情，有足够多种类各异的场地放得下任何布景，有足够的黑暗埋得下 5 亿生灵。

我向不同的方向望去，各个方向都出现一眼望不到尽头的视野。要想找到正确的方向，往往需要几年的时间。似乎确实需要几年的时间……逐渐地，我在那巨大城市的背景中看到一片冉冉升起的火焰，那就是维罗克夫人热烈的母爱，这片火焰使那母爱拥有了神秘的热情，而那母爱反过来又给这片火焰染上了某种忧郁的色彩。最后，温妮·维罗克的完整故事形成了，从她的儿童时期，直至她结束生命。由于一切都还处于初始阶段，她的故事与其他部分相比很不协调，但我至少有了可以修改的基础。为此我花费了整整 3 天的时间。

这本书就是有关温妮·维罗克的故事，但她的故事情节有所删减，以便适应全书的需要，故事情节以荒谬残酷的格林尼治爆炸案作主要线索。这个写作任务，我不能说很辛苦，但极为困难，困难得引人入胜。我必须也要完成这项任务。这是我的一种需要。为此，我需要在温妮·维罗克夫人周围构想出一组人物，这些人物直接地或间接地与她的那个"生活经不住推敲"悲剧性的怀疑态度有关联。我个人从来不怀疑温妮·维罗克夫人故事的真实性，但她的故事必须从那座巨大城市的朦胧背景中分离出来，使之变得可信。可信不可信，我说的不是她的灵魂，而是她的身世；不是她的心理，而是她的人性。写她的身世，我的线索并不少。我必须努力地与自己的记忆保持距离，因为我早年经常夜晚孤独地在伦敦散步。我不能让这些回忆涌现出来，充斥这本书的每一页，因为当我处在严肃地表达我的思想感情的状态下，我的回忆会一幕接着一幕地浮现，这种情况在我写每行文字时都一样。从这点看，我确实认为《间谍》是一本很真诚的书。为了获得纯粹的艺术效果，我采用了讽刺的手法。即便如此，我写这些讽刺是经过深思熟虑的，因为我真诚地相信只有讽刺手法才能表达我的轻蔑或同情。这本书算是我写作生涯中一次小满足，因为我成功地实现了预定目标。我似乎真的把这本书从头到尾写完了。在这桩有关维罗克夫人的案子中必须要有人物，在创作本书的人物过程中，我也获得了某些小满足，因为我需要化解创造性工作必然会产生的大量的、让人难以忍受的疑问。以维罗克先生本人为例（他是个漫画人物造型），我曾经听到一个很有阅历的人说"康拉德要么与那个世界有联系，要么有极好的直觉"，因为维罗克先生"不仅在细节上可能，在本质上也是恰当的"。这话让我听了很满足。后来，一位来自美国的访客告诉我，纽约有各种各样的革命流亡者，他们觉得这本书就是一个很了解他们的人写的。这似乎是个很崇高的恭维，请想一想我的实际情况，与那位给我故事线索的无所不知的朋友相比，我与革命流亡者有比较少的联系。然而，我确信，在我写作这本书的过程中，我曾经几度变成极端的革命者，不过，我不认为我比他们更加信仰革命，但我心中拥有的目的性比他们要强烈，把他们一生的努力加起来也比不过我。我不觉得这是夸张。我仅仅是在专注于我做的事。我总是非常专注地写好我的每一本书。我能专注到近乎自我放纵的程度。我这样说，也不是在夸张。我别无选择，说假话让我感到厌倦。

本书中的人物，无论是守法的人，或是非法的人，都有各自的出处，也许读者已经发现了这点。这些人物都是很容易理解的。但我在这本书里并不想把他们合法化。至于我对罪犯和警察之间关系的道德评价，我想说的是，这个问题至少是可以进行讨论的。

自从这本书出版以后，我一直维持着自己的态度，这一晃就是12年了。我不后悔我写了这本书。最近，外部环境发生改变，虽说这与我为这本书写注解无关，但迫使我把包裹在这个故事之外既愤怒又蔑视的文学外衣脱去，这件外衣是我几年前花费了巨大努力才给这个故事穿上的。可以说，这等于迫使我看这个故事的骨架，我承认这是一副令人毛骨悚然的骨架。但我仍然要强调，温妮·维罗克夫人故事的惊人之处是故事充满了悲哀、疯狂、绝望的无政府主义的结局，就像我在前面所强调的那样。我不想故意侮辱人类的感情。

约瑟夫·康拉德
1920